VOYAGE D'HIVER

DU MÊME AUTEUR

SA SEIGNEURIE, Christian Bourgois, 2004 ; Babel n° 1443.
L'OMBRE DE L'EUNUQUE, Christian Bourgois, 2006 ; Babel n° 1271.
LES VOIX DU PAMANO, Christian Bourgois, 2009 ; 10/18 n° 4519.
CONFITEOR (grand prix SGDL de traduction, prix *Courrier international* du meilleur livre étranger, prix SOS Libraires du meilleur livre étranger, prix Jean-Morer), Actes Sud, 2013 ; Babel n° 1389.

"Lettres hispaniques"

Ouvrage traduit avec le concours de l'Institut Ramon Llull

institut ramon llull
Langue et culture catalanes

Titre original :
Viatge d'hivern
Éditeur original :
Raval Edicions SLU, Proa, Barcelone

ISBN 978-2-330-07317-6

JAUME CABRÉ

Voyage d'hiver

nouvelles traduites du catalan
par Edmond Raillard

ACTES SUD

à Margarida

OPUS POSTHUME

Les Röderlein, étant donné que l'interprète était leur professeur, tinrent bon jusqu'à la douzième variation, comme s'ils enduraient un supplice. L'individu aux deux gilets s'enfuit à la quinzième variation.

E. T. A. HOFFMANN

Il ajusta le banc, parce qu'il était un peu trop bas. Et pourtant il l'avait réglé à sa hauteur à peine une demi-heure plus tôt. Non, maintenant il est trop haut. Et il bouge un peu, tu vois ? Merde. Là c'est bon. Non. Si. Il tira son mouchoir de la poche de son habit et s'essuya la paume des mains. Il en profita pour passer le mouchoir sur les touches immaculées, comme si elles étaient humides de la sueur d'autres exécutions. Il rajusta les manchettes de sa chemise. Tout mon être est une agonie. J'ai la gorge sèche, le sang plein de piquants et mon cœur est sur le point d'éclater à cause de tant et tant de choses. Je ne veux pas que mes mains tremblent. À ma droite, la froideur mortelle du public. Il ne voulait pas regarder à nouveau pour vérifier qu'il ne s'était pas trompé quand, machinalement, en saluant, il avait regardé les premiers rangs. Bien sûr qu'il s'était trompé. Parce que sinon, autant arrêter tout ça immédiatement. Une toux de femme. Une toux d'homme, très lointaine et puissante, qui lui rappela l'immensité de la salle. Rien, il ne se passe rien à ma droite, il n'y a rien. Rien que de la glace, l'ennemi, la mort. Le banc, un centimètre plus en arrière.

Tout en haut, au troisième balcon, à des heures de distance de la scène, un regard d'ambre et de miel, caché dans l'ombre de la salle, souffrait parce que cela faisait quatre minutes que Pere Bros essuyait la peur de ses mains, et le public qui remplissait l'Auditorium et qui suivait en silence chacun de ses gestes commençait à s'impatienter.

Pere Bros rajusta pour la deuxième fois les manchettes de sa chemise. À sa droite, il sentit l'appel absurde et suicidaire du néant, mais il y résista. Alors, deux grosses gouttes de sueur coulèrent sur son front et finirent par troubler sa vue, brusquement, et au troisième étage les yeux de miel et d'ambre laissèrent sourdre une larme pour le pauvre Pere, ils ne voient donc pas qu'il est en train de souffrir, ils ne voient donc pas que c'est son martyre. Bros dut sortir à nouveau son mouchoir et s'essuyer les yeux. Alors, en faisant un effort infini, il couvrit son visage avec ses mains, conjura la vision absurde qu'il avait eue au moment où il saluait et fut incapable de penser à autre chose qu'à la mort. Il prit deux inspirations et attaqua les premiers accords mystérieux de la 960 et un frisson de panique parcourut le public, mais qu'est-ce qu'il fait, pourquoi commence-t-il par la dernière, le programme dit bien que… ; ce type est dérangé, pourquoi est-ce qu'il chamboule le programme ? Et les yeux d'ambre écoutaient attentivement la méditation intime sur la mort, une des sonates les plus bouleversantes de la vie, selon une formule de Wesselényi qu'elle ne connaissait pas, une méditation intime sur la mort, écrite par un homme habitué à pleurer en *si* bémol majeur.

Au bout de quarante-deux minutes et treize secondes, plus personne dans l'Auditorium ne se demandait pourquoi il avait commencé par la dernière : ils restaient là, leur âme ouverte, à attendre, à attendre. Pere Bros, lorsque la dernière note se fut éteinte, demeura les mains étendues sur le clavier, comme un démiurge qui montre le pouvoir de son miracle, et obtint dix, quinze secondes infinies de silence, pour la première et la dernière fois de sa carrière. Alors ses traits se détendirent, il baissa les mains, totalement exténué, et le public se mit à applaudir. Pere Bros se leva, jeta un coup d'œil vers le froid sur sa droite et alors il le vit à nouveau, au premier rang, avec ses petites lunettes tellement modernes, son large front, ses cheveux bouclés, habillé de façon inappropriée, assis dans le fauteuil numéro sept, avec la tranquillité des morts et le regardant fixement, observant depuis l'éternité les gens qui applaudissaient avec enthousiasme et, certainement, l'accusant de ne pas avoir été à la hauteur. Sueur froide. Pere Bros quitta la scène dans le brouhaha de la ferveur générale. Alors qu'il revenait au milieu de la scène et inclinait la tête pour remercier de tous ces applaudissements, il se dit que Schubert, au naturel, avait la même tête que sur le portrait qui figurait en tête de *Voyage d'hiver*, la minutieuse et discutable biographie que Gaston Laforgue avait publiée au début du XXe siècle.

Tandis qu'il s'éclipsait, comme il convenait, il pensa que Laforgue affirmait qu'il avait composé les sonates de 1828, dites posthumes, dans un accès d'orgueil, sachant que Beethoven venait de mourir et que la voie était libre devant lui. Les mains en sueur, comme s'il était face au clavier. Il entra à nouveau sur scène et les applaudissements se firent plus intenses. Je ne peux plus jouer. Que Schubert s'en aille. Qu'on le fasse sortir de l'Auditorium. Et il salua. Alors il pensa à ce jour, sur le Graben de Vienne, devant une tasse de chocolat brûlant, quand son cher Zoltán Wesselényi lui avait dit mais non, Peter, c'est tout sauf un accès. Schubert a laissé des ébauches, des brouillons, des doutes, des corrections et de nombreuses hésitations à propos des trois sonates, alors parler d'accès, franchement... (Wesselényi s'était brûlé la langue parce que le chocolat était encore fumant. Toujours aussi distrait ; toujours aussi triste, mon cher Zoltán.) Schubert savait ce qu'il faisait, Peter, et il savait qu'il méditait sur sa mort. Surtout dans la Deutsch 960.

— Vraiment génial, mon petit. Mais tu es un beau salaud, cracha Pardo tout en le poussant sur scène pour un nouveau salut.

Quand il ressortit, les applaudissements continuaient, mais il fit un geste sec à l'huissier pour qu'il ferme la porte, il ne se montrerait plus.

— Je ne veux plus faire de matinées.

— On ne fait que celle de la Sainte-Lucie. Et c'est plein jusqu'au lustre. De quoi tu te plains ?

— Je vais dans ma loge, dit-il comme s'il formulait sa plainte.

— Tu as de la visite. Mme Grossmann.

— Je ne veux voir personne.

— Mme Grossmann.

— Personne, je t'ai dit.

— Et pourquoi as-tu changé l'ordre du programme, nom de Dieu ?

— À la fin du concert je veux un taxi devant la porte.

— Pas question. À la fin du concert tu as une interview et Mme Grossmann.

— Non. Un taxi.

— Je te l'ai dit, tu es un beau salaud.

L'*andante sostenuto* de la 960, c'est la mort qui vient des brumes du Danube, d'abord lointaine puis terriblement proche, et Pere Bros réussissait à obtenir un seul moment de tension pendant les trois minutes du thème, en un crescendo extrêmement progressif, impossible pour qui n'avait pas ses mains d'or et un diamant au bout de chaque doigt. Et à la réexposition, le silence qu'il avait obtenu fut tellement intense qu'il parvint à entendre la respiration du bois qui couvrait les murs de la salle. C'est pour cette raison et seulement pour cette raison qu'il se contenta de sourire à Pardo et gagna sa loge suivi de son impresario ulcéré. Il lui claqua la porte au nez, à moi qui suis sa voix, sa mémoire, son agenda !

Pere Bros se servit une flûte de veuve-clicquot comme s'il s'agissait d'un récital de plus, sans problème. Mais il ne put éviter de verser une larme. Il s'approcha du piano droit et promena les mains sur le clavier, amoureusement. Il but une autre gorgée, s'assit devant l'instrument et baissa la tête, profondément abattu. Alors, il vit le paquet qui était arrivé juste avant qu'il entre en scène. Urgent, *via air mail*, depuis Vienne. Il déchira le papier avec impatience. Le livre était superbe. Sur la couverture, l'église des Franciscains de Vienne, dont Fischer avait tenu l'orgue pendant trente-trois ans. Et une dédicace de Zoltán : "À Pere Bros, qui m'a donné la plus grande joie de ma vie quand il m'a dit que vingt-cinq ans plus tard il se souvenait encore de ma version de la D. 960 comme d'un modèle. De la part de celui qui n'a pas eu le courage de poursuivre dans cette aventure inhumaine qu'est la carrière de concertiste soliste. Que la figure aimée de Schubert et l'ombre gigantesque de Fischer nous protègent. Ton ami Zoltán Wesselényi."

Il but une autre gorgée de champagne et regarda en arrière, très loin en arrière.

*

Zoltán Wesselényi était en train de jouer *si* bémol, *la*, *ré* bémol, *si*, *do* sur le vieux piano de la salle des archives où il passait toutes les heures de sa vie depuis qu'il était devenu triste. Il répéta le thème de Fischer et s'approcha de la fenêtre. Dehors, le ciel de Vienne déchargeait une averse subite, impropre à ce lieu, méditerranéenne.

— Et ça ?

— C'est la matrice.

— Mais tu n'avais pas dit que Fischer était mort en 1828 ?

Le musicologue, pour toute réponse, lui montra les papiers. Ils étaient jaunis par le temps, mais en parfait état de conservation. C'étaient des partitions impeccables, d'une calligraphie soignée. Une musique étrange écrite avec beaucoup d'amour. Bros fut surpris de voir comment Fischer, avec ce petit thème insolite, construisait une sarabande en *sol* majeur. Ou peut-être était-ce en…

— Il n'y a pas d'armature. C'est dans quel ton ?

— Je ne sais pas. Ce n'est pas tonal. Ni modal.

— C'est impossible.

— Non. C'est comme ça.

— C'est très beau.

— C'est génial. Et je n'arrête pas de me demander comment cet homme pouvait écrire de cette façon du vivant de Mozart et de Beethoven.

Le développement du thème était formé de deux sections de seize mesures, chacune consistant en quatre phrases de sarabande de deux mesures, toutes à partir du thème impossible. D'une réalisation impeccable, magistrale.

Les deux amis restèrent silencieux pendant un bon moment, écoutant le son désaccordé de la pluie. Des gouttes qui tombaient de l'auvent frappaient un objet métallique sur le sol et produisaient un tintement constant en *do* dièse. C'était gênant.

— C'est une bombe, dit Bros après une demi-heure de lecture des sept variations.

— J'ai l'intention de l'éditer tout de suite. Ce Fischer, sans jouer des coudes, dépasse Brahms et Wagner, devance Mahler et se dresse face à Schönberg. Il veut renouveler la musique avant qu'elle se soit épuisée.

— Mais il ne fait pas connaître ça de son vivant.

— Il devait avoir une peur panique de la réaction des gens.

— En tout cas, il ne l'a pas détruit. Pere Bros regarda son ami dans les yeux : Et si c'est un faux ? Tu n'as pas pensé que ça pouvait être une blague ?

— C'est la première chose qui m'est venue à l'esprit et j'ai tout fait analyser : le papier et l'encre sont d'époque, ça ne fait aucun doute.

— Tu veux bien que je le joue ?

Lorsqu'il prit congé de son ami, la nuit tombée, il lui avoua qu'il se souvenait encore avec émotion de sa version de la Deutsch 960 au Konservatorium et, à voix plus basse et au creux de l'oreille il ajouta mon cher Zoltán, pourquoi as-tu abandonné l'interprétation alors que tu es le meilleur ? Hein ? Pourquoi, alors que pour moi tu marques le nord ?

Il le serra très fort, comme s'il voulait lui expliquer bien d'autres choses avec une simple embrassade. Wesselényi se dégagea, sourit et dit que veux-tu ce sont des choses qui arrivent. Et pour changer de sujet il lui promit que lorsque son livre sur Fischer paraîtrait il le lui enverrait par courrier urgent, où qu'il se trouve. En échange d'un commentaire de lui après qu'il l'aurait lu.

*

Pere Bros se servit une autre flûte de veuve-clicquot. Quelqu'un frappait avec impatience à la porte de la loge. Il n'y prêta aucune attention. Assis devant le piano, il répétait la phrase *si* bémol, *la*, *ré* bémol, *si*, *do*. Trois années s'étaient écoulées depuis cette rencontre aux archives de Vienne, mais il avait en tête le thème et le développement. Alors, la porte s'ouvrit de façon décidée, d'un seul coup et sans autorisation. Pardo, tâchant de dissimuler la congestion de son visage, faisant un effort gigantesque pour ne pas exploser, referma derrière lui.

— À quoi est-ce que tu joues ? Grossmann dit que… qu'elle veut te dire en personne qu'elle donnerait n'importe quoi pour pouvoir jouer comme tu le fais. Énergiquement : Elle est très émue et il faut qu'on en profite.

— Dis-lui que j'ai seulement donné ma vie pour jouer comme je joue.

— Non, non, non, dis-lui toi-même. Non. – Ses efforts pour être prudent lui donnaient mal à la tête. – Grossmann, je suis en train de la travailler au corps pour qu'elle double notre cachet pour tout ce qu'on fera en France. Arrête la plaisanterie et sois aimable avec elle.

— Envoie-la balader. Ah, autre chose ! Je n'ai pas l'intention de faire la deuxième partie.

Pardo regarda le niveau de la bouteille, lui prit la flûte des doigts et lui dit d'une voix neutre :

— Ça, tu me l'as dit une dizaine de fois. Arrête de te foutre de moi. Tout le monde a le trac, un peu plus ou un peu moins.

— Mais il arrive un moment où on en a assez. Et aujourd'hui j'en ai assez.

— Tu as joué magnifiquement.

— Je suis mort magnifiquement. – Il voulait dire qu'il était triste. Il voulait le crier. Mais pas à Pardo. Il voulait aller à Vienne et dire c'est fini, Zoltán, fini de voyager, fini de penser à ce qui aurait pu arriver ; j'ai enfin décidé entre la musique et toi. Et c'est toi qui as gagné, malgré ton indifférence, malgré tant d'heures d'étude et de travail que je jette aux orties, malgré la douceur des louanges, des applaudissements et des honneurs. Il voulait lui dire ça, plus ou moins. Et qu'il lui réponde oh, c'est très bien, Peter.

— Pourquoi as-tu joué la dernière sonate en premier ? demanda Pardo, inquisiteur.

— Je ne sais pas. C'est venu tout seul. Comme si c'était une fin. J'étais très… Le ton de sa voix changea légèrement : Schubert était au premier rang. Fauteuil sept.

En entendant ça, Pardo lui rendit la flûte.

— Il vaut mieux que tu boives. Mais n'exagère pas. Je te rappelle que Mme Grossmann est là-dehors avec une amie. C'est essentiel : on double les cachets. Le journaliste, on peut le faire venir demain.

— Je t'ai dit que j'arrête…

— Si on veut avoir des tas de concerts au printemps, ça dépend de détails absurdes comme, par exemple, ne pas voir de fantômes, ne pas quitter un récital à l'entracte, savoir sourire à Mme Grossmann et recevoir ses éloges comme un garçon bien élevé.

— Dis-lui de ma part d'aller se faire mettre.

— Si tu ne fais pas la deuxième partie, je te jure que je vais avoir un infarctus.

Ils s'affrontèrent du regard pendant vingt secondes, un moment assez long pour faire passer entre eux toutes les années de privations, de voyages interminables, de discussions, de gains, de jours heureux et de pleurs, pendant lesquelles ils avaient emmêlé leurs destinées. Pardo montra la porte et dit d'un air convaincant je la fais entrer, d'accord ?

Pere Bros se retourna avec mépris et Pardo, blême de colère, sortit de la loge, ferma la porte et adressa un large sourire aux deux dames impatientes, leur décrivant, avec un art digne de Dante, le mal au ventre fulgurant dont était victime Pere Bros qui pendant ce temps, dans la loge, se servait un autre verre. Sa main tremblait. Cela faisait trente-huit ans, depuis l'âge de huit ans, quand il commençait les leçons avec Mlle Trullols, jusqu'à l'âge de quarante-sept ans, en ce moment où il levait sa flûte remplie de veuve-clicquot, que sa main tremblait. Il avala le champagne à sa santé, à la santé de tant d'heures d'étude pour être toujours parfait, inhumain, chaleureux, humain, génial, sûr, incisif, intense, subtil, tendre, impeccable ; toujours, toujours, toujours, toujours. Tant d'heures qui se cassaient le nez contre le mur, inutiles, en cet instant où il disait assez dans une petite pièce avec un miroir encadré de mille ampoules, à la moitié d'un récital. Tant d'heures d'étude et avoir peur de Schubert. Qu'on le fasse sortir, murmura-t-il en confidence à sa flûte. Qu'on le mette à la porte. Il n'a pas le droit d'être là !

Comme l'entracte s'achevait, Pardo entra silencieusement dans la loge, s'assit et attendit une réaction violente. Mais Bros ne le regarda même pas : il se taisait et buvait. C'est pourquoi il décida de passer à l'attaque :

— Ce n'est pas possible que d'un seul coup le trac devienne insurmontable.

— Ce n'est pas toi qui l'éprouves, c'est moi. Et, élevant la voix : Tu as vu Schubert ?

— Il n'y a pas de Schubert dans la salle ! Je suis allé vérifier, je te le jure.

— Il doit être en train de fumer le cigare dans le vestibule. Je ne peux pas jouer s'il m'écoute.

— Ce n'est pas possible, tu ne peux pas renoncer à la musique !

— Je n'ai pas l'intention de renoncer. J'arrête les concerts, c'est tout.

— Écoute, on verra ça demain… Cette idée de tout arrêter… On fera ce que tu voudras… Mais aujourd'hui… Tu dois finir le concert. Et ensuite, Mme Grossmann.

— Non.

— Et tu arrêtes comme ça, au beau milieu d'un récital ?

— Oui. Je n'éprouve plus de plaisir, même quand

je répète, parce que je pense à l'horreur du concert. Je ne peux plus supporter toute cette tension. Je n'ai jamais pu encaisser une tension aussi forte.

— Tu t'en es toujours très bien tiré. Toujours ! Suppliant : Ce n'est pas une garantie suffisante ?

— Je fais de la musique pour être heureux. Il y a longtemps que ça ne me rend pas heureux, d'affronter le public. Et aujourd'hui…

— Qui t'a dit que la musique c'est fait pour être heureux ? l'interrompit Pardo, exaspéré. Moi non plus, elle ne me rend pas heureux, et je n'en fais pas toute une histoire.

Bros le regarda dans les yeux : pas une ombre d'ironie. Il vit son agent, qui détestait le champagne, se servir une flûte, et il comprit pourquoi :

— Ne t'inquiète pas, je n'ai pas l'intention de me saouler. Je prends ma décision en toute lucidité.

Pardo comprit qu'il s'agissait d'une crise différente des précédentes et remballa les jurons et les insultes qu'il avait préparés. Il fit semblant de boire une gorgée et posa la flûte. Comme l'autre le regardait en silence, il compta sur ses doigts :

— Premièrement, tu ne sais rien faire d'autre que donner des concerts.

— Je peux me reposer. Je peux donner des leçons.

— Deuxièmement : donner des leçons, tu ne sais pas faire. Tu n'as jamais gagné ta vie en donnant de leçons ; jamais, de toute ta vie, tu n'as eu assez de patience pour donner des leçons.

Tandis que Pardo poursuivait son énumération et exposait le troisièmement, Bros se dit que ce n'était pas vrai, que pendant quelques mois il avait donné des leçons à sa petite voisine, une fillette très mignonne et très… je ne sais pas, très.

— Tu es sûre que je ne vous dérange pas, quand je travaille ?

— Mais non ! C'est un plaisir. Quand tu…, quand vous…, eh bien maman et moi… on ne dit plus rien, pour mieux écouter. Et pourtant on est très bavardes. Et, baissant la voix : Ce qui est triste, c'est quand vous êtes en voyage.

— Au moins, vous êtes tranquilles. Là, je vais être absent une quinzaine de jours.

— Ne partez pas.

— Quoi ?

— Non, c'est que…

La fille le regarda avec ses yeux d'une couleur d'ambre vivant, précieux, et elle se demanda pourquoi cet homme tellement… tellement… ne s'apercevait même pas de son existence.

— Ne t'inquiète pas. À mon retour, on rattrapera les cours.

— Non, ce n'est pas pour ça. C'est que…

— Tu as du talent. Mais il te faudrait un professeur qui ait de l'organisation. Qui sache enseigner avec une méthode. Moi, je suis très…

— Je veux être… je veux prendre des leçons avec vous. Rien qu'avec vous. Toujours.

Sa seule élève. Un jour où il était très abattu et très seul, il lui avoua combien il souffrait avant chaque concert et elle, avec ces yeux, elle le comprit en silence et n'osa pas lui prendre la main. C'était étrange, ces leçons qui se prolongèrent pendant près de trois ans, avec des séances irrégulières mais intenses. Elles prirent fin quand il déménagea et il cessa de penser à la fille et aux leçons. Jusqu'à aujourd'hui. Comment s'appelait-elle, cette fille ?

Alors la sonnerie retentit et Pardo se leva, très tendu, alors qu'il venait d'énoncer le cinquième point, en rapport avec la conscience professionnelle et l'amitié qui nous lie et tu ne peux pas me faire ça sans tout remettre en cause et si tu t'étais marié tu serais plus équilibré. Il considéra que le discours était fini et dit d'un ton neutre :

— Première sonnerie. Tu devrais…

Bros fit un geste qui pouvait signifier n'importe quoi. Pardo décida qu'il avait peut-être voulu dire c'est bon, je cède, d'accord. Pour qu'il ne se sente pas soumis à la pression, il le laissa seul dans la loge.

Pere Bros connaissait par cœur le numéro du Musikwissenschaftzentrum, à force d'ouvrir son répertoire, de rester quelques minutes à se dire je ne sais pas si j'ai le droit de m'en mêler, mais maintenant qu'Anna est morte, je… et à force de composer le numéro et de raccrocher avant que la secrétaire réponde et dise que puis-je pour votre service, *Herr* Bros.

— Je voudrais parler à *Herr* Wesselényi. C'est urgent.

Elle était désolée, il n'était pas là. Mais compte tenu de l'urgence, elle lui donna son numéro de portable et Pere le trouva dans un coin de Vienne, avec une voix un peu absente, hé, Peter, qu'est-ce que tu veux, et il lui répondit rien, merci pour le livre sur Fischer. J'ai à peine eu le temps de le feuilleter mais on voit bien que c'est un livre extraordinaire. Et il se tut pour permettre à son interlocuteur de lui demander de ses nouvelles. Mais Wesselényi lui posa seulement une question de pure forme et plus rien.

— Je ne peux pas jouer, avoua enfin Pere Bros. Et je ne peux pas ne pas jouer. Après un silence gêné : Je pense beaucoup à toi. Je suis triste, Zoltán.

Avec beaucoup de peine, il sentit que Wesselényi gardait ses distances et il pensa pourquoi es-tu toujours aussi froid, Zoltán. Pour le faire réagir :

— Ça fait six mois que je ne dors plus tellement je suis angoissé, et je veux me reposer. Et tu m'as dit…

La réponse de Zoltán le désarma : il lui proposait d'en parler à un autre moment et Pere était désespéré parce que son ami ne comprenait pas que c'était maintenant ou jamais. Il insista :

— Si elle te vole ton bonheur, abandonne la musique. C'est ce que tu m'as dit.

— Écoute, on parlera de ça plus tard, tu veux bien ?

Pere chercha désespérément à quoi se raccrocher pour éviter que la conversation ne s'interrompe. Il trouva :

— J'ai vu Schubert.

— Schubert ?

L'hésitation que Pere perçut était trop grande ; tellement qu'il se sentit humilié et dut intervenir :

— D'accord, d'accord, coupa-t-il sur un ton qui marquait peut-être sa reddition.

— Appelle-moi à un autre moment, tu veux ?

— Je t'aime, Zoltán. De tout mon cœur. Ne l'oublie pas.

Il raccrocha pour ne pas éprouver la déception que lui causait cette réponse froide et pensa que cette vie est chienne, l'homme que j'aime est toujours à mille kilomètres de mon hôtel et de mon désir et il ne sait même pas qu'il me manque. Il vida sa flûte et attendit la seconde sonnerie d'un air plutôt résigné.

La seconde sonnerie surprit Pardo au moment où il prenait congé de Mme Grossmann. Une fois libre, il entra dans la loge, prêt, si besoin, à appeler la fourrière. La pièce était vide, comme si Bros avait choisi la fuite. Pris de panique, il éprouva une sorte de malaise prémonitoire de trente infarctus, s'affola encore davantage et sortit, prêt à poursuivre le pianiste et à le tuer ou, il ne savait, se jeter à genoux devant n'importe qui pour s'excuser d'avoir manqué à toutes les obligations auxquelles on l'accuserait d'avoir manqué. En même temps que la troisième sonnerie, il entendit les applaudissements de la salle. Il en fut étonné. Il alla à la porte et l'ouvrit, malgré la réticence de l'huissier, et jeta un coup d'œil par l'entrebâillement. Il y avait encore des gens qui regagnaient leur place en toute hâte, étonnés d'une telle précipitation. Pere Bros les avait devancés et saluait, les yeux fermés. Pardo, un peu rassuré, se dit qu'il avait peut-être besoin de vacances. Et puisque tout était sur les rails, une crise de plus surmontée, il se réfugia dans un coin avec son portable parce qu'il devait fixer le jour du récital de Bros l'hystérique au Vatican.

Oh, mais qu'est-ce que c'est que ça? pensèrent les yeux d'ambre. *Si* bémol, *la*, *ré* bémol, *si*, *do*. Ce n'est pas Schubert. Au bout de deux secondes, quand la sarabande commença à se développer, un murmure s'étendit dans la salle, accompagné de je te disais bien qu'il est fou, il est complètement cinglé ; en passant par la réflexion offensée si j'avais su que c'était de la musique contemporaine je ne serais pas venu, on s'est moqué de nous ; ou un et toi ça te dit quelque chose, ce truc? Parce que sur le programme il est écrit... Hé, je suis venu pour entendre les trois sonates de 1828 de Franz Schubert, moi! Au troisième balcon, les yeux d'ambre éprouvèrent un grand effroi parce que cet homme indigné qui disait que Bros était devenu fou avait probablement raison. Fou à force de pression et elle seule le savait… Son doux secret ; si elle pouvait l'aider. Dans une deuxième galerie, on commença à siffler, mais un groupe de gens raisonnables fit avorter la protestation. Bros en était à la deuxième variation, le livre de Wesselényi ouvert en guise de partition. Alors Pardo, qui au téléphone éliminait des dates et des heures avec monseigneur Walzer, un évêque du Vatican sombre et anonyme, prit conscience que la musique que ce grandissime fils de pute de Bros était en train de jouer n'était pas de Schubert, ni rien de bon Dieu de merde qui s'en approche. Le juron provoqua l'émoi scandalisé de son interlocuteur du Vatican qui n'avait d'autre prétention que s'assurer qu'il avait un pianiste pour le récital privé dans la salle Santa Chiara. Oui, vous pouvez compter sur nous, monseigneur.

Première variation : je n'avais jamais rien entendu de tel, jamais. Ce n'est pas un développement harmonique du thème ; ce n'est pas une mélodie centrale qui se module dans des tonalités éloignées, non. C'est… *Mein Gott*, je n'aurais jamais imaginé qu'on puisse faire de la musique comme ça. Les tendances harmoniques de la mélodie du thème et les tendances mélodiques de l'harmonie s'interpénètrent. Que c'est étrange. Il n'y a pas de tonique, pas de rapport majeur-mineur, rien que de la musique suspendue en l'air, *mein Gott*. Quelle perfection, tellement laide et tellement étrange. Mais… et mes sonates ? Pourquoi est-ce qu'il ne joue pas la première sonate de 1828 ?

Deuxième variation : dans le public, les mélomanes avertis multipliaient les regards inquiets et, venant du treizième rang d'orchestre, on entendit une voix claire et profonde qui disait je ne sais pas ce qu'il joue, ce type, mais il nous prend pour des cons.

Troisième variation : trois personnes se lèvent. Quatrième et huitième rang d'orchestre. Pendant quelques secondes, elles restent debout pour manifester leur indignation devant tant d'irrespect envers Schubert. Leur acte de courage incite sept ou huit autres personnes, dispersées dans la salle, à se lever à leur tour. Pendant quelques secondes, on dirait les députés d'un parlement majestueux en train de procéder à un vote sans compteur électronique. Mais Pere Bros ne tenait pas le compte des votes parce qu'il était trop absorbé par la quatrième variation, extrêmement difficile, un mouvement imitatif à quatre voix, presque un passe-pied. Et de nombreux députés réclamaient le silence et demandaient à leurs collègues d'hémicycle d'arrêter leur cirque et de s'asseoir, parce que c'était très beau. Ce n'était pas du Schubert, d'accord, mais c'était très beau.

À la cinquième variation, l'état-major de l'Auditorium s'était réuni dans le vestibule 2A avec l'agent de Bros pour essayer de voir ce qu'on peut bien faire dans un cas de ce genre, et c'est ainsi qu'ils arrivèrent à la septième variation, plutôt brève, très pianistique, comme un résumé, d'une immense virtuosité, et oui, c'est quelque chose qui se laisse vraiment écouter.

— Quelqu'un sait ce que c'est ?

— Aucune idée. Mais c'est très beau.

— Une fois, j'ai entendu quelque chose de Berio qui était un peu comme ça.

— Mais non, pas du tout. C'est du Ligeti, mais je ne sais pas quoi.

— Et vous, Pardo, vous ne pouvez rien faire ?

— Que voulez-vous que je fasse ? Que je monte sur scène et que je lui tire les oreilles ?

— Ligeti, tu crois ?

— Ou quelque chose comme ça.

— Moi, je vais le traîner devant les tribunaux. Pour rupture de contrat.

— Pardo, vous ne vous sentez pas bien ? Hé, qu'est-ce qui lui arrive maintenant ? Appelez un médecin, vite.

— Mon Dieu, quelle journée.

Ligeti ou quelque chose comme ça, à la fin de la dernière variation, exposait à nouveau le thème presque comme une douce moquerie, tout en délicatesse, et l'histoire finissait comme elle avait commencé. Et à la fin, les cinq notes du thème, nues, douloureuses, et le silence.

Pere Bros se leva, pâle après l'effort et son coup d'audace. Mais il avait été mille fois plus facile de jouer n'importe quoi d'autre que Schubert devant Schubert. Maintenant il pouvait le regarder en face. Tout de suite, il vit que Schubert, dans le fauteuil numéro sept, applaudissait avec ferveur. Mais la salle restait en silence. Franz Schubert souriait sans cesser d'applaudir et Bros remarqua qu'il lui manquait une dent. La salle était toujours muette. Tout à coup, au troisième balcon, tout là-haut, surgit un applaudissement couleur d'ambre, à la fois énergique et doux, comme si cette personne, quelle qu'elle fût, voulait se solidariser avec Schubert, invisible et silencieux, ou avec l'audace de Fischer, ou peut-être avec le pianiste fou. Peu à peu, les applaudissements se déclenchèrent, comme l'ondée qui hésite avant de se transformer en pluie battante, jusqu'à ce que toute la salle se mette debout. Pere Bros brandit le livre où, en grosses lettres, on pouvait lire le nom de Fischer, s'assura que Schubert continuait d'applaudir et quitta la scène à tout jamais sans regarder en arrière.

LE TESTAMENT

Les coups de masse sur la dalle lui semblèrent extrêmement cruels. Ils n'avaient pas préparé de pierre tombale parce qu'ils ne s'attendaient à aucune mort. Et encore moins à celle de quelqu'un comme elle, qui était en bonne santé. C'était lui qui était malade et qui allait de médecin en médecin depuis plusieurs mois ! C'était lui qui pensait à la mort comme à une fin proche, et pas Eulàlia ! C'était lui qui, depuis une semaine, suivait un chemin de croix d'analyses qui l'obligeaient à courir dans tous les sens et qui remplissaient sa tête d'images de la "longue et douloureuse maladie" ! Pourquoi Eulàlia était-elle morte, sinon à cause d'une lamentable erreur du destin ?

Les croque-morts finirent leur travail et Agustí se sentit désespérément seul à côté de ses enfants et de ses amis, sans Eulàlia qui a rempli ma vie, mes heures, mes désirs, toujours avec ce sourire généreux, toujours soucieuse de me comprendre, toujours à mes côtés, mon amour, donnant beaucoup et recevant peu, mon amour. Il fut distrait de ses pensées par Amadeu qui s'était écarté du groupe et, diligent comme à son habitude, avec une grande discrétion, glissait un billet de cinq mille plié en quatre dans la main du chef d'équipe, qui murmura une formule de remerciement.

Agustí aurait voulu dire quelques mots d'adieu. Il aurait voulu expliquer, devant l'assistance, qu'Eulàlia avait été la lumière de sa vie et que ces mots voulaient être le pauvre témoignage de son amour désespéré. Mais il fut à peine capable d'ouvrir la bouche et son âme se remplit de larmes. Amadeu mit la main sur son épaule, délicatement, peut-être pour lui faire savoir qu'il n'était pas seul dans sa douleur. Alors il se rendit compte que ses trois enfants étaient auprès de lui, regardant, perplexes, la dalle rugueuse qui recouvrait pour toujours le souvenir de leur mère morte à cinquante ans, par surprise. Tous ensemble. Agustí ne put s'empêcher de penser aux vingt-huit années de mariage paisible, à l'enfant qui n'arrivait pas jusqu'au moment où il arriva, presque sans prévenir, et c'était Amadeu… Et ensuite un très long intervalle, jusqu'à la naissance de Carla. Peu après, ils avaient eu leur première querelle violente, quand il s'était épris un peu excessivement d'une jeune femme, très différente d'Eulàlia ; mais tout s'était arrangé et, presque comme une conséquence, alors que Carla avait cinq ans, ce fut Sergi qui arriva, la prunelle de ses yeux. Il le regarda : âgé de quinze ans, c'était lui qui avait le moins de défenses pour affronter la mort de sa mère. Et il acceptait le bras protecteur de sa sœur. Carla avait toujours été un mystère pour son père. À dix-huit ans, elle quitta la maison ; pendant deux ans, elle vécut à Florence et à Munich avec un total de six cartes postales pour toute information et pour tout contact, et maintenant cela faisait six mois qu'elle était revenue, comme si elle avait fait exprès pour ne pas être en retard à l'enterrement de sa mère. Elle disait qu'elle revenait pour faire des études d'art à l'Universitat Autònoma, mais il était persuadé que la raison profonde était un problème avec un homme. Ce n'était pas un retour mais une fuite. Pendant ces deux ans, elle était devenue ravissante. Carla avait toujours été une belle femme : on n'aurait pas dit que c'était sa fille. Agustí ignorait combien d'hommes étaient déjà passés dans sa vie parce que Carla était une énigme. Et Amadeu, plus préoccupé maintenant du ventre de sa femme que de l'enterrement ; avec l'efficacité qu'il lui enviait secrètement, celui-ci avait fait en sorte d'épargner à son père les insupportables condoléances et tout à coup il se retrouva en train de marcher vers la voiture, faisant crisser le gravier sous ses semelles, avec un étrange sentiment de culpabilité de laisser Eulàlia seule, désemparée, oubliée. Mais c'est que maintenant la partie la plus difficile commençait : vivre sans elle, faire croire à Sergi que tous les deux ils s'en sortiraient parfaitement sans sa mère.

— Venez déjeuner à la maison, proposa sa bru.

— Non. Et en guise d'excuse : Il faut bien que nous commencions à nous habituer. N'est-ce pas, Sergi ?

— Au revoir papa. – Carla et son baiser furtif.

Il fut sur le point de la retenir en trichant, en lui expliquant qu'il était malade, que cet après-midi même on devait lui donner les résultats de la moitié de ses analyses, qu'il était rempli de toute la peur du monde, qu'il voulait qu'elle soit à côté de lui maintenant qu'il n'avait plus le refuge d'Eulàlia, que…

— Si tu as besoin de quelque chose, ma petite…

— Moi ? Non… Dans son meilleur style : Je t'appellerai, hein ? Et sur un ton plus dynamique, en décoiffant énergiquement le garçon avec la paume de la main : Une bise, Sergi.

Au moins, il n'avait pas triché. Mais l'après-midi même il devait aller chez le médecin ; avec ou sans Carla et ça, c'était inéluctable.

Il était parti trop tôt de chez lui, impatient de recevoir le verdict, et il se retrouva devant l'hôpital une heure avant son rendez-vous avec le médecin. Il se sentit idiot à cause de cette obsession pour connaître avec précision sa date de caducité. Ayant une heure à perdre avant sa condamnation à mort, il se dirigea vers le Café Viena en pensant à Eulàlia et combien il aurait aimé qu'elle l'accompagne et le distraie avec une conversation sur n'importe quel sujet sans aucun rapport avec la santé… Quelle injustice. Quelle terrible injustice : dire qu'il avait besoin d'elle et ne pas penser que c'était elle qui demeurait dans les régions glacées. Alors il passa devant la Fondation, lut les banderoles qui annonçaient l'exposition et ne pensa plus au café ni, pendant un moment, à la tristesse.

Toute la pièce était dominée par les ocres sombres et ses yeux étaient attirés, malgré lui, vers la fenêtre de droite qui, plus qu'un point de fuite, était l'endroit par où entrait la lumière puissante, éhontée, qui éclairait la pièce et le personnage. Celui-ci, un philosophe, comme le précisait le titre du tableau, était assis devant une table ronde avec un napperon et lisait un livre énorme rempli de sagesse, profitant de ce don du ciel qu'était la lumière qui venait de la fenêtre, depuis que Rembrandt l'avait peint quatre siècles plus tôt. La barbe du philosophe descendait jusqu'à la moitié de sa poitrine et tout son être transmettait une impression de calme, de placidité, de je ne suis pas malade et je ne dois pas me présenter devant le médecin pour qu'elle me communique une nouvelle fatale, et je n'ai perdu aucun membre de ma famille. De l'autre côté de la fenêtre, dans la même pièce, on devinait un escalier qui descendait depuis cette tour d'ivoire jusqu'au monde des gens pressés, des maladies et des morts inattendues de la pauvre chère Eulàlia. Au premier plan, plus pressentie que vue, une grande armoire pleine de livres aussi gros que celui de la table. Pourquoi ne pourrais-je pas être ce philosophe ?

Il contempla les vingt-six tableaux que la Nasjonalgalleriet d'Oslo présentait dans une exposition qui tournait dans différentes villes d'Europe, pour se faire connaître et susciter les visites en Norvège. Pendant quelques minutes de bonheur, il oublia sa peur du verdict, l'éloignement fatal d'Eulàlia, la froideur de Carla, les larmes rebelles de Sergi, les silences d'Amadeu… et il pensa que vivre entouré d'autant de beauté était une aubaine. Et sans l'avoir prémédité il revint cinq ou six fois au tableau du philosophe, comme s'il voulait y trouver, en l'observant intensément, les véritables sources de la sagesse. Il était tellement concentré qu'il en perdit la notion du temps et, quand il regarda sa montre, il était en retard pour son rendez-vous à l'hôpital. Il sortit de la Fondation pris de panique, faillit entrer en collision avec une femme policier qui, l'air gourmand, mettait des contraventions à une ribambelle de voitures supposément mal garées, et arriva à l'hôpital en soufflant, rempli de crainte d'être condamné à vingt-quatre heures supplémentaires d'incertitude pour être arrivé dix-sept minutes trop tard et, encore hors d'haleine, il demanda à la réception où était la doctoresse. Quelle doctoresse. Celle qui doit me communiquer le jour et l'heure de ma mort. Troisième étage.

Il n'attendit qu'une petite dizaine de minutes, à côté d'une vingtaine de condamnés inconnus et peut-être aussi effrayés que lui. Le moment de contemplation, à la Fondation, avait fortifié son âme et il se promit que, quel que soit le résultat des analyses, le soir il regarderait un peu la télévision avec Sergi et qu'il l'emmènerait au cinéma deux ou trois jours plus tard. Pour l'amour de son fils, pour l'amour d'Eulàlia. Par la suite, il aurait bien le temps de pleurer tout seul, maintenant qu'il commençait à se faire à l'idée de la cruauté des griffes de la solitude.

— Asseyez-vous, je vous prie.

Il s'assit en face du médecin, qui ne fit aucune allusion à son retard. Bêtement, il fixait le crayon dans la poche de poitrine de sa blouse immaculée, comme s'il contenait toutes les réponses. L'infirmier, un garçon très poilu, aux yeux brillants en permanence, posa sur la table des enveloppes dont Agustí pensa qu'elles contenaient son destin. Le claquement des enveloppes sur la table lui rappela les coups de masse sur la dalle de la tombe d'Eulàlia. Pour rendre les choses encore plus difficiles, le garçon chuchota un secret à l'oreille du médecin qui, à deux reprises, hocha la tête affirmativement, attendit que l'infirmier disparaisse par une porte dont il n'avait pas remarqué la présence et laissa s'écouler deux, trois, quatre secondes avant d'enlever ses lunettes et de le regarder avec un regard bleuté, plein de commisération. Agustí calcula que tout cela signifiait six mois, tout au plus. Et six mois de douleur.

— Tout cela est très étrange, monsieur…

— Ardèvol. – Il le dit très vite, dans l'espoir qu'elle regarde l'enveloppe, se rende compte de son erreur et le congédie avec un baiser. – Agustí Ardèvol, insista-t-il. Mais non : le médecin soulevait l'enveloppe où on lisait clairement Agustí Ardèvol, en tirait des feuilles de papier, les relisait, et il voyait bien que c'était au moins la trentième fois que cette femme lisait ces papiers. Et il pensa à Sergi, désemparé, sans père ni mère… Et à Carla, même s'il éprouvait beaucoup de peine de savoir qu'elle ne serait pas bouleversée par sa mort… Et à Amadeu, dont il comptait bien qu'il s'occuperait de tout avec son efficacité discrète… Comme il les aimait, ses enfants ! Peut-être qu'il ne le leur avait pas dit très souvent. Peut-être avait-il été trop timide, mais il les aimait de tout son cœur.

Il voyait le médecin hésiter et, pour ne pas exploser, il cria, impatient :

— Dites-le-moi tout de suite, docteur ! Combien d'années ? Et devant le silence de la femme, il fit un rabais, cruel mais courageux : Combien de mois de vie me reste-t-il ?

— Pardon ?

— Non, je veux dire… – Agustí se sentit un peu désorienté. – Qu'est-ce que j'ai ?

— Eh bien… Rien de grave, monsieur Ardèvol, dit-elle en enlevant ses lunettes. À vrai dire, vous êtes plutôt en bonne santé.

Agustí se rejeta en arrière, contre le dossier de sa chaise, rempli d'effroi. Ou elle se fichait de lui ou il ne lui restait ni des années, ni des mois, mais des jours ou des heures de vie, et c'est pourquoi elle voulait le maintenir dans l'ignorance jusqu'à la tombe… Eulàlia, mon amour… s'il y a quelque chose dans l'au-delà, et il n'y a rien, on se verra bientôt. C'est sûrement le souvenir de ton amour qui me donne la force de ne pas être foudroyé par la panique. Mes enfants, votre père essaiera de mourir honorablement, il essaiera de mériter de rester dans les mémoires comme le digne époux de votre mère. Je vous aime, mes enfants.

Alors, il entendit la voix du médecin, qui lui commentait les résultats des différentes analyses en termes compréhensibles ; pas de problème de ce côté, pas de problème ici non plus ; elle lui fit un discours moralisateur assez sévère sur les transaminases, le danger du cholestérol, la nécessité de mener une vie frugale, de diminuer sa consommation d'alcool et de tabac, de manger beaucoup de légumes, et il l'interrompit avec un cri qui sortait du cœur :

— Alors, je ne suis pas en train de mourir ?

Au lieu de répondre, le médecin répondit par une autre question, comme s'ils étaient en train de jouer au tennis :

— Vous êtes marié et vous avez des enfants, n'est-ce pas ?

— Eh bien… C'était la première fois qu'il en parlait, c'est pourquoi il dut prendre une profonde inspiration : Ma femme est morte avant-hier. Hémorragie cérébrale. Et, comme une excuse : Nous l'avons enterrée aujourd'hui.

— Eh bien… Elle enleva ses lunettes : Toutes mes condoléances.

— Merci.

— Trois enfants, n'est-ce pas ?

Combien de fois avait-elle enlevé ses lunettes ? Au moment où il répondait oui, trois enfants, il se disait qu'il ne se souvenait pas de l'avoir vue les remettre, comme si elle avait trente ou quarante paires de lunettes, pour chaque fois où elle devait dire quelque chose d'important. Comme maintenant, où elle les enlevait à nouveau et fixait ses yeux bleus sur le regard méfiant d'Agustí.

— Le fait est que… C'est très surprenant, mais les résultats… – elle agitait une des feuilles – … ne nous laissent aucune marge d'erreur.

— Allons, docteur. Il fit un effort pour retrouver l'estime de soi et se risqua à faire une plaisanterie : Moi, dans le fond, puisque je sais que je vais mourir… Vous pouvez me dire n'importe quoi, ça ne me fera ni chaud ni froid.

Elle regarda son patient comme si elle doutait de son aplomb. Elle soupira, regarda la pendule qui se trouvait derrière la nuque d'Agustí et décida de trancher dans le vif :

— Eh bien, comme je vous le disais… Et elle fit planer la feuille de papier au-dessus de la table de façon à ce qu'elle tombe devant lui, enleva ses lunettes, oui, à nouveau, et le regarda en lui disant : Je peux vous dire avec une certitude absolue que depuis que vous avez eu cette forte fièvre… les oreillons… que vous avez eus à l'âge de… Là, elle reprit la feuille et Agustí put enfin la voir remettre ses lunettes et lire : … à l'âge de… de… quand vous aviez quinze ans… vous êtes totalement stérile.

Le médecin, mal à l'aise, enleva ses lunettes et les posa sur la table. Le son qu'elles produisirent lui rappela les coups de masse sur la dalle de la tombe d'Eulàlia. Agustí, la bouche ouverte, pensa que… Il fut incapable de penser quoi que ce soit parce que maintenant il devait commencer à accepter que l'avenir des survivants peut être extrêmement cruel.

hausser pour chaque fois où elle devait dire quelque chose d'important. Comme chaque fois, où elle les calculait nouveaux [illegible] leur regard méchant [illegible].

— [illegible] C'est très surprenant, mais les [illegible] des feuilles [illegible], ne nous [illegible].

— Allons, [illegible] pourtant votre [illegible] de soleil [illegible] Mon [illegible] dans le [illegible] que je suis mort [illegible].

Elle étendit son [illegible] qu'elle devait de son [illegible] la petite lettre [illegible] de cran-[illegible].

— [illegible] de papier au-dessus de la table de [illegible] les [illegible] que [illegible] les [illegible] feuille [illegible] votre [illegible] partie, vous êtes [illegible].

La [illegible] les posa sur [illegible]. Le sénateur [illegible] prononça lui rappela [illegible] la date de [illegible] d'Estella [illegible] Il [illegible] maintenant [illegible] l'avait [illegible] pour [illegible].

L'ESPOIR ENTRE LES MAINS

Ne me dis pas qu'il n'est pas vrai que le soleil se baigne dans la mer.

FELIU FORMOSA

— Parce que je veux voir à nouveau le coucher du soleil dans la vallée de Sau.

— Ça me semble une raison un peu stupide de risquer ta vie.

— Quand j'étais jeune, je suis revenu de Saxe par nostalgie.

— Tu seras toujours malheureux.

— Oui. J'aurai toujours la nostalgie de la vallée de Sau.

Les deux hommes, debout, exposés au soleil féroce qui tombait d'aplomb sur leur nuque, faisaient durer le temps qu'ils mettaient à jeter le contenu puant des seaux, feignant que la merde y restait accrochée, traînant encore un instant et parlant à voix basse, si bien que personne ne soupçonnait qu'ils étaient en train de parler sous le soleil impitoyable. C'était vrai qu'Oleguer avait la nostalgie de Sau et de son paysage sauvage. Mais ce qui le rongeait, et c'était la raison de toute cette agitation, c'était de savoir pourquoi Cèlia ne lui écrivait pas. Douze années passées au milieu des rats et des cafards, attendant chaque jour, chaque minute, chaque instant de sa vie une lettre qui n'arrivait jamais…

— C'est que tu n'as jamais vu un coucher de soleil à Sau, disait-il à Tonet pour éviter que Cèlia ne surgisse dans la conversation.

— Et je ne m'en porte pas plus mal. Je ne veux pas m'évader. S'ils t'attrapent c'est la mort, sans poser de questions. Je ne veux rien savoir. Tu ne m'as rien dit. – Et il disparut avec son seau vide mais toujours aussi puant. Oleguer leva la tête, un peu découragé, et son regard croisa celui du soldat à la mine patibulaire qui le regardait fixement, un brin de romarin tendre dans la bouche, les yeux brillants de l'aversion qu'il éprouvait envers tous les fils de serpent hébergés dans la prison du glorieux roi Ferdinand.

Six années auparavant, lorsqu'il préparait sa première tentative d'évasion, Oleguer Gualter avait confié son secret et exposé son projet à Massip, l'homme qu'il avait choisi pour l'accompagner dans sa fuite, sans cacher aucune carte. Celui-ci, sans cesser de mâchonner son brin d'herbe sèche, lui avait répondu c'est bien beau tout ça, mais tu ferais mieux de chasser de ta tête cette fille maudite.

— Ne l'appelle pas maudite. Je ne sais pas pourquoi elle ne m'écrit pas.

— Parce qu'elle n'a rien à foutre de toi, c'est tout.

— Non. Peut-être qu'elle est très occupée Elle s'est peut-être mariée, elle a peut-être une tripotée d'enfants et…

— Tu es un imbécile, lui avait répondu Massip. Mais moi aussi j'aimerais avoir une fille, pour pouvoir la regretter. Et en plus une fille qui sache écrire. Et pas question d'évasion. J'ai trop peur.

Oleguer Gualter, à cette époque, avait dû renoncer à contrecœur, parce que son plan était impossible à mettre en pratique tout seul et il savait qu'il ne pouvait le réaliser qu'avec Massip, le seul prisonnier qu'il aurait suivi les yeux fermés. Les autres, s'ils apprenaient l'existence de son projet d'évasion, le dénonceraient au gouverneur dans l'espoir d'un avantage misérable, parce que si ces murs avaient eu un effet, c'était de dégrader les détenus au point de leur ôter la moindre once de vergogne.

La vie a des retournements inattendus : six mois plus tard, Massip le supplia de lui exposer son plan d'évasion, il devait sortir, c'était urgent. Alors, ils pouvaient parler dans la cour le matin, parce que le gouverneur de l'époque leur avait accordé un moment supplémentaire de promenade, à la grande indignation – muette – des soldats de la garnison et des geôliers au regard torve.

— Il faudra que tu grimpes dans l'obscurité. C'est toujours le même plan.

— Ça m'est égal. C'est magnifique.

Pendant trois nuits, en cachette de leurs compagnons de cellule, ils observèrent qu'aux alentours de minuit, après la relève, tout le monde dormait dans la prison et qu'ils pouvaient grimper sur le toit, en s'aidant l'un l'autre et en se servant de la corde qu'Oleguer avait tressée avec des brins de paille et d'espoir, avec toute la patience du monde. De là, s'ils n'avaient pas peur de faire le dernier saut, d'une hauteur de deux hommes de bonne taille, ils pouvaient fuir par les cours extérieures, même avec une jambe cassée, et essayer de surmonter leur douleur jusqu'à la forêt où, si on ne les poursuivait pas avec des chiens, ils pouvaient presque se considérer à l'abri. Massip, qui sept mois auparavant avait fait la grimace parce que ce plan laissait trop de place au hasard, dut reconnaître que c'était le seul possible. Trois jours plus tôt, on l'avait conduit dans le bureau du gouverneur, qui lui avait lu la notification légale. Alors, la chiasse était arrivée et il s'était mis à rechercher Oleguer et à lui demander eh, mon ami, ce plan, si on en parlait.

— Il faudra que tu grimpes dans l'obscurité. C'est toujours le même plan.

— Ça m'est égal. C'est magnifique, avait dit Massip. Je m'enfuis avec toi, et tout de suite. Et Oleguer décida que ce serait à la première occasion où la lune, à minuit, ne teinterait pas la nuit de jaune pâle. Cinq jours, Massip. Mais tout fut stoppé net parce que, de façon incompréhensible, la date d'exécution de Massip fut avancée et tout fut réduit à néant, le plan d'Oleguer et la vie de Massip. Maintenant, le malheureux avait emporté le secret d'Oleguer dans la fosse des prisonniers condamnés par la justice de Sa Majesté le roi Fou, Ferdinand, sixième du nom, de la lignée des Bourbons.

C'est pourquoi cette fois, à la mémoire du malheureux Massip, il avait seulement parlé à Tonet du coucher de soleil de Sau. Et Tonet, le seau de merde à la main, l'avait regardé de travers et avait filé. Oleguer, en pensant à tout ça, cessa de s'appuyer contre le mur de la cour et se dirigea du côté du soleil qui commençait à décliner et où il ne restait aucun prisonnier qui pût le traiter de fou. Il ne se fiait à personne, mais s'il avait fini par choisir Tonet c'était parce qu'il était aussi petit et menu que Massip. Il avait employé son temps, dont il disposait à foison, à penser à Cèlia, à ses morts, à maître Nicolau et aux paysages d'Autriche et de Saxe, aussi différents que la langue qu'on y parlait, qu'il avait fini par maîtriser, y ayant vécu six ou sept ans. Et quand il se lassait de remâcher ses souvenirs, il s'efforçait de perfectionner la méthode d'évasion qu'il avait déjà exposée à Massip. Il savait qu'après minuit, quand on changeait les tours de garde, la plupart des sentinelles en profitaient pour faire un somme, parce qu'il ne se passait jamais rien dans la prison et tout était tellement sombre qu'il était impossible de faire un pas sans tomber dans un des trous de la cour, mal couverts, qui donnaient sur les cloaques. Ce que ne savaient pas les geôliers c'était qu'au bout de douze ans les yeux d'Oleguer avaient non seulement pâli – à cause du désespoir plus que de l'obscurité – mais s'étaient habitués à voir dans la nuit, comme les chats. Et ils ne savaient pas non plus qu'au lieu de passer par la cour, chemin prévisible, il avait l'intention de s'échapper par le toit, où il était impossible, la nuit, de faire un pas sans se briser le cou. Et pourquoi ne m'écrit-elle pas, ne serait-ce qu'une fois ? Une seule fois ! Lui, il lui avait envoyé sept lettres au cours des sept premiers mois. Une remarque du gouverneur précédent, qui lui avait dit que manifestement elle ne voulait pas lui répondre, l'avait provisoirement dissuadé d'écrire. Par peur d'être ridicule ? Non : pour ne pas être importun. Mais au bout de quelques mois il lui écrivit à nouveau, des mots brefs, implorants, dans lesquels il lui disait Cèlia, ma fille, dis-moi au moins que tu es vivante, que tu vas bien, que tu t'es mariée, que tu as des enfants, que tu te souviens de moi… Un morceau de papier pour me dire bonjour papa. Je n'en demande pas plus, bonjour papa ; c'est ce que je désire le plus au monde, Cèlia.

Alors le gouverneur fut remplacé par cette crapule de Ròdenes, qui se faisait appeler baron alors qu'il ne l'était pas et qui prenait plaisir à voir les corps de ses hôtes s'affaiblir à cause des mauvaises actions pour lesquelles on les avait mis en cabane. Finies les promenades dans la cour ; retour au régime monacal de silence perpétuel, non mais des fois ! Alors, on lui interdit même d'écrire, ou tu crois peut-être que nous devons encombrer les services du courrier royal avec tes lubies ? Tu n'avais qu'à pas enfreindre la loi. Et ainsi passèrent six ans ou peut-être sept, à attendre chaque jour une lettre de Cèlia. C'est pour cette raison, et pas par nostalgie des couchers de soleil de Sau, dont il se souvenait à peine, qu'il avait décidé de s'enfuir de la prison de Sa Majesté.

Quand il avait sept ans, son père, qui avait émigré de Sau à Barcelone, le plaça comme apprenti dans l'atelier du maître facteur d'orgues Nicolau Saltor. Si son père avait su alors qu'en le mettant en contact avec maître Saltor il condamnait son fils à la réclusion à perpétuité quand il atteindrait l'âge de quarante ans et à mourir, pourri de l'intérieur et de l'extérieur, dans une cellule du pénitencier le plus infect du pays, il l'aurait sans doute ramené avec lui sans plus de cérémonie. Mais le destin est ainsi : il ne raconte pas toute l'histoire, seulement le fragment qui lui convient et, afin de vous induire en erreur, il cache le reste avec un petit rire équivoque.

Le fait est qu'ignorant les desseins de la destinée Oleguer se distingua aussitôt dans l'atelier de maître Saltor. Il resta peu de temps apprenti. À quinze ans, il était l'oreille du maître dans la très longue opération d'accord des tuyaux et ses mains caressaient le métal, le bois et le feutre, et sa tête pénétrait les secrets de la mécanique complexe et miraculeuse du son de l'orgue et les différentes façons de configurer un sommier efficace. Il commença à voir la vie à travers les mille sons de l'instrument et, sans s'en rendre compte, il était approximativement heureux.

Il resta bouche bée quand, le lendemain, alors qu'ils vidaient à nouveau les bassines, Tonet lui dit allez, c'est bon, ça m'intéresse, je ne veux plus chier dans un seau. Mais avant tu dois tout m'expliquer en détail.

Ils durent attendre l'heure de la promenade. Assis dans un recoin de la cour pour que personne ne les dérange, laissant couler les gouttes de sueur sans les toucher, il lui expliqua que cela faisait douze ans, depuis le lendemain de son incarcération, qu'il possédait la clef de la cellule. Que ça avait été un coup de chance : un geôlier que tu n'as pas connu l'a laissée tomber dans le couloir et personne ne s'en est aperçu, parce qu'un rebond capricieux l'avait fait sauter à ses pieds, dans la cellule. Il la cacha dans la paille, sans savoir si elle lui servirait à quelque chose, et les autres, après l'avoir cherchée en vain, se contentèrent d'en faire un double au lieu de changer la serrure. Et quelques mois plus tard, à force d'observer patiemment les mouvements des geôliers, il apprit que la même clef ouvrait la porte du bout du couloir, celle qui donnait accès aux combles et, par le conduit de la cheminée, au toit. Pendant douze ans, la pensée de la clef avait brûlé sa mémoire ; mais il avait pu en garder le secret jusqu'à ce qu'arrive le moment propice pour l'évasion. Par le toit, oui. Par l'endroit auquel ils s'attendent le moins.

— Mais je ne passe pas par le conduit de la cheminée.

— Ne mange pas pendant quelques jours. Moi, j'y passe.

— Si on arrive au toit… on peut se casser le cou.

— Oui, mais ils ne surveillent pas le toit.

Le soldat à la barbe grise et au brin de romarin entre les dents les observait de loin, avec un air tellement hostile qu'on aurait dit qu'il entendait leurs paroles. Quand Tonet fut au courant de tout, il inspira profondément, posa la main sur l'épaule d'Oleguer et lui dit dans un murmure :

— C'est impossible. Et ensuite, après avoir regardé le soldat qui les observait : Mais je pars avec toi. À une condition.

— Laquelle ?

— Que Faner vienne aussi.

Il aurait dû y penser. Tonet et Faner passaient toutes leurs journées ensemble. Ils étaient comme cul et chemise et quand il lui avait proposé de s'enfuir il n'avait pas pensé à ce détail. Il examina mentalement toutes les étapes, une fois de plus, s'imaginant maintenant avec Tonet et Faner, qui était encore plus gringalet.

— Oui, Tonet, soupira-t-il au bout d'un moment, Faner peut venir s'il est prêt à se casser une jambe. Il sourit d'un air las et ajouta : Mais s'il parle, je le tuerai.

Et c'est ainsi qu'ils décidèrent de s'enfuir quatorze jours plus tard, quand la lune serait à nouveau cachée. Oleguer passait assis ce qui devait être ses derniers jours en prison, adossé au mur de la cellule, les mains croisées derrière la nuque, à penser à Vienne, qu'il connaissait presque mieux que Barcelone. Quand le roi Charles renonça au trône, il réunit à Vienne une partie de la cour qu'il avait eue à Barcelone et une bonne compagnie de généraux et d'officiers fidèles aux Habsbourg. La reine exprima le désir exprès que maître Nicolau Saltor parte aussi pour Vienne. Oleguer, du haut de ses dix-neuf ans, ses parents morts et le regard plein de l'envie de voir le monde, n'y pensa pas à deux fois et s'enfuit content, comme assistant de maître Nicolau, vers l'exil doré de Vienne, pour servir le roi qui devenait empereur et qui abandonnait le nom de Carlos pour reprendre celui de Karl, non plus le troisième mais le sixième du nom.

C'est alors, au moment précis où Oleguer comptait ses derniers jours en prison, adossé au mur, les mains croisées derrière la nuque, pensant à Vienne, à Cèlia, à Sau, à la mort de Maria, à la terrible nouvelle sur le sort de Pere, que son cœur lui communiqua, que cette crapule de Ròdenes fut révoqué. Tout d'abord, pendant quelques jours, ils furent rongés d'inquiétude, priant pour que la routine de la prison ne change pas, pour que tout reste désespérément pareil, afin que leurs possibilités de s'enfuir ne soient pas compromises. Et après la forêt, si ses jambes étaient encore entières, il demanderait à un charretier de le conduire à Vic et la première chose qu'il ferait en y arrivant serait d'aller chez lui pour voir si Cèlia vivait encore là. Ou s'il y avait de nouveaux habitants qui pouvaient lui dire où elle était partie. Et il la regarderait dans les yeux et il lui dirait ne t'en fais pas, je m'en vais tout de suite, ma fille bien-aimée, je ne veux pas être une gêne pour toi… Mais pourquoi, en douze ans, ne m'as-tu pas écrit une seule fois, pas une seule ? Tes lettres auraient été l'espoir de ma vie. Rien que de tenir le papier dans mes mains, ma vie aurait été moins douloureuse. Le jour où les soudards sont venus me chercher avec une lettre de cachet parce que le buffet de l'orgue des Augustins avait cédé et avait écrasé deux frères, j'ai vu tes yeux de perle, ma toute belle, qui pleuraient à l'intérieur pour ne pas me faire davantage de peine, et moi je n'ai eu que le temps de te dire va chez Bertrana, ils t'accueilleront de bon cœur, et ce n'est que pour quelques jours. Mais voilà, un des frères morts était le général de l'ordre et une sorte de cousin d'un ministre du roi Fou, et ces quelques jours s'étaient mués en quelques années avec la recommandation d'un traitement spécial. Et moi je t'écrivais, ma princesse, comment te traite-t-on chez Bertrana, que fais-tu, je reviendrai très vite. Et toi, rien. Et comme je n'avais senti aucun souffle dans mon cœur je continuais à t'écrire.

Parce qu'un jour Massip lui avait dit Dieu nous en garde mais c'est peut-être qu'elle est morte. Et lui, il avait souri d'un air suffisant, lui disant mais qu'est-ce que tu me chantes là ; je m'en serais rendu compte ; comme je me suis rendu compte de la mort de ma chère Maria, qui était morte quand il s'était absenté pour réparer les dégâts causés par l'humidité à son orgue de la cathédrale de Manresa, cela pendant deux mois. Et, tandis qu'il faisait sonner, avec une grimace de mécontentement, les contrebassons qui étaient placés du côté de l'épître, il sentit un souffle au cœur qui coïncidait, comme il le sut plus tard, avec le moment où le cœur de Maria décida soudain de dire assez, comme ça, sans prévenir. Et quand Pere se retrouva sous les roues de cette charrette, lui, qui marchait de Prats à Moià avec en poche un bon contrat pour réparer trois harmoniums, il sentit aussi le souffle. Il le sentit tellement fort qu'il rebroussa chemin, perdit le contrat et, comme il le craignait, perdit son fils. Et maintenant je n'ai pas senti ce souffle, Massip. Ma Cèlia est bien vivante, mais je ne comprends pas pourquoi elle ne m'écrit pas.

Ròdenes fut destitué et remplacé par un homme maigre, sec et silencieux, qui gardait sa chandelle allumée jusqu'après minuit, et les premiers jours les gardes se regardaient les uns les autres pour deviner à quel point ils pouvaient tirer sur la corde et dans quelle mesure le nouveau gouverneur pouvait leur causer des problèmes.

Sur son grabat, dans l'obscurité, Oleguer pensait à Cèlia et, pour l'écarter de sa mémoire, il se remémorait Vienne, les deux années vécues à Schönbrunn, encore en travaux, à travailler au grand orgue de la chapelle impériale, l'avant-dernier orgue que maître Saltor avait signé avant d'être pris par les fièvres qui allaient l'emporter. L'empereur s'était déclaré tellement satisfait du travail réalisé par maître Saltor qu'il lui donna l'autorisation d'aller examiner tous les orgues de l'Empire et de toute l'Allemagne. Une année complète passée à voyager, écouter, jouer, se rappeler, comparer et apprendre les plus petits secrets afin de parvenir à l'impossible instrument parfait. Ce fut en l'an dix-sept, quand Oleguer venait d'avoir vingt-deux ans, que maître Nicolau accepta ce contrat à Markkleeberg et monta un petit atelier provisoire sur les berges vertes de la Pleisse. Avec une célérité inhabituelle, il construisit un orgue positif pas très grand mais qui possédait un son angélique, pensé pour le temple luthérien du bourg. Oleguer savait que c'était le meilleur orgue que son maître ait jamais construit. Et le maître était content de laisser un échantillon de son talent dans une bourgade saxonne inconnue et belle. Il fit graver la plaque métallique avec la mention *Saltorius barcinonensis me fecit, anno 1718* et mourut satisfait.

Au bout d'une semaine, Oleguer se persuada que le plan d'évasion était encore praticable. Il le fit savoir aux deux autres conjurés, lesquels, également en cachette, étaient en train de fabriquer à grand-peine une corde trop mince avec les brins de paille de leur grabat. Et, considérant que le vendredi 17 ce serait la nouvelle lune, ils décidèrent qu'ils s'enfuiraient cette nuit-là, même s'il y avait de la tempête. Mais c'était sans compter sur la capacité de travail du nouveau gouverneur.

Le jour arriva ; la nuit arriva. Le cœur battant, ils attendirent que leurs compagnons de cellule soient bien endormis et que le pâle lumignon du geôlier de la galerie commence à faiblir pour se mettre à respirer plus fort et tirer la clef de sa cachette. Les occupants de la cellule, un à un, se mirent à ronfler paisiblement ; mais le lumignon du geôlier, au lieu de faiblir comme il aurait dû, comme cela s'était passé des milliers de nuits de suite, devint plus vif cette nuit-là. Et ils virent, épouvantés, que quelqu'un ouvrait leur porte. Le geôlier de la galerie, l'homme à la mine rébarbative et à la bouche noire peuplée de caries, pointa son doigt sur lui et lui dit hé toi. Et il sourit avec une pointe de cruauté en montrant sa dentition dévastée. Ses compagnons d'évasion avaient le cœur serré ; lui, il l'avait au bord des lèvres. Il ne comprenait pas comment son plan d'évasion avait été éventé. Il regarda d'un air accusateur ses compagnons d'aventure, mais l'épouvante les empêcha de saisir son regard. Résigné, il suivit le geôlier et pensa je ne verrai plus jamais les yeux de perle de Cèlia. Si seulement elle m'avait envoyé une lettre, une seule… Dans un éclair, il se souvint de l'enterrement de maître Saltor et de sa décision d'assumer les commandes que le maître avait acceptées à Markkleeberg et l'impression de se retrouver dans la vie sans aucun refuge, parce que ses parents n'étaient plus là et son maître non plus, et il était seul pour dire oui, non, aller à droite ou à gauche, se jeter la tête la première contre un mur pour crever une fois pour toutes ou suivre ce long couloir qui le conduisait aux quartiers du gouverneur.

Le nouveau gouverneur le reçut dans son cabinet, debout, regardant l'obscurité qu'on devinait à travers la vitre sale de la fenêtre, certainement pour essayer de découvrir l'itinéraire de l'évasion. La lampe à pétrole qu'ils voyaient depuis la cellule était allumée et éclairait suffisamment la pièce. Sur la table, des tas de papiers. Le nouveau gouverneur s'assit à sa place et lui, comme l'autre le lui avait indiqué d'un bref coup de tête, il se plaça de l'autre côté, debout, attendant la torture ou la condamnation à mort pour avoir essayé de s'évader d'une prison de Sa Majesté le roi Fou don Ferdinand.

— Cela fait douze ans que tu es ici.

— Oui, Excellence.

— Le prisonnier le plus ancien.

— Oui, Excellence.

Le gouverneur prit une liasse de papiers et en examina un, comme s'il avait été seul. Oleguer eut le temps de s'échapper par la pensée pour fuir la peur, de penser au petit atelier de Markkleeberg et au premier orgue, pas très grand, qu'il avait construit, favorisé par la renommée de maître Saltor, pour les dépendances intérieures de l'école Saint-Thomas, à quelques lieues de Markkleeberg, dans la populeuse ville de Leipzig. Et ensuite il commença à se languir, pas de Barcelone où il avait grandi, mais du paysage plus lointain et imprécis de Sau, qui l'avait vu ouvrir les yeux, et il n'eut de cesse de vendre son atelier à un bon prix, faire un détour pour ne pas passer par Vienne et revenir dans les montagnes silencieuses et solitaires de la vallée de Sau, pour penser et rencontrer Maria, que le destin, toujours caché derrière un arbre, ne montrant jamais son visage, lui avait réservée. Quand il s'installa comme maître facteur d'orgues à Vic, Maria était déjà enceinte d'un fils. Cèlia naquit seulement trois ans plus tard, alors qu'il avait achevé les splendides orgues de l'université de Cervera et de la cathédrale de Manresa. Et maintenant il devait lui dire adieu, Cèlia ma bien-aimée, la seule personne de la famille qui restera en vie, parce que l'évasion ou la simple tentative sont punies de pendaison jusqu'à ce que mort s'ensuive.

Le gouverneur aussi était absorbé, mais par la lecture des papiers. Comme s'il avait oublié la présence du prisonnier qu'il devait châtier. Soudain, il plia une des feuilles, très soigneusement, leva la tête et regarda Oleguer dans les yeux pour la première fois :

— As-tu jamais reçu de lettre ?

— Jamais.

— Qui est Cèlia Gualter ?

— Ma fille.

Alors, il poussa l'amas de papiers et le fit glisser sur la table vers le prisonnier.

— Tout ceci, ce sont des lettres de ta fille. Elle écrit fort bien.

Ses jambes se mirent à trembler, enfin, enfin, ma Cèlia aimée, tant de lettres en un seul jour, comment est-ce possible. Et le gouverneur lui expliqua que sa fille lui écrivait régulièrement une fois par mois et lui racontait tout ce qui se passait, y compris la naissance de ses petits-enfants.

— Des petits-enfants ?

— Tu n'en savais rien ?

D'un geste, il lui signifia qu'il pouvait garder le paquet de lettres. Il ne savait pas s'il allait s'évanouir sur place ou attendre d'être de retour dans la cellule pour le faire. Le gouverneur, presque sur un ton d'excuse :

— J'ignore pourquoi on ne te les a pas données au fur et à mesure, mais cela fait des années qu'elle t'écrit. Il ne put s'empêcher d'ajouter : Ta fille, il me semble que je la connais mieux que toi.

Et d'un signe de tête il lui indiqua qu'il pouvait retourner à la pourriture de sa cellule, avec les rats et les cafards. Mais avec les lettres. Il retourna à la cellule presque sans forces, serrant bien fort contre lui l'objet de son désir. Il ne s'évanouit pas. Manifestement, le geôlier avait reçu du gouverneur maigre et sec l'ordre de laisser une lumière à côté de la porte de la cellule, pour qu'il puisse lire quelques-unes des missives avant l'aube. Lorsqu'il entra dans la cellule, il s'assit sur sa paillasse, respirant fortement, pressant des deux mains le paquet de lettres, volumineux.

— Qu'est-ce qu'ils t'ont fait ? chuchota Faner.

Mais il n'avait pas la tête à répondre. Il était trop bouleversé.

— Ils t'ont dit quelque chose sur nous ? demandait Tonet, inquiet.

Alors il s'aperçut de leur présence. Quel dérangement d'avoir ces deux idiots devant lui, qui ne le laissaient pas être seul avec Cèlia, ma toute petite, comment ai-je pu dire à Massip que tu ne m'écrivais pas. Et cela fait des années qu'il est mort, pauvre Massip.

À la lumière moribonde du lumignon laissé à contrecœur par le geôlier édenté, il put lire la première lettre qui disait mon père, comment vous portez-vous ? Dites-moi si vous avez besoin de quelque chose en particulier, parce que la belle-sœur de Bertrana m'a dit qu'elle connaît un homme qui a un frère qui sert dans je ne sais quelle compagnie et qui peut essayer de nous aider dans la mesure du possible. Vous me manquez, père, disait-elle ; mais il ne pouvait en lire davantage parce que ses yeux étaient noyés de larmes et ces traits si doux s'effaçaient de son âme, et Massip et Tonet, tournés vers lui, qui murmuraient, inquiets, qu'est-ce qui t'arrive, bon Dieu de merde ? C'est ta condamnation à mort ? Et il faisait non de la tête, pleurait et n'arrivait pas à croire que sa fille ait écrit tant de lettres. Des petits-enfants. Il avait des petits-enfants. Et il se remit à pleurer. Et Tonet et Faner se regardèrent interloqués. Au bout d'une minute, le soudard s'approcha pour lui enlever la chandelle et ils se retrouvèrent plongés dans l'obscurité et le silence.

— Il sera bientôt minuit, dit Tonet après un long moment.

Il ne répondit pas. Il était trop occupé à serrer contre lui le paquet de lettres et à penser aux yeux de perle de sa fille.

— Il est minuit, répéta Tonet au bout d'un moment. Et, résolument : Allons-y.

— Je ne pars pas.

— Quoi ?

Dans l'obscurité, il lui passa la clef qu'il avait gardée cachée pendant douze ans.

— Je ne pars pas.

— Mais c'est toi… – Incrédule. – Ce n'est pas possible… – Il ne comprenait pas. – Tu as attendu toutes ces années pour… – Désespéré. – Pourquoi, Oleguer ? Pourquoi ?

— Parce que je dois lire les lettres de ma fille. Je m'échapperai un autre jour.

— Mais… si on s'enfuit, tu pourras la voir…

— Ça fait tellement d'années que j'attends ce moment… marmonna-t-il pour lui tout seul, si bien que les autres l'entendirent à peine. Et à voix plus haute : Les lettres sont faites pour être lues. Vous pouvez vous échapper sans moi.

— Mais c'est ton idée. Si on l'utilise, elle ne pourra plus jamais servir…

— J'ai à faire maintenant. Un autre jour. Et, avec un peu d'impatience : Adieu, bonne chance.

Les deux compères se regardèrent, effondrés. Tonet haussa les épaules et dit on y va, Faner. Et avec un peu de rage, s'adressant à l'ombre qui gisait sur le grabat, le paquet de lettres près de son cœur : L'humidité t'a rouillé la cervelle.

— Ne perdez pas de temps, répliqua-t-il, impatient de se retrouver seul.

Les deux conjurés sortirent de la cellule grâce à la clef et disparurent en silence au fond du couloir, là où se trouvait la porte qui donnait sur les combles. Quand il n'entendit plus le bruit léger de leurs pas, il s'installa plus confortablement sur le grabat, se servant des lettres de sa fille comme d'un oreiller. Pour la première fois en douze ans, cette nuit-là, il dormit paisiblement.

DEUX MINUTES

Elle soupira, satisfaite, en exhalant la fumée. Tu vois ? Pas plus compliqué que ça. C'était facile d'être infidèle ; deux minutes, pif paf et ça y est, tu as commis un adultère. Manifestement, les anges ne descendaient pas en soufflant dans les trompettes du châtiment. Et cet homme presque inconnu avait un corps de rêve, à force de manger des yaourts.

— Comment tu fais pour ne pas avoir de ventre ?

Elle avait dit ça sur un ton familier, maintenant qu'ils étaient plus intimes.

— Je fais du sport. Et tu ne devrais pas fumer.

Il fait du sport. Il fait attention à lui. Pas comme moi ou Ricard. Il y a un moment où on se laisse aller et où on ne fait plus aucun effort, peut-être parce que l'autre s'en moque.

— Je m'en vais.

— Attends deux minutes. Tu me trouves jolie ?

— Je veux, mentit le mangeur de yaourts.

Un orgasme d'anthologie pour sa première transgression. Et pourtant, Neus l'avait mise en garde : si elle se décidait, la peur l'emporterait sur l'envie de s'amuser ; peur d'être surprise par Ricard, peur de pécher, peur de je ne sais quoi, que ça se voie sur sa figure quand elle sortirait dans la rue, oui ; mais l'orgasme, oublie ça. Et pourtant... Et avec le réparateur de machines à laver, un athlète très doux et très fort ; un animal. Pourquoi devrait-elle avoir peur ? Elle ne lui devait rien, à Ricard, ils ne s'aimaient pas... Et si justement aujourd'hui il se décidait à rentrer à la maison avant l'heure ? Non ; il n'avait jamais fait ça en douze ans.

— Tu sais quoi ? Il vaut mieux que tu t'en ailles.

L'homme se leva rapidement, laissant la femme, qui avait l'air plus ardente qu'une torche allumée, caresser son corps du regard. Il pensa pauvre femme, mais bon, un coup facile, comme ça au milieu de la matinée, c'est toujours ça de pris, lui pinça la joue pour gagner du temps et la laisser le regarder encore un instant et commença à s'habiller.

— Tiens, lui dit-elle.

Et elle lui tendit le montant de la réparation, assorti d'un pourboire scandaleusement généreux. Il pensa je lui écrase le fric sur la tronche ou quoi. Mais il choisit de faire semblant de ne pas s'en être aperçu et mit l'argent dans sa poche. Il emmènerait Katty au restau.

— Comment tu t'appelles ? – Toujours au lit, écrasant nerveusement dans le cendrier la cigarette à peine entamée, désirante, réprimant son envie de lui dire viens chaque jour réviser la machine à laver. Lui, pour toute réponse, il embrassa son index en souriant, comme il avait vu Cindy Crawford le faire sur la couverture d'une revue américaine. Jouant les durs, il partit sans se retourner. Il prit sa caisse à outils et ouvrit la porte en priant pour que personne n'arrive, le mettant dans une situation embarrassante. Il la referma d'un coup, sans faire trop de bruit, et pendant un instant il pensa à la femme inconnue qu'il avait laissée dans un lit qui n'était pas le sien. Il n'éprouva aucune peine pour elle. Ni pour lui-même ; il envisagea même de se consacrer sérieusement au métier de gigolo, mais il écarta cette idée avec un sourire un peu honteux. Une fois dans la rue, il alluma la cigarette qu'il avait envie de fumer depuis un bon moment, se demanda où il avait bien pu laisser sa camionnette et passa les adresses en revue pour calculer le meilleur itinéraire pour rattraper le temps perdu. Il descendit du trottoir au moment où une limousine s'approchait sans bruit. Putain de bagnole, pensa-t-il. À l'intérieur de la limousine interminable, il y avait un chauffeur très imbu de lui-même, vêtu d'un uniforme gris et à la mine rébarbative ; et plusieurs mètres derrière lui, mais à l'intérieur de la même voiture, une femme impressionnante, brune, très brune, comme Naomi Campbell ; le gigolo en devenir pensa qu'il ne dirait pas non si on lui demandait d'aller au domicile de cette femme réparer toutes les machines à laver du monde.

Le chauffeur à l'air aimable comme une porte de prison fut obligé de ralentir parce qu'un homme avec une cigarette aux lèvres et une caisse à outils dans les mains contemplait sa cliente bouche bée, planté au beau milieu de la rue.

— Où tu vas comme ça, connard ? Tu ne peux pas faire gaffe ? marmonna-t-il furieux. Alors, il regarda la reine de Saba dans le rétroviseur pour s'assurer qu'elle ne l'avait pas entendu jurer. Non, elle était plongée dans ses agendas. Ou peut-être pas, car elle leva la tête et sans crier, malgré la distance, et avec une autorité absolue, qui émanait de façon naturelle de sa richesse et de sa beauté, elle lui dit de s'arrêter au coin de la rue près de la bijouterie, deux cents mètres plus bas, et de l'attendre là.

— On ne peut pas stationner là, fit-il remarquer tout en vérifiant que l'homme à la cigarette était toujours en train de les regarder, tout petit dans le rétroviseur, la bouche ouverte et auréolé d'un nuage de fumée. Bon, en train de regarder la voiture ou Mlle Blanca ; lui, jamais personne ne le regardait.

— Débrouille-toi. J'en ai pour deux minutes.

En deux minutes, la reine de Saba devait entrer dans la bijouterie, sourire, se débarrasser de trois vendeurs, faire sortir de toute urgence M. Laporte de son bureau, lui dire qu'elle venait d'acquérir le Buzi, diamant de deux cent deux virgule trois carats, qu'elle lui laissait une photo de la pierre (je suppose que vous avez déjà entendu parler du Buzi et de l'Ézéchiel, monsieur Laporte), et qu'il devait commencer à réfléchir à un pendentif en or digne d'enchâsser cette merveille de la nature, sublime éloge de l'habileté et de la sensibilité de celui qui l'avait taillée, et qu'elle reviendrait un jour où elle aurait un peu plus de temps. Et il lui resterait encore vingt secondes.

Comme il n'avait pas le choix, le chauffeur ravala l'idée qu'il se faisait des deux minutes de sa patronne. Arrivé devant la bijouterie, il freina tout en douceur.

— Deux minutes, dit Mlle Blanca en descendant de voiture. Le chauffeur se mit en double file, car essayer de garer cette énorme saucisse dans l'espace disponible était un acte téméraire. Il descendit de voiture et palpa anxieusement la poche de son uniforme ; il mourait d'envie de fumer. Il alluma la cigarette presque avec passion. Il expulsa la fumée, abondante, interminable, par le trou de sa dent cassée et il se sentit bien mieux ; et, par habitude, il regarda sa montre pour vérifier quand se seraient écoulées les deux minutes qu'elle devait passer dans la boutique, à l'en croire.

— Pas question de rester là. Circulez.

Le chauffeur se retourna et vit une de ces préposées dont l'occupation consiste à décider comment les citoyens doivent se garer.

— Deux minutes, pas plus, dit-il en expulsant la deuxième bouffée.

Elle, rien ne l'exaspérait davantage que ces esclaves des millionnaires qui prennent la défense de leurs patrons comme s'ils faisaient partie de leur famille. Et aujourd'hui encore plus, avec cet énorme camion norvégien qui déchargeait des tableaux devant la Fondation, entouré d'une armée d'agents de sécurité dépourvus du pistolet par lequel la municipalité lui conférait, à elle, une autorité morale supérieure. Elle fit un claquement de langue et répéta sur le même ton, pour bien montrer que tout cela commençait à la lasser :

— Pas question de rester là. Circulez.

— Qu'est-ce que vous voulez que je fasse de ce machin ? Que je le mette dans ma poche ?

— C'est votre problème. Sinon c'est la contravention. Comme vous voudrez.

— Et ce camion, alors ?

— Il est en train de décharger.

Elle vit que le larbin réfléchissait tout en tirant avec ferveur sur sa cigarette et en regardant sa montre comme si elle devait lui apporter la solution.

— Si mademoiselle ne me voit pas en sortant elle va me passer un savon.

— Je vous ai déjà dit que c'est votre problème, rétorqua-t-elle, toujours avec cette moue d'agacement. Cherchez un parking.

— Vous pensez qu'on va m'accepter, avec cette bête ? – Il voulait parler de la limousine, qu'il désignait avec le geste du pêcheur qui montre la dorade qu'il vient de sortir. – Vraiment, c'est juste pour deux minutes.

Pour calmer son irritation croissante, elle sortit son carnet de contraventions, prête à tout.

— Très bien, comme vous voudrez.

Et elle alla se placer devant le véhicule pour relever le numéro d'immatriculation. Le chauffeur, qui avait un air de plus en plus hautain, jeta par terre la moitié de cigarette et monta dans la voiture. Sans lever les yeux de la plaque, elle entendit le coup rageur de la portière qui se refermait. Très bien, il a obtempéré. Elle fit un pas en arrière pour éviter qu'il ne lui rentre dedans et fit semblant d'aller régler un autre problème. Tandis qu'elle regardait s'éloigner la limousine démesurée, elle sentit la fumée de la cigarette qui se consumait sur le sol. Elle se dirigea vers une entrée d'immeuble, regarda de tous les côtés, constata que les vigiles qui entouraient le camion norvégien n'étaient pas aux prises avec des gangsters, des maffieux ou des trafiquants d'art et décida qu'il n'y avait aucun danger. Avec des gestes adroits, elle alluma une cigarette et se mit à fumer, tout en cachant le corps du délit derrière son dos. Deux minutes de repos. Quatre bouffées plus tard, une mulâtresse spectaculaire sortit de la bijouterie du coin et contempla la chaussée d'un air indigné. La préposée eut l'impression qu'elle attendait un taxi. C'est son problème, pensa-t-elle. Et elle continua à tirer sur sa cigarette clandestine et à penser que Carles est chaque jour plus distant, je me demande si… Non, parce qu'on dit qu'une femme détecte immédiatement les indices d'une infidélité et je n'ai rien remarqué. Mais cette pensée la mit de mauvaise humeur. Alors, elle remarqua la voiture bleue. Merde, quel culot, juste sur un bateau. Elle regretta de devoir écraser sa cigarette à la moitié, mais ce type n'échapperait pas à la contravention.

— Mais putain de merde, s'écria-t-il en voyant qu'un agent était en train de mettre une contravention sur son pare-brise. Il s'approcha en soufflant et s'exclama, indigné : Je l'ai laissée à peine deux minutes !

— Tout le monde est garé depuis deux minutes à peine, dit-elle sur un ton glacial. Vous bouchez le passage.

— Mais putain, j'ai juste…

— Écoutez, c'est votre problème. Moi, je me contente de faire respecter la réglementation.

C'est ça qui le foutait le plus en rogne ; qu'on lui dise que c'était son problème, d'être à la bourre toute la matinée, de faire treize visites en deux heures, de claquer un fric monstre en parcmètres, de laisser la bagnole un instant sur un bateau, que le client soit un peu trop bavard et vlan, la prune. Merde alors.

— Vous savez ce que j'en fais, de mon problème ? dit le candidat à l'infarctus tout en lui arrachant la contravention. La préposée resta plantée à côté de l'homme en attendant qu'il finisse de se défouler. Ce qu'il fit, froissant la contravention en boule et la jetant par terre. Les mêmes réactions que Carles. Exactement pareil. L'homme n'en crut pas ses oreilles quand elle lui dit avec un grand sourire :

— Comme vous voudrez. Mais je vais vous mettre une autre contravention pour avoir souillé la voie publique.

C'en était trop, putain de mes deux. Il monta dans sa voiture et, inconsciemment, ne claqua pas la portière pour que cette harpie ne lui flanque pas une contredanse pour nuisance sonore à moins de trois cents mètres d'un hôpital. Il démarra sans se demander si l'agent était en train de ramasser la contravention et de la lisser avec la main ou si elle empoignait son pistolet et visait sa nuque, 'tain d'ta mère. Il faillit emboutir une limousine qui était arrêtée en double file devant lui. Il mit le clignotant et déboîta et au milieu de la rue merde, merde et remerde. Il fut obligé de ralentir parce qu'un énorme camion était arrêté en plein milieu comme si… Ça c'est le bouquet ! Et pourquoi elle ne lui fout pas un PV à ce camion ? En grommelant des jurons, il s'arrêta au feu, qui était au rouge. Furibard, il donna un coup de poing sur le volant et le klaxon retentit, avec une sonorité ironique, nette, parfaitement illégale.

Bien qu'elle ait une excellente vue, presque toutes ses dents et des jambes qui lui obéissent parfaitement, ce qu'elle ne pouvait pas faire, c'était se mettre à courir au milieu du passage piéton. Alors elle pensa il peut crier autant qu'il voudra, moi je vais à mon rythme. Et elle regarda d'un air de défi l'individu impatient qui sortait le bras par la fenêtre d'une voiture bleue et tapait nerveusement sur la carrosserie tout en allumant une cigarette de l'autre main. C'était lui qui avait klaxonné, comme si elle ne voyait pas que c'était encore vert pour les piétons. Un pas après l'autre, on fait son chemin.

Elle oublia aussitôt cet impertinent et se mit à regarder les vitrines. C'était ce qu'elle aimait le plus quand elle rentrait chez elle par cette rue. Ah cette petite robe. Si j'étais plus jeune. Je demanderais bien le prix, comme ça, par plaisir, mais ça me gêne un peu. Je peux dire que c'est pour ma nièce. Et qu'est-ce que ça peut leur faire, après tout ? Elle vit une policière municipale qui écrivait quelque chose devant une voiture et se dit qu'elle était peut-être en train de mettre une contravention. Si j'étais plus jeune, il y a longtemps que j'aurais passé mon permis de conduire, se dit-elle. Et elle continua à marcher, désireuse d'arriver enfin chez elle, parce que ce qu'elle n'avait jamais fait, c'était se mettre à fumer en pleine rue ; elle trouvait que ce n'était pas de son âge. Mais elle fut distraite par une autre petite robe ravissante. Non, celle-là, elle n'oserait pas la mettre, même si elle était plus jeune. C'est qu'elles sont toutes très courtes, de nos jours. Mais la robe était jolie, on ne pouvait pas dire le contraire. Elle leva la tête et eut un sursaut d'effroi ; une ombre se reflétait dans la vitrine. L'ombre d'un homme avec une barbe foncée qui chantait tout bas, d'une voix profonde, le chœur des esclaves de *Nabucco*. L'ombre pensa cette vieille dame a eu peur. Il oublia tout de suite la grand-mère, qui avait poursuivi son chemin en mâchonnant ses rêves incertains, et fixa son attention sur la vitrine. Des vêtements féminins suggestifs. Cette robe verte n'irait pas à sa femme : elle a la taille trop forte. Avec un peu d'amertume, il corrigea sa pensée : elle a chaque jour la taille plus forte. Sílvia oui, ça lui irait bien. Tout lui va. Il s'efforça de voir le prix. Aïe. Il ne savait pas s'il pouvait se le permettre sans éveiller les soupçons de sa femme.

Il s'éloigna de la vitrine, résigné. Il fut irrité de se voir empêché de marcher sur le trottoir par des gardes en uniforme, parce qu'à ce moment-là des déménageurs sortaient d'un camion des caisses de protection en bois. Des tableaux, pensa-t-il. Ils allaient à la Fondation. Il fut agacé de devoir descendre sur la chaussée à cause de l'installation. Il faudrait qu'il fasse attention aux dates de l'exposition. Il faudrait qu'il fasse attention à tant de choses, maintenant, que même les moments passés avec Sílvia commençaient à se couvrir d'une patine d'ennui. Et il se mit à chanter tout bas, tout bas, de sa voix de baryton, un fragment d'il ne savait quel lied de *Winterreise*, qui disait *Eine Strasse muss ich gehen, Die noch keiner ging zurück**, qui lui laissa le cœur triste. Devant lui, une limousine imposante démarrait, silencieuse et rapide, vers nulle part, et elle était arrêtée par le feu rouge trente mètres plus bas. L'homme à la barbe et à la voix de baryton sortait son porte-clefs de sa poche et choisissait la bonne clef quelques pas avant d'arriver à la porte de l'immeuble, avec des gestes mécaniques, sûrs, maintes fois répétés. Il commença à siffler la mélodie de l'escalier (adagio du quatuor "américain" de Dvořák), comme chaque jour, comme chaque année. Il fut reçu par les effluves du riz au four, comme tous les jeudis, et il pensa heureusement que sa femme était une aussi bonne cuisinière, parce que ça on ne pouvait pas le nier.

— Hello, entendit-il qu'on lui lançait du fond de l'appartement. Comment ça se fait que tu rentres si tôt ?

— Eh bien… Et, avançant dans le couloir : Ils sont venus, pour la machine à laver ?

* "Je dois prendre un chemin, dont personne n'est revenu." *(Toutes les notes sont du traducteur.)*

POUSSIÈRE

Un livre fermé et placé sur une étagère parle par sa reliure avec la même impuissance désespérée que le prisonnier, les yeux écarquillés, après qu'on l'a attaché et bâillonné.

GASTON LAFORGUE

Elle s'était bien souvent demandé combien de milliers de livres il y avait dans cette maison. Mais étant donné que dès qu'elle y entrait elle respirait sur la pointe des pieds, avec révérence et la crainte de se tromper et de se retrouver sans travail, elle n'avait jamais osé ne fût-ce que poser la question à M. Adrià. Elle se contentait de faire ce qu'on lui avait dit : le lundi, le mercredi et le vendredi, remplir des fiches de son écriture tellement soignée. Et le mardi et le jeudi, ôter la poussière, parce qu'une couche de poussière sur un livre est une marque d'ignominie et de laisser-aller. Elle avait d'abord procédé avec un chiffon humide mais l'eau, en contact avec les dos des livres, noircis par des années d'abandon, formait une pâte sombre qui empirait les choses. Alors Tere lui avait dit qu'il valait mieux utiliser l'aspirateur et, si c'était impossible, le plumeau traditionnel. Elle dut se réfugier dans la tradition parce qu'il ne lui passa même pas par la tête de demander à M. Adrià s'il avait un aspirateur. Et les livres qu'elle nettoyait en ce moment étaient recouverts d'une bonne couche de poussière, qu'elle se dépêcha de faire disparaître avant qu'il s'en aperçoive.

M. Adrià était un mystère. Peut-être millionnaire ; solitaire, certainement. Il ne sortait pas de chez lui, jamais, toujours en train de lire, de remuer des livres, de rédiger des fiches ou de les consulter ; ou de défaire, la passion sur la pointe de la langue, les paquets contenant ses nouvelles acquisitions, essentiellement des livres d'occasion, vieux, parfois très vieux. Il était obsédé par les livres. Toni était un obsédé sexuel, mais M. Adrià était un obsédé des livres. Aujourd'hui, jour de poussière, elle finirait épuisée, le nez desséché et dans la gorge le goût de la poussière, parce que dans cette maison les murs de livres étaient sans fin et la poussière s'y accrochait comme seule la poussière sait le faire.

Elle entendit derrière elle qu'il tournait une page du livre posé sur le lutrin et elle pensa qu'il était impossible qu'il passe sa vie de la sorte : un être humain doit bouger, respirer l'air pur, parler avec les autres, prendre un petit vermouth avec des anchois, que sais-je. Pas lui.

Victòria descendit de l'échelle où elle avait dû grimper pour faire la POÉSIE ORIENTALE. Elle crut voir, du coin de l'œil, que M. Adrià l'observait. Quand elle voulut s'en assurer, il était à nouveau plongé dans sa lecture.

Le premier jour, quand il avait ouvert la porte avec ce manque d'intérêt qu'il manifestait pour tout ce qui n'était pas un livre, il lui avait demandé son âge. Vingt ans, lui répondit Victòria, et elle pensa qu'il ne voudrait pas d'elle, la trouvant trop jeune ; et elle avait besoin de ce travail parce qu'ils allaient se marier à l'automne. Son âge ne posa pas de problème ; son manque d'expérience non plus. À coup sûr, sa presque inscription en première année de bibliothéconomie ne fut pas non plus décisive. Elle savait que ce qui avait décidé M. Adrià avait été la façon délicate dont cette fille avait pris le livre qu'il lui avait mis dans les mains par surprise : elle le prit avec délicatesse, presque amoureusement, de la même façon qu'Elisa prenait sa boîte à broderie en apprenant la mort de son amant dans *Elisa Grant* de Ballys (Pittsburg, 1833). Et, chance suprême, il se trouve qu'elle avait une très belle écriture. Bonne idée, ça, d'avoir cherché une aide, parce que tout seul je n'y arrive pas.

Aujourd'hui même je finirai ce *Voyage d'hiver* (Lyon, 1902). Gaston Laforgue est un peu trop pédant et grandiloquent, mais il m'a donné matière à six fiches. Une sur la nature de l'art, très belle. Cela dit, il ignorait tout de la vie de Schubert. Et à partir de demain l'œuvre complète de Dario Longo (édition à compte d'auteur, Trieste), qui promettait quelques surprises comme il avait pu le constater avant-hier en coupant quelques pages avec son coupe-papier. Je n'aurais pas dû lui dire de faire la POÉSIE ORIENTALE, elle me distrait. J'aurais dû l'envoyer à la section MORALISTES D'EUROPE CENTRALE. XVIIIe-XIXe, qui n'a pas été nettoyée depuis aussi longtemps que celle-ci.

Comme elle avait laissé un chiffon sur les livres *fu* de la dynastie han, Victòria dut remonter quelques échelons et M. Adrià eut le spectacle des fesses de la fille et il se dit qu'elles étaient comme il avait imaginé qu'étaient celles d'Andromaque lue dans l'édition de Cambridge : à la fois généreuses et discrètes. Elle s'en va enfin, soupira-t-il intérieurement, et il se concentra sur sa lecture tandis que Victòria sortait du salon de lecture avec sa cuvette, ses chiffons, son plumeau, son échelle et les fesses d'Andromaque, en silence, et elle put constater que M. Adrià est encore accroché à ce machin sur Schubert et elle s'éloigna dans le couloir tapissé de livres en pensant ce n'est pas possible, ce n'est pas possible : il y a quelques jours il lisait avec passion un dictionnaire philologique de la langue italienne ; et auparavant il avait fini *The Emotions and the Will*, d'Alexander Bain, qui l'avait laissé avec le regard perdu pendant deux ou trois jours. Qui est ce Bain ? avait-elle demandé. Qu'est-ce que j'en ai à cirer, répondait Toni, qui était irrité de voir que Victòria parlait du travail quand ils ne faisaient rien. Pour lui, M. Adrià était cinglé, un point c'est tout. Et Victòria ne disait rien, parce qu'elle commençait à accepter l'idée qu'il était chaque jour plus difficile de communiquer avec Toni. Parce que le Toni parfait serait un Toni avec l'éducation, le goût pour la culture, la discrétion et la curiosité intellectuelle de M. Adrià. Pourquoi était-il si différent, Toni ? Elle ne savait pas répondre à cette question. Comme elle ne savait pas dire pourquoi dans cette maison il n'y avait ni Magris, ni García Márquez, ni Goethe, Pedrolo, Gaarder ou Mann. Pourquoi, les lectures de M. Adrià, c'était Ludwig Tieck *(Kaiser Octavianus)*, Giuseppe Spalletti *(Saggio sopra la bellezza)* ou Jacob dit Montfleury *(L'École des jaloux)* ? Pourquoi collectionnait-il les phrases de ces auteurs et n'avait-il pas acheté un seul Faulkner ? Un jour, elle recopia quelques titres au hasard pour vérifier s'ils étaient aussi à la bibliothèque et pas du tout. Même Tere, qui y travaillait depuis des années, n'en avait jamais entendu parler. Absolument jamais.

Et le thé. En plus des livres, le thé. Il en buvait six ou sept tasses par jour. Du thé vert, parce que d'après lui cela détendait le corps et maintenait l'esprit éveillé. Ce qu'elle ne savait pas, c'était que M. Adrià était végétarien, dans la mesure toutefois où cela n'interférait pas avec la lecture. Elle ne pouvait pas le savoir, elle : il lui suffisait de savoir que c'était un homme propre, qui payait bien, qui lui avait donné des étrennes à Noël, qui ne la réprimandait jamais et qui parlait très peu, convaincu, peut-être, qu'à son âge il ne lui restait pas beaucoup de temps à gaspiller. Jamais un geste plus appuyé qu'un autre. Jamais. L'homme parfait, même s'il avait trente ans de plus qu'elle.

Maintenant, l'homme parfait avait pris sa loupe et examinait une photo couleur sépia, par laquelle l'auteur de la déplorable biographie et d'autres gens se faisaient immortaliser à côté du tombeau de Schubert. Avec sa loupe, il suivit l'inscription gravée à la base du monument. *SEINEM ANDENKEN DER WI*... On ne pouvait pas en lire davantage, parce que la jambe d'un Laforgue imbu de lui-même cachait la fin. Il eut la nausée à la pensée que cette personne qui s'interposait l'empêchait de finir de lire un texte que jamais de toute sa vie il ne pourrait lire jusqu'au bout. Il tourna la page : sur l'illustration suivante, Laforgue, avec son sourire sépia, montrait l'immeuble dans lequel le compositeur était mort. Le sol de la rue était boueux et on devinait que le ciel était d'un gris de plomb. M. Adrià laissa de côté les illustrations et dit Victòria, apporte-moi un thé, et Victòria, depuis la section LIVRES DE VOYAGE. EUROPE, répondit oui monsieur.

— Toutes ces heures enfermée dans un appartement avec un homme, avait dit Toni, un jour où il était particulièrement insupportable.

Offensée, elle avait répondu que M. Adrià était un gentleman et elle ne lui avait pas parlé de ces regards énigmatiques qui s'arrêtaient parfois sur ses fesses, parce qu'elle était persuadée, et c'est pourquoi elle l'admirait, que M. Adrià était un ange qui planait bien au-dessus des misères humaines. Toni, s'il avait été au courant pour les regards, serait devenu furibard et serait allé demander des explications à M. Adrià, à coups de baffes ; lui, en tout cas, il ne se privait pas de palper son corps et elle, la passion de Toni la flattait et parfois elle s'imaginait que c'était M. Adrià qui lui faisait ça. Pourquoi Toni ne pouvait-il penser à autre chose ? Pourquoi ne se décidait-il pas à lire un livre, un jour ? Chez Toni, en matière de livre, il n'y avait que l'annuaire du téléphone (deux volumes). Ou trop ou pas assez, se disait-elle. Parce que n'avoir jamais lu un seul livre, parfois, cela semblait impossible. Mais pour Toni il n'y avait rien d'impossible. Sauf lui dire ce qu'il avait fait l'après-midi des trois derniers lundis.

— Dix-sept mille cinq cent cinquante-deux avec ce Schwartz qui vient d'arriver et que je n'ai pas encore catalogué, répondit M. Adrià, en cachant une pointe d'orgueil.

— Vous en avez plus que la bibliothèque du quartier.

— Oui. – Et il lui donna ses gages de la semaine avec un geste copié sur Phinée quand il paie les traîtres dans le dénouement des *Mérovingiens* de Verjat (Lyon, 1899).

— Et ils sont différents. C'est un autre genre de livres.

— Oui. – Il la regarda avec un brin de réticence, avec le regard torve du traître (Verjat, *ibid.*) et une forte envie qu'elle débarrasse le plancher pour pouvoir jeter le premier coup d'œil, avant catalogage, à *Die Natur von der Klang*, du nommé Klement Schwartz (Leipzig, 1714). Mais Victòria posa encore deux ou trois questions auxquelles il répondit, pour mettre un terme à l'interrogatoire, par je t'expliquerai peut-être un jour, et elle disparut dans l'escalier, les yeux brillants comme Raquel dans *Raquel*, de Felip Cornudella (Barcelone, 1888), à la fois honteuse et soulagée. Le livre de Schwartz était un traité sur les sons dans la nature et dans les instruments de musique, dont il subodorait qu'il pourrait tirer de nombreuses fiches, comme cela se produisait habituellement avec les ouvrages à cheval entre l'étude scientifique et la vision poétique du monde. Quand il l'eut entre les mains, il vit qu'à l'intérieur, à moitié collé à la couverture, il y avait un marque-page très usé, un de ces marque-pages en cuir, qui conservait à peine une couleur jaunâtre et sur lequel avait été imprimée, par la technique du repoussage, la silhouette d'un animal fantastique qu'on ne pouvait reconnaître. Il nota soigneusement dans son carnet d'événements dans quel livre il l'avait trouvé et oublia de le placer dans la vitrine réservée aux objets à côté de seize autres marque-pages, des douzaines d'estampes dédicacées, des papiers pliés avec des pensées profondes de lecteurs anonymes (dont deux avaient eu l'honneur d'une fiche), des listes de courses, des comptes et du document qu'il prisait le plus parmi tous ceux qui étaient restés prisonniers dans les pages d'un livre au milieu de la lecture, comme une mort subite : une lettre écrite en yiddish, datée de Varsovie au printemps vingt-neuf, dans laquelle un certain Moshé Łódzer, bijoutier, faisait part au destinataire de la joie que lui et sa femme ressentaient à cause des fiançailles de leur fils unique Josef, fraîchement licencié en médecine, avec Miriam Levi, des Levi de la rue Ierussalímskaia, et augurait au jeune couple bonheur, prospérité et longue vie. Avec un respect presque liturgique pour ses chers objets, M. Adrià passa amoureusement la main sur la vitrine, soupira et établit le premier contact avec le livre de Schwartz.

Victòria, en descendant les escaliers, n'en revenait pas d'avoir été capable d'engager cette conversation. Cela faisait des jours qu'elle répétait : pourquoi n'avez-vous pas de Balzac, ni d'Oller ni de Green ? Pourquoi n'avez-vous pas de Foix ni de Hardy et en revanche vous avez des La Tapinerie, des Laforgue, des Triclinius et des Schulz ? La conversation commençait comme ça. À partir de là, il l'avait fait dévier vers le nombre de livres et ensuite, même si cela avait été très difficile, ils étaient revenus à la nature de ces livres. Mais c'était un jour où il était peu disert et il n'y eut guère de résultat. Elle osa lui dire pourquoi, monsieur Adrià, pourquoi achetez-vous *ce genre* de livres ?

— Qu'est-ce qu'ils ont ?

— Ils sont étranges. Ils sont… Et elle lâcha l'adjectif qui les stigmatisait : inconnus.

Arrivé à ce point, M. Adrià ouvrit la porte de l'appartement et attendit avec impatience que les fesses d'Andromaque dans l'édition de Cambridge sortent sur le palier.

— Un jour, peut-être, je t'expliquerai, dit-il alors qu'elle avait commencé à descendre, avec pendant quelques secondes l'allure de Raquel. Quand Victòria se retourna, pleine d'espoir, la porte s'était refermée en silence.

Pendant quelques jours, Victòria pensa que M. Adrià ne lui expliquerait jamais la raison d'être de tous ces livres et elle en éprouva du dépit, elle qui se considérait comme une femme relativement cultivée, avec un niveau d'anglais acceptable et des notions de français et mention bien au bac. Malgré tout, quand elle quittait son travail, elle s'efforçait de ne plus se préoccuper le moins du monde de M. Adrià, car ce qu'elle souhaitait plutôt tirer au clair c'était ce que Lourdes pouvait bien fabriquer chez Toni tous les lundis alors qu'il prétendait ne pas la connaître ; et pourquoi Lourdes, qui se vantait d'être son amie, était capable de lui faire un truc comme ça. Si toutefois il s'était passé quelque chose, ce dont elle ne pouvait pas être sûre. Ou pourquoi sa mère était chaque jour plus triste. M. Adrià pouvait aller se faire voir, quand elle n'était pas au travail. Mais elle pensait à lui.

Sept cent douze livres plus tard, Victòria pouvait être certaine que M. Adrià avait appris à encore mieux économiser ses mots ; pas une seule fois il ne fit allusion à la conversation sur le palier et elle l'admirait encore davantage et l'aimait de façon ouverte mais impalpable. Ils avaient rempli, avec différentes citations, trois ou quatre mille nouvelles fiches, qu'il consultait patiemment le samedi matin, comme s'il avait l'intention de les apprendre par cœur. Le samedi et le dimanche étaient ses jours préférés, parce qu'il était seul à la maison, sans la présence imprévisible de Victòria. Pendant cette période de livres, elle, faisant un effort pour mieux le connaître, elle avait essayé de savoir depuis combien de temps il n'était pas allé au cinéma ou au théâtre ; depuis combien de temps il n'était pas entré dans un bar et d'autres choses aussi essentielles ; la conséquence fut qu'elle descendit de quelques points de la catégorie dans laquelle il l'avait placée. Et comme ils ne parlaient pas, M. Adrià ne sut pas que le mariage de Victòria avait été repoussé deux fois : la première parce que les explications de la présence de Lourdes chez Toni n'avaient pas été satisfaisantes et la seconde, une fois réconciliés, à cause de la mort subite de sa mère. En réalité, M. Adrià ne savait même pas que Victòria avait un fiancé. Mais maintenant il regardait avec plus d'insistance les fesses d'Andromaque et il avait commencé à observer avec surprise la poitrine d'Ariane. Victòria avait une poitrine imposante et harmonieuse, qu'il avait toujours ignorée. Mais à force de poussière, de grimper sur un escabeau près de M. Adrià, à force de fiches, de se pencher sur le paragraphe qu'il lui montrait du doigt, la poitrine d'Ariane devint le centre de son attention et il imagina qu'il était Ponquiello sur le point de caresser le torse de la bergère Fida dans *Pastorale* de Campdessus (Anvers, 1902).

Un jour de pluie, M. Adrià tomba malade. M. Adrià au lit, avec un pyjama rose. Ça c'était nouveau. On aurait presque dit un autre homme, si ce n'était qu'il y avait cinq ou six livres éparpillés sur son grand lit de célibataire. Sa barbe avait blanchi ? C'était peut-être un effet de lumière. M. Adrià l'invita à s'asseoir à son chevet, ils auraient bien le temps de faire des fiches plus tard. Et il tendit le bras en silence, pendant quelques secondes, et ensuite il dit ne t'approche pas trop, je ne voudrais pas te contaminer avec mes microbes. Comme Toni, pensa-t-elle, le jour où il avait eu une grippe de rien du tout, il avait passé l'après-midi à lui dire de se mettre au lit avec lui, pour faire passer le froid terrible qui l'anéantissait.

Une fois, à ce qu'elle se rappelait, elle avait eu un malaise chez M. Adrià. Elle était perchée sur la grande échelle, en train d'enlever la poussière de ROMAN BALTE. XIXe, et elle se disait que le lien qui l'unissait à M. Adrià était de nature immatérielle. Elle en conçut une telle émotion que sa main resta en suspens au-dessus d'un petit volume de Lautanias et elle fut prise de vertige. M. Adrià, qui officiellement était en train de lire *Cobra* de Marcel Gibert (Montréal, 1920), fut assez observateur pour remarquer que la jeune fille vacillait et il la sauva de la chute en l'attrapant presque à bras-le-corps. Il la fit s'étendre sur le canapé, lui prépara un thé et lui ordonna de prendre un taxi et de ne pas revenir avant le lendemain. De fait, l'évanouissement n'avait pas été causé par la découverte du lien invisible entre deux âmes nobles mais par le fait qu'elle avait eu des règles bizarres. Elle passa deux jours au lit, avec des bouillottes chaudes sur le ventre et Toni ne passa même pas chez elle parce qu'il disait qu'elle avait une tête tellement sinistre qu'elle lui communiquait sa peine et que, lui, il ne supportait pas ce genre de choses. À vrai dire, il avait des places pour une finale de basket. Il y était allé avec Lourdes, je crois bien. Quelle différence : Toni n'avait pas de pyjama rose. Il dormait sans pyjama.

— Tu sais pourquoi ? dit M. Adrià dans son pyjama rose, reprenant la conversation interrompue sur le palier, sept cent douze livres plus tôt.

— Non. Aucune idée.

— Parce que je poursuis la sagesse… Parce que la sagesse est timide et qu'elle aime mettre des obstacles pour qu'on la laisse tranquille. Je poursuis cette sagesse inconnue qui se cache toujours…

— Où ?

Il s'était tu et restait la bouche ouverte. C'est qu'assommé par la fièvre il venait à peine de se rendre compte de la présence réelle de Victòria, comme si, à l'instar d'une déesse, elle était restée assise à son chevet pendant deux siècles. Et il commença à la trouver très belle, parce que ses yeux avaient brillé avec autant d'intensité que des diamants taillés avec art. Assise au bord du lit, la tête tournée vers lui, le corps de profil, faisant ressortir son buste splendide et la courbe de ses hanches. Il avait lu, à satiété, qu'il y a un âge auquel tout convient, où la vie traite bien l'être humain et fait ressortir sa beauté, par exemple dans le chant de Guinizzelli dans *Il ragno e la farfalla* (Milan, 1800). C'était l'âge de Victòria. M. Adrià fit un effort pour se concentrer :

— Dans l'apparente médiocrité. Regarde.

Il prit un des livres qui se trouvaient sur son lit et elle, avec une réaction très professionnelle, elle dut admettre que la tranche supérieure gardait une patine sombre de poussière ancienne. C'était *Pauvre Didon*, de l'abbé Renouaud.

— Un poème épico-lyrique, composé de trois mille alexandrins.

— C'est bien ?

— Épouvantable. Il l'ouvrit, l'air pensif : Qu'on

le prenne par un bout ou par un autre, c'est abominable.

— Et pourquoi perdez-vous votre temps à le lire ?

— Qu'est-ce que c'est, pour toi, ne pas perdre ton temps ? Aller au cinéma avec ton fiancé ?

Il avait dit avec ton fiancé pour une question de rythme, pour ne pas terminer sa phrase de façon abrupte ; pas parce qu'il pensait qu'une vierge comme Andromaque pouvait être intéressée par le commerce charnel. Et, sans le vouloir, il s'entendit lui demander :

— Parce que tu as un petit ami, je suppose.

— Oui, bien sûr.

Et alors, qu'est-ce que tu imaginais ? Qu'Ariane se promenait seule dans le monde, désolée, virginale, frémissante du souvenir de Thésée ?

— Aller au cinéma avec ton petit ami, d'après toi, c'est faire un bon usage de ton temps ?

— Je ne sais pas. Mais comme vous disiez que *Pauvre Didon* est un poème abominable…

— Abominable, c'est peu dire. Mais je n'ai pas dit que je perds mon temps en le lisant. Comment s'appelle ton fiancé ?

— Toni. Il est infirmier.

L'envie a transformé le monde, a fait valser les couronnes et sauter les têtes. On dit que Macbeth et madame, dans le fond, n'étaient pas mus par l'ambition mais par l'envie. L'envie a rendu les riches malheureux, scélérats les pauvres et pécheurs les apathiques. L'envie a ravivé les passions les plus basses et a touché toutes les activités humaines, ainsi que l'a démontré saint Alonso Rodríguez SJ, comme cela figure dans *Leven, doorluchtige Denghden ende Godturchtige Offeninghen von Alphonsus Rodriguez* de L. Jacobi, SJ (Antwerpen, 1659). Malgré ces précédents dûment répertoriés, M. Adrià, pour la première fois de sa vie, éprouva de l'envie. Une envie sombre, dure, tordue, acide, cruelle, amère, les mêmes adjectifs qu'emploie Clemenceau pour décrire la rage de Virginie dans *Terre de Feu* (Orléans, 1922), quand elle découvre que le navire avec Colette à bord vient de lever l'ancre. Envie parce que Toni, quand il caressait sa Didon de haut en bas, avait les doigts, selon les termes d'Anouar ibn al-Bakkar (*Trois gazelles*, Paris, 1858), pleins de dahlias et de roses parfumées. Lui aussi il pouvait palper Didon de haut en bas, la pauvre, aussi souvent qu'il voulait. Mais ses doigts devenaient noirs de la poussière accumulée. Et M. Adrià désira être Toni l'infirmier.

Il se concentra pour faire un effort. Pour l'instant, il devait reléguer ce sentiment nouveau (sentiment nouveau ? s'était demandé Marta dans *Les gavines del port* de Bartomeu Cardús, Reus, 1881, en découvrant la déchirure criminelle dans le filet qu'elle réparait) parce que la conversation avait un autre objet et qu'entre sa découverte et son corps à elle il y avait une distance infranchissable de trente années. Il trouva un grand secours dans les mots de T. S. Taylor quand il affirmait que trente ans, c'est la mesure exacte du ridicule. Et dans l'évocation de deux corps nus, et elle se moquant de sa décrépitude. Et il se tira d'affaire :

— Je lis *Pauvre Didon* et de temps en temps j'y trouve une pensée profitable pour l'humanité.

— Et vous en faites une fiche.

— Et j'en fais une fiche. Ou c'est toi qui la fais. Par exemple… Il ouvrit le livre et tourna de nombreuses pages avant d'arriver là où il voulait : Je traduis, précisa-t-il en se raclant la gorge. "« Je t'aime tellement que je veux me marier avec toi, ô Reine, dit, le prince. Et si tu ne veux pas, je te casserai les dents à coups de poing et je te percerai le foie à coups de poignard. Et s'il reste quelque chose de toi, ô ma bien-aimée, je te ferai la guerre jusqu'à la mort. » Pour que tu saches, ô pauvre humain, qu'entre l'amour et la haine il n'y a qu'une très fine épaisseur, aussi fine que la peau. Et c'est pourquoi Didon, qui le savait, alluma le bûcher et plongea le couteau dans son estomac."

Quelques secondes de silence. M. Adrià ajouta, penaud :

— Je n'ai pas su le mettre en alexandrins… Et, plus guilleret : La sagesse cachée de ce fragment que tout le monde connaît, parce qu'il est inspiré de l'*Énéide*, n'est pas dans la façon dont il fait revivre la pauvre Didon, désespérée du départ d'Énée, mais dans cette incise secrète, "qui le savait". Didon, la nouvelle Ariane, est à nouveau trompée éternellement, parce que le destin de la femme au grand cœur est de se laisser tromper par les ruses du mâle. Tu comprends ce que je veux dire ?

— Non.

Et ils restèrent silencieux le temps de cinq pages, elle encore bouche bée. Jusqu'au moment où elle secoua la tête, incrédule :

— Je n'arrive pas à y croire.

— À quoi n'arrives-tu pas à croire ?

— Que vous gâchiez votre fortune à trouver des phrases comme ce "qui le savait". Parfois, il est plus amusant et plus instructif d'aller au cinéma.

— Avec son fiancé.

— Et il est plus utile de regarder la télé que de chercher un "qui le savait" dans un livre de cinq cents pages.

Ils se turent à nouveau. Comment ne s'était-il pas rendu compte jusqu'à présent que Victòria était aussi belle ? Maintenant, avec cette demi-indignation, elle lui rappela à nouveau la triste Andromaque. Encore le silence. La fille d'Éétion prit sa respiration et il se mit à rêver qu'elle allait lui déclarer son amour.

— Et en plus, ajouta Victòria, presque comme un reproche, vous dites que les livres que vous possédez sont médiocres.

— La plupart. Et inconnus. Et il est fort probable que personne ne les a examinés attentivement pour y découvrir de grandes vérités. Quelqu'un doit le faire.

La belle épouse d'Hector se leva et lissa sa blouse de bibliothécaire d'un geste très féminin et lui, il sentit son cœur bondir pour la première fois. Elle, les mains sur les hanches, comme pour le défier :

— Qu'est-ce que c'est, exactement, la sagesse inconnue ?

— Peut-être que tu ne peux pas le comprendre, pas encore.

Andromaque ne se résigna pas : elle observa Pyrrhus avec un orgueil de reine et dit, sans prudence :

— Chercher la sagesse inconnue, ce n'est pas tout.

Le malade resta sans voix. Elle osait le contredire ? Sûre d'elle, elle poursuivit :

— Vous lisez ces livres parce que ça vous fait de la peine que plus jamais personne ne les lise. L'oubli et les gens oubliés vous font de la peine.

Il ne dit rien. Andromaque lui avait arraché son grand secret aussi facilement que Bélisaire arrachait le cœur de son ennemi dans *Oro en rama* de Pérez Jaramillo (Buenos Aires, 1931).

— Vous voulez les ressusciter par la lecture.

Et sans lui laisser le temps de réagir elle dit qu'elle allait préparer le thé et sortit de la chambre. Instinctivement, M. Adrià se palpa la poitrine pour vérifier que son cœur était toujours là. Il observa, résigné, qu'au moment où Andromaque s'en allait Troie, inévitablement, était plongée dans l'obscurité.

À la cuisine, Victòria attendit que l'eau chauffe tout en pensant à des lambeaux de la conversation et aux multiples réflexions qui l'accompagnaient chaque jour et qui, de façon encore microscopique, lacéraient sa peau jeune, un véritable cadeau de Dieu de finesse et de douceur, ce que Toni n'avait pas encore remarqué. Comme l'écho affaibli du cor de Roland, des paroles lointaines lui parvinrent :

— Et le style, tu m'entends ?

C'était M. Adrià qui l'appelait, au-delà des montagnes, d'une voix rauque à cause de l'angine. Elle retourna à la chambre, un peu inquiète. Pour la première fois, elle sentit presque physiquement, dans le couloir, en traversant le THÉÂTRE FRANÇAIS. XVIIIe, qu'elle s'approchait de la chambre parce qu'il tirait sur le fil impalpable qui les reliait, comme Thésée quand il retrouvait la protection d'Ariane après avoir tué le Minotaure.

— Le style ? Pourquoi ?

Et d'un coup la lumière revint dans la chambre du malade.

— Je dis que c'est une question de style. Il leva le bras : Si un ouvrage est bien écrit, ses mots contiennent la personne qui l'a créé.

Elle ne comprit pas tout à fait mais fut impressionnée par l'image. Comme s'il lisait dans ses pensées, M. Adrià continua :

— Ce n'est pas une image, c'est la réalité : l'âme est dans le style. Un livre bien écrit ne peut pas rester oublié. Je t'aime.

— Qu'est-ce que vous avez dit ?

— Qu'une phrase aussi banale que "je t'aime" peut faire partie d'une âme si elle est bien insérée dans une phrase au style bien agencé. Tu vois ? Je t'aime.

— Oui, mais dit comme ça, sans aucun contexte…

— Évidemment, si on l'enlève de son contexte… Tu vas voir. Dis-le, toi.

— Je t'aime.

Et M. Adrià fondit complètement, son sang se figea de joie et une décharge brutale secoua sa mémoire jusqu'à la moelle. Andromaque l'affligée lui avait déclaré son amour. Alors, le sifflement de la bouilloire les réveilla. Elle se leva et il fit un geste comme Énée, oui, qu'elle aille éteindre le feu en tout autre lieu que son cœur.

Didon sortit de la chambre un peu déconcertée. Il lui avait bel et bien dit qu'il l'aimait ?

M. Adrià, dans son lit, essayant de déchiffrer les bruits que la déesse faisait dans la cuisine, se lamentait de sa lâcheté, parce qu'il était incapable de la tirer par un bras pour la mettre dans son lit, la déshabiller et l'adorer comme Ignatius le faisait avec Laura dans *Laura und Ignatius* de Lottar Martin Grass (Münster, 1888).

— Ce n'est pas que je sois lâche. C'est qu'elle a un fiancé.

Il l'avait dit à voix haute, pour voir comment cela sonnait : mais il n'y crut pas.

— Qu'est-ce que vous dites ?

Victòria entrait dans la chambre en silence, avec le plateau, la théière et le breuvage fumant. Et pourtant ils n'étaient pas dans l'hiver de Troie, mais dans la canicule de la chambre à coucher de M. Adrià.

— Rien, que cela faisait dix ans que je n'étais pas tombé malade.

Sans se rendre compte de ce qu'elle faisait, elle posa sa main sur son front.

— Vous êtes brûlant, monsieur Adrià.

— Tu sais mettre des compresses humides sur le front ?

Cet après-midi-là, Andromaque ne remplit pas de fiches et n'enleva pas la poussière. Elle fut le réconfort de l'affligé, le secours du malade, le refuge du pécheur, le paradis, la reine des anges, la tour d'ivoire, sainte Victoire, Ariane mélancolique, la vierge entre les vierges, Andromaque la triste. Elle parvint même à faire que son nouvel amoureux s'endorme à moitié. Comme une révélation mystique, comme dans la cérémonie d'un grand mystère, au fur et à mesure que s'apaisait le feu dévorant sur le front de M. Adrià, Victòria, comme une nouvelle Niké, comme un dépassement de l'apprenti empoté de *Der Zauberlehrling*, se sentit graduellement et fermement ointe, investie, consacrée par un grand pouvoir, nouveau et profond (cf. *Skog* d'Ahnlund). Même son regard changea, splendide déesse investie de son nouveau pouvoir.

— "Gonzague dit à Isabelle, proféra Victòria d'une voix profonde, officiant pour la première fois, « Je te délivre de ta fièvre et tu m'offres ta souffrance. » La novice le regarda avec douceur et l'aima encore davantage."

M. Adrià ouvrit les yeux brusquement ; comme s'il voulait s'assurer que c'était Victòria qui avait prononcé ces mots. Quelques lignes de silence. Elle prit cela pour un reproche et se hâta de compléter :

— *Forse che no*, de Giuseppe Grilli, Naples, 1912.

Trente-cinq nouveaux livres anciens plus tard, et après quelques mystérieuses manœuvres, quand l'angine ne fut plus qu'un souvenir saumâtre, M. Adrià savait que Toni s'appelait Toni Demestre, qu'il n'était pas infirmier mais aide-soignant, qu'il avait vingt-cinq ans, allait souvent aux putes et flirtait avec une certaine Lourdes Collado. Il savait tout cela mais il ne savait pas s'il devait le dire à Victòria. Ce n'était pas beau d'espionner ; mais c'était encore plus laid de moucharder. L'unique obstacle était donc de nature esthétique ? Et le bonheur de Victòria ? Ne valait-il pas mieux sacrifier son image d'homme réservé si, de cette façon, il empêchait Andromaque de se fourvoyer dans un amour nocif ?

Maintenant, il l'entendait s'affairer dans le couloir et il se demandait si c'était un bon moment pour lui dire tout ce qu'il savait. Mais le doute le faisait trembler. Depuis quelques jours, il avait remarqué un éclat différent, plus puissant, dans son regard. Deux fois de suite elle était allée aux toilettes et il avait remarqué qu'elle emportait un livre. M. Adrià rêvait qu'un jour, peut-être, il ferait d'Andromaque une grande lectrice. Comme les urgences passent avant les choses importantes (cf. *Feliz resolução* d'António Albes, Lisbonne, 1957), M. Adrià se demanda à nouveau ce qu'il allait faire, lui raconter la véritable histoire de l'infirmier ou faire mine de rien ? Aurait-il assez de courage pour s'exposer à la honte de subir le mépris de Victòria parce qu'il avait fouiné ? Qui lui avait commandé de se mêler de la vie des autres et de les espionner ? (C'est ce qu'elle lui dirait, en imitant Felisa Graves, les mains sur ses hanches somptueuses.) Ou peut-être pas ; peut-être lui serait-elle éternellement reconnaissante de lui avoir ouvert les yeux. Ou non. Ou…

M. Adrià rangeait le classeur secret, avec des informations sur Andromaque, dans la grande armoire, avec ses vêtements de nuit, et elle naviguait sur un océan de doutes, et je ne sais pas si je dois lui dire que je suis très étonnée qu'en un mois il n'ait rédigé que cinq fiches, comme s'il ne croyait plus à ce qu'il fait, comme si nous pouvions nous permettre que *Örökkön-örökké* (Kálman Szijj, Budapest, 1922) reste enfoui à jamais, sans que des yeux, creusant le sillon de ses mots (cf. *Letters and Papers* de T. S. Taylor Jr), le tirent de l'oubli. Il est distrait, absent, comme si la lecture ne l'intéressait pas, et je m'inquiète de voir que les trente-cinq derniers livres achetés n'ont reçu qu'un coup d'œil distrait, désenchanté, comme celui de la Dorothy d'Oliver Cage. Que vont devenir Mazzarino, Spender, Caballero-Rincón, Seabra Pinto *et alteri* ? Parfois, Victòria pensait que la fièvre de l'angine lui avait séché le cerveau.

Comme une illuminée, comme l'élue qu'elle était, avec l'assurance que donne la certitude d'agir justement, Victòria descendit de l'escabeau d'où elle nettoyait la POÉSIE AFRICAINE et entra dans le bureau. Avec une grande douceur, elle prit M. Adrià par un bras, lui céda le plumeau, lui susurra qu'il devait absolument aller dans le couloir terminer la POÉSIE AFRICAINE, s'assit sur le fauteuil devant le bureau. M. Adrià regarda le plumeau, regarda d'un œil attentif tout ce qui l'entourait et sortit de la pièce sans rien dire. Andromaque ne prit aucune inspiration, parce qu'elle savait déjà ce qu'elle devait faire : Seabra Pinto, avec ses réflexions sur Coimbra entre les deux guerres, aurait plus de secrets cachés que les sonnets religieux de William Spender. Elle ouvrit le livre et remarqua que la tranche de celui-ci, bien qu'il ne soit pas déposé sur une étagère, commençait à attirer la poussière. Elle fit une grimace de contrariété et nota sur un petit papier que dès que M. Adrià se montrerait elle lui dirait que les livres posés sur la table devaient aussi être propres. À la page trois, elle trouva une bonne citation : "Tu n'es pas seule, Coimbra, car les fenêtres de tes maisons s'ouvrent chaque jour, faisant claquer gaiement les volets contre les murs." La joie des volets, la joie de la femme qui ouvrait sa maison sur une nouvelle journée à Coimbra... Victòria aurait aimé se trouver face à Seabra Pinto au moment où il écrivait cette pensée ; elle devait se contenter de la lire des années plus tard, alors que son auteur était déjà mort. Elle la relut avec respect, la recopia sur une fiche et ajouta *Coimbra*. Antonio Seabra Pinto. Lisbonne, 1953. Aussitôt elle se dit que ce pourrait être intéressant, maintenant qu'elle avait rompu avec Toni parce qu'il était un poids chaque jour plus insupportable (lui et Lourdes sur le canapé de l'appartement de Toni, c'est ce qui avait tout fait éclater), maintenant qu'elle avait plus de temps pour elle, elle pourrait établir des rapports, des liens impalpables mais éternels entre les œuvres : parce que la description tellement directe, tellement latine, de Seabra Pinto *(ibid.)* avait fait surgir dans son esprit "le port fut couvert par une fine patine de poussière que seul son cœur était à même de percevoir" (cf. *Selbstaufopferung* de M. Haensch. Berlin, 1931).

Dans le couloir, la poussière de la POÉSIE AFRICAINE fit éternuer M. Adrià, qui calcula qu'il en avait bien pour une heure s'il voulait faire son travail consciencieusement, livre après livre, tranche après tranche, et éviter ainsi que l'ignominie et l'incurie de l'oubli ne s'abattent sur la splendide bibliothèque d'Andromaque.

DES YEUX DE GEMME

Et le Seigneur m'a dit : [...] j'ai rendu ton front dur comme le diamant, plus dur que le roc. Ne crains pas les fils d'Israël, et ne sois point effrayé par eux, car ils sont une maison rebelle.

ÉZÉCHIEL

1

Isaac Mattes se leva d'un air solennel pour embrasser le jeune homme. Pourquoi tant de générosité ? Pourquoi, Dieu soit loué, le vénérable Maarten d'Amsterdam a-t-il voulu m'avantager ? Debout, dans son yiddish tellement diaphane, parlant lentement pour que Baruch puisse le comprendre, il lui dit mon fils, que cette fête du shabbat reste gravée à jamais dans nos mémoires. Et toute la famille Mattes dit Amen, à l'exception du soupçonneux Haïm. Et le Seigneur écouta leur prière et jamais la famille n'oublia ce shabbat. Jamais, ni l'honorable Isaac, ni son épouse

Temerl, ni leur fille Sarah la belle, qui observait le nouveau venu avec des yeux de gemme, ni le fils aîné soupçonneux, Haïm, le membre le plus studieux de la famille, qui ne s'intéressait pas aux bijoux et se consacrait à l'étude de la Torah, ni les petits Aaron et Daniel, encore à des années de leur bar-mitsvah, ni les oncles éloignés qui venaient d'arriver de Varsovie, jamais ils n'oublieraient ce jour de shabbat ni les quatre journées qui suivirent, cette nuit où Isaac Mattes, levant les paumes de ses mains devant Baruch Anslo, l'invita à raconter son histoire.

Baruch, après avoir regardé très loin en arrière avec les yeux de sa mémoire, entama son récit par un propos liminaire. Il dit que son nom était Yossef Kohen et qu'il avait fait ce long voyage d'hiver à la demande et sur l'ordre exprès de son vénérable maître et qu'il tenait à leur faire savoir que pendant les semaines peu clémentes de son interminable périple entre Amsterdam et Łódź, malgré l'extrême dureté de ses conditions de vie, lui, à chaque instant, il aurait échangé les petits plaisirs innocents d'une bonne couche de foin dans une auberge ou d'un morceau de fromage acheté au marché d'un village contre une seule prière d'*Arvit* à la clarté imprécise du crépuscule ou contre une seule *Birkat hamazon*.

(C'est un saint homme. Excellent.)

— Mon maître, poursuivit Baruch, s'appelle Maarten Claeszoon Sorgh et c'est un diamantaire réputé d'Anvers.

— Puisse Hashem l'accueillir dans sa gloire quand viendra son heure car c'est un homme juste, dit Isaac, et tout le monde dit Amen, sauf Haïm.

— Un jour, j'ai vu mon vénérable maître très soucieux, penché sur les livres de comptabilité qu'il fréquente de plus en plus souvent, au détriment des gemmes, car sa vue baisse graduellement. “Que vous arrive-t-il, maître Maarten ?” lui demandai-je. Et il me répondit que moi seul pouvais accomplir une certaine tâche, mais qu'il n'osait pas me le demander. “Quelle tâche, maître Sorgh, pensez-vous que je suis incapable de réaliser pour vous ?” Le vénérable maître m'observa de son regard gris rempli de sagesse et me dit je veux rendre un hommage à mon maître Isaac Mattes de la ville de Łódź, dans la lointaine Pologne.

— Dieu du ciel ! s'écria le *tsadik* Isaac Mattes, au comble de l'étonnement. Comment se fait-il qu'il ait entendu parler de moi alors que je ne le connais en rien ?

— À Amsterdam, on connaît votre travail. Vos tailles sont réputées et tout le monde les admire.

— Tu as entendu, Temerl ? – Isaac, plein d'orgueil. – Et moi qui pensais que la joie de mon travail était seulement une affaire entre moi et le diamant, au moment où, par une bonne taille, je parviens à éveiller le feu qui est en lui.

— J'ai toujours admiré, dit Baruch humblement, cette capacité à trouver le feu de la gemme dans la glace du diamant. Et d'une voix plus basse, qui fit frémir la peau de certains de ceux qui l'écoutaient : Le Seigneur ne m'a pas donné ce don.

Un silence se fit, que chacun occupa à rendre grâce à Hashem intérieurement.

(Pourtant, il a des mains de diamantaire, tellement fines, tellement nobles, avec des ongles si bien taillés. Qu'elles sont belles, ses mains.)

Baruch poursuivit, après ce moment de recueillement silencieux :

— Il m'a donné trois mille florins hollandais, un cheval et le conseil de profiter du voyage pour connaître et aimer des gens nouveaux, des peuples nouveaux, des langues nouvelles, et l'ordre formel d'avancer vers le levant jusqu'à ce que je parvienne à Łódź, où il était certain que je pourrais séjourner quelque temps, jouissant de l'hospitalité de maître Isaac, avant de prendre le chemin du retour.

(Qu'il ne s'en aille jamais, qu'il ne s'en aille jamais.)

Isaac Mattes se caressa la barbe, inquiet, et regarda Temerl qui lui fit oui avec les yeux, et il fit un geste d'assentiment à la demande du nouveau venu.

— Je suis parti d'Amsterdam un jour ensoleillé mais particulièrement froid du début de l'hiver. La campagne n'était pas encore enneigée mais le vent qui venait de l'est, peut-être de chez vous, était terriblement glacé et freinait la progression de Lambertus. À Utrecht, trop ressemblante à Amsterdam, je n'ai passé qu'une nuit, suivant le conseil de mon maître de connaître des gens nouveaux, des pays nouveaux et des langues nouvelles. Mon séjour à Münster fut un peu plus long : ils parlent comme nous mais avec de la paille dans la bouche, ils sont plus silencieux et ont la manie de…

— À Münster, ils sont papistes, dit Haïm d'une voix glaciale – Haïm, le futur rabbin, qu'on entendait pour la première fois de toute la soirée.

— Oui. Et je dois avouer que j'y ai souffert d'un certain rejet dû à ma condition de fils du peuple d'Israël. Münster était la première ville étrangère où je mettais les pieds dans mes vingt-trois années de vie.

(Vingt-trois ans. Moi quinze, et maman est déjà inquiète.)

— J'ai livré quelques commandes de mon maître et, libre de toute autre obligation, je me suis enfermé dans la chambre de mon auberge pour passer le shabbat le plus saintement possible et pour réfléchir à la direction que je voulais que prenne mon cheval le lendemain, loué soit Hashem.

Un murmure d'approbation suivit les derniers propos de Baruch. Seul le jeune Haïm, le dévot, était resté silencieux.

*

Baruch ferma la porte au verrou et tourna la tête vers le cercle de lumière sur la table. Avec des gestes nerveux, à l'aide du stylet qu'il utilisait à l'atelier pour couper les tissus de laine avec lesquels il confectionnait les sacs pour les diamants, il commença à défaire délicatement le paquet. Lorsque celui-ci fut déballé, sur la table, il resta bouche bée. À l'intérieur, il y avait une toile roulée et deux enveloppes volumineuses qui, au toucher, ne semblaient contenir que du papier. Frénétiquement, il déroula la toile, palpa plus soigneusement les enveloppes et ne trouva nulle part le sac noir contenant les deux diamants. Quel grandissime fils de pute, ce bâtard de Maarten Sorgh ! Il m'envoie à Istanbul pour y livrer deux diamants gros comme des pois chiches et il ne les met pas dans le paquet. Où sont Buzi et Yehezkel ? Qu'est-ce que c'est que cette histoire ?

Baruch, décontenancé, regarda par la fenêtre. L'hiver traitait durement cette partie de la Westphalie et la pluie de l'après-midi s'était changée en neige, qui tombait silencieusement, bien décidée à tapisser de blanc toute la ville de Münster. Il pouvait à grand-peine distinguer les sinistres cages des anabaptistes suspendues en haut du clocher de l'église Saint-Lambert.

Il déroula la toile à nouveau, mais cette fois il l'examina avec attention. Ce bâtard de Maarten Sorgh envoyait à son fils d'Istanbul la peinture qui avait causé tant d'émoi le printemps précédent. Il la laissa de côté et se concentra sur les enveloppes. L'une d'elles était vierge et l'autre portait le nom du destinataire, Jaan Maartenzoon Sorgh et l'adresse de Galata, à Istanbul. Il approcha cette enveloppe de la bougie et resta un long moment à se demander ce qu'il devait faire ensuite. Finalement, avec son stylet, il viola le sceau de cire. À l'intérieur, une liasse épaisse de feuillets tous couverts d'une écriture serrée. Et pas le moindre diamant camouflé entre les feuilles. Baruch se mit à lire avec avidité, dans l'espoir de trouver une réponse à cette énigme. Après l'entrée en matière habituelle, dans laquelle la misérable crapule de Maarten Sorgh remerciait Hashem de tous ses dons, il demandait à son fils bien-aimé si tout allait bien pour lui à Istanbul et ajoutait qu'il lui envoyait cette lettre par un messager singulier et par voie de terre, parce qu'il voulait éviter que l'information que je te transmets, mon fils, ne soit interceptée par les agents ottomans qui, comme la Compagnie en a informé tous ceux d'entre nous qui font des affaires avec la Turquie, ont été postés dans les ports et ont pour mission d'espionner les informations secrètes de nos commerçants. Dans l'autre enveloppe, tu trouveras une liste extrêmement complète de fournisseurs, de clients, de propriétaires de bijoux, qui va de l'Égypte jusqu'à la Bulgarie et plus haut, jusqu'au royaume de Pologne et la mer Baltique. Je ne peux pas en faire usage parce que je n'ai plus la force de voyager et ces lieux sont très éloignés d'Amsterdam. Mais à toi, ils peuvent être d'un grand profit et t'aider à prospérer. Fais-en un usage prudent et n'en mentionne l'existence à personne. La confectionner m'a pris de nombreuses années et coûté beaucoup d'argent et je veux que personne n'en tire bénéfice hormis toi. Celui qui sait avant les autres où est la rivière peut devenir maître de son eau, dit un proverbe des gentils. Garde la liste, mon fils, comme un bien précieux et utilise-la avec sagesse.

Je veux aussi que tu saches qu'il y a un an, juste au moment où tu quittais Venise et que tu t'installais à Istanbul, le diamant Impérial parvenait entre mes mains. Il vient du Dekkan. Il était gros comme un galet de rivière et pesait deux cent vingt et un carats. Le problème, c'est qu'il était très irrégulier, trop, mais je n'ai jamais vu un diamant d'une aussi belle eau. Pendant une semaine, je l'ai étudié, mais je ne voyais pas comment en tirer le meilleur parti. Ma vue n'est plus ce qu'elle était, mon fils. Je l'ai montré à Baruch Anslo, le porteur de cette missive, qui est un tailleur extraordinaire. Il l'examina et conclut qu'il pouvait en faire deux gemmes en forme de brillant. L'ambassadeur ottoman en fut d'accord et Anslo divisa l'Impérial. Il en tira, comme il l'avait prévu, deux gemmes de près de cent carats et quelques gemmes bien plus petites. Anslo fit un magnifique travail de taille : le résultat, deux magnifiques brillants. Le plus petit, de quatre-vingt-seize carats, s'appelle Yehezkel, comme le prophète, et le gros, de cent sept carats, porte le nom de Buzi, le père du prophète. Ce sont deux merveilles : la lumière du soleil y étincelle en mille éclats. Quand tu les recevras, par l'intermédiaire de notre correspondant maritime officiel, apporte-les en personne, de ma part, à la Sublime Porte. Mon travail a été payé, mais ne refuse aucun honoraire pour ta démarche, qui te procurera certainement réputation et gloire, et pas seulement à Istanbul.

Le porteur de cette lettre, Baruch Anslo, est un bon tailleur, je te l'ai dit. S'il arrive à destination, profite de ses talents pendant quelque temps, si cela te convient, mais surtout ne lui fais pas confiance, parce qu'il a une facilité de parole qui a vite fait de t'embobiner. Et ne te fie pas à son aspect enfantin. Toutes ses qualités de tailleur ont pour contrepartie, fort disproportionnée, la mesquinerie, la fourberie et la rapacité, raison pour laquelle je ne lui ai pas confié les diamants, l'utilisant comme appât pour d'éventuels voleurs, car je n'ai caché à personne qu'Anslo serait porteur des diamants. De plus, il commençait à regarder avec trop d'insistance ta nièce Rachel. S'il ne t'intéresse pas, congédie-le sans hésitation.

Baruch Anslo posa sur la table la lettre à moitié lue. Il s'était toujours considéré comme le plus astucieux, mais Maarten Sorgh gagnait la partie, haut la main. À voix haute, il dit vieux rat de fumier immonde et scrofuleux, puisse une dune zélandaise t'ensevelir à jamais, par Dieu le Très-Haut. Et il se sentit mieux. Alors, il reprit la lecture de la lettre.

Pour remplir le paquet avec quelque chose qui justifie le voyage, je t'envoie une peinture qui n'a guère de valeur mais qui est jolie. Elle ne m'a coûté que cinq cents florins. C'est un portrait de moi exécuté, au printemps dernier, par maître Rembrandt Harmenszoon Van Rijn, un peintre qui a eu son heure de gloire mais qui maintenant est assez décati. Je dois reconnaître qu'il a fait du beau travail. La confection du portrait a été laborieuse. Le peintre venait à la maison le matin, après *sha'harit*, à l'heure où je passe en revue la liste des clients et où je prépare la correspondance, comme je le fais chaque jour hormis le jour de shabbat, profitant de la clarté naissante de l'aube que Hashem se plaît à nous donner chaque jour. Maître Rembrandt a choisi ma chambre, maintenant trop grande et, hélas, trop solitaire, parce que c'est celle qui reçoit le mieux la lumière. Je veux que tu gardes ce tableau, mon cher fils, non pour sa valeur, qui n'est pas considérable, mais pour que tu aies toujours, maintenant que je sais que tu ne reviendras jamais à la maison, parce que tout va bien pour toi, un souvenir de ce vieil homme et, surtout, un souvenir de la chambre où, il y a déjà longtemps, ta mère t'a mis au monde. C'est pour cela qu'il a de la valeur, mon fils. Garde-le toujours avec toi et montre-le à tes enfants et aux enfants de tes enfants et peut-être penseront-ils à leur grand-mère, la pauvre. Et toi, il te rappellera tes origines, parce qu'il n'y a pas de mort plus douloureuse que l'exil de l'oubli.

Baruch Anslo posa la lettre et déplia la toile. Le portrait de l'usurier Maarten examinant, dans son Livre du Diable, à quel ignorant il allait vendre un diamant le triple de son juste prix, et inscrivant dans la colonne des gains l'argent qu'il soustrait de mon salaire à cause de ce petit brillant qui a disparu inexplicablement il y a un an et demi.

Il se leva et se dirigea vers le feu. Baruch Anslo se sentait humilié par l'astuce du vieillard. Après avoir réfléchi un long moment, il ouvrit l'autre enveloppe cachetée et étudia attentivement les listes secrètes. À minuit, dans la ville blanchie par le froid, il avait quatre idées en tête, qui avaient encore besoin d'être précisées.

Il trouva la solution le lendemain quand, bien que ce fût shabbat, il se promenait déguisé en Benedictus Olson, foulant la neige sale aux alentours du palais épiscopal, et que la Providence voulut qu'il s'arrête devant un marronnier martyrisé par le froid, parce que, louée soit la Providence, la calèche épiscopale, qui venait de l'extérieur de la ville, s'arrêta devant le marronnier. Son Excellence monseigneur Johann Christoph Götz, défenseur de la Croix et évêque de Münster, en descendit en compagnie de son secrétaire. Il voulait jeter un coup d'œil sur le marronnier dont l'état, manifestement, le préoccupait beaucoup. Il en palpa le tronc, dit quelque chose au secrétaire qui acquiesça, et Baruch Benedictus les vit remonter dans la calèche et entrer dans le palais, à peine cent mètres plus loin. En voyant monseigneur l'évêque, Baruch Benedictus était resté bouche bée, sidéré. Il ne pensa plus à rien d'autre que trouver un bon menuisier.

— Comme vous allez le voir, monseigneur, dit Baruch en montrant le chevalet couvert d'un drap réquisitionné à la pension, le génial Rembrandt a compris que pour donner plus de relief à sa retentissante conversion au catholicisme…

— J'ignorais qu'il se fût converti.

— Monseigneur, le coupa Baruch Benedictus Anslo Olson, les nouvelles sont toujours plus lentes que la vérité. Avant que son interlocuteur puisse louer la beauté de son aphorisme, il poursuivit : Le maître a décidé de rendre hommage à Son Illustrissime Excellence monseigneur Götz.

Avec une emphase étudiée, il tira sur le drap et le secrétaire épiscopal put voir une toile déroulée et fixée sur un solide châssis, ceinte par un cadre à la fois austère et solennel. Monseigneur ouvrit la bouche, stupéfait. Il regarda Baruch, puis à nouveau la toile et avala sa salive.

— Mais Rembrandt n'est jamais venu ici, dit-il, très étonné. Et vous, monsieur…

— Gerrit Van Loo, de Weesp, répondit humblement Baruch Benedictus Anslo Olson d'Amsterdam.

— … monsieur Van Loo, connaissez-vous Son Excellence ?

— J'ai cet honneur.

— Mais Rembrandt n'est jamais venu à Münster !

— Je suis ses yeux, monseigneur. Il les baissa avec humilité et poursuivit : J'étais à Münster le jour de la prise de possession de Son Illustrissime Excellence, envoyé par mon maître avec la consigne de lui décrire les traits de son visage. De retour à Amsterdam, j'ai expliqué dans le détail à M. Van Rijn comment était Son Excellence et le maître a décidé, pour éviter des inexactitudes fâcheuses, de peindre sa silhouette en petit mais, en revanche, de magnifier son auréole d'homme sage et de saint homme.

— Mais c'est extrêmement ressemblant, s'étonnait encore le secrétaire épiscopal.

— Avec cette peinture, maître Rembrandt voulait rendre hommage à tous les savants qui, comme Son Excellence, emploient les meilleures heures du jour et parfois de la nuit à l'étude de la philosophie et de la sainte théologie, cherchant leur nord dans les livres anciens, remplis de sagesse. Il leva un doigt pour conclure : Sachez que maître Rembrandt a lu tout entier le *Tractatus philosophicus* de Götz.

— Admirable. Dans un élan de sincérité, le secrétaire ajouta : Moi, j'en ai été incapable.

— Vous voyez ? souligna Baruch Benedictus Gerrit Anslo Olson Van Loo. Le livre que Son Excellence consulte sur la toile est la *Summa Theologica* de Thomas d'Aquin. C'est pourquoi le véritable protagoniste de la peinture, avec Son Excellence l'évêque Götz, c'est la pièce et son atmosphère. Il montra d'un doigt d'expert : Voyez comme dominent les ocres sombres et comme se détache, en point de fugue, la fenêtre par où pénètre la lumière éclatante que Dieu tout-puissant nous offre chaque jour.

— C'est vraiment très beau.

— Et vous voyez ceci, Révérence ? C'est l'escalier qui descend de cette sorte de tour d'ivoire vers le monde où nous, pauvres mortels, nous agitons misérablement loin de sa sagesse.

— Je voudrais savoir pourquoi vous nous proposez de l'acheter si…

— Après l'avoir achevée, mon maître m'a dit Gerrit, mon fils, ce tableau a un destinataire. Va voir Son Excellence l'évêque de Münster et offre-le-lui en hommage à cette ville qui a su rester fidèle au catholicisme au milieu de tant de turbulences.

— C'est le premier tableau de Rembrandt que je vois. Ici, on parle davantage de Rubens.

— Les gens qui s'y entendent disent que maître Van Rijn est le seul qui sache peindre l'air.

C'était vrai, l'air de la pièce, l'espace, la lumière, les contrastes des ombres. C'était une merveille.

— Ce me semble un geste fort généreux de la part de votre maître. Dites-lui que Son Illustrissime Excellence acceptera le cadeau et l'hommage.

— Voyons…, dit prudemment Baruch Benedictus Gerrit Anslo Olson Van Loo. Le maître m'a dit que je devais l'offrir à Son Illustrissime Excellence pour cinq mille florins hollandais, bien qu'elle vaille trois fois plus.

— Ah. – Le secrétaire épiscopal examina à nouveau la toile, bien placée à côté de la fenêtre. – Et que se passerait-il si Son Excellence Illustrissime ne voulait pas payer cette somme ?

— Les larmes dans les yeux, il m'a dit que si nous ne parvenions pas à un accord je devais poursuivre mon chemin jusqu'à Rome et l'offrir en personne au saint-père Alexandre.

— Pour le même prix ?

— Pour le double.

Le secrétaire s'approcha du tableau pour en admirer un détail. Ensuite, il recula de quelques pas et admira l'ensemble. Ses yeux brillaient comme des gemmes.

— Quel titre votre maître lui a-t-il donné ?

Ce fut une infime hésitation, qu'il camoufla en faisant semblant de s'étrangler.

— *Le Philosophe*. – Il toussa à nouveau. – *Le Philosophe Götz*, compléta-t-il après la quinte simulée. En hommage à Sa Révérence et à sa renommée dans les études philosophiques.

Pour la première fois, le secrétaire cessa d'admirer le tableau et regarda Baruch dans les yeux. Et il comprit tout.

2

À Münster, mes amis, j'ai compris jusqu'où pouvait aller la rage des catholiques envers les gens d'autres confessions, même s'ils appartiennent à la secte chrétienne. Comme il y a ici des enfants, je ne peux pas décrire l'horreur des tortures qu'ils ont infligées, il y a quelques années, aux anabaptistes indociles, les enfermant vivants dans des cages suspendues et les condamnant à mourir de faim, de froid, de vertige et de soif.

(Quelle délicatesse. Il nous épargne les détails.)

— La mort par inanition, interrompit la voix prudente de Haïm, a été réservée par de nombreux peuples aux faussaires et aux traîtres ; on les laisse s'alimenter à jamais de leurs propres mensonges.

— Quelle grande vérité, noble Haïm, dit Baruch. Mais je ne pouvais pas me fier aux gentils et je vivais dans une certaine méfiance. C'est pourquoi je dus cacher ma véritable foi et tâcher de m'acquitter de tout ce que m'avait commandé mon maître pour pouvoir quitter cette ville si périlleuse pour tous hormis les papistes.

(Qu'il est courageux. Il a les yeux bleus, gris-vert.)

*

Baruch Anslo passa sa dernière nuit dans la sainte ville de Münster à effacer ses traces. D'abord il brûla la lettre du vieux rat immonde Maarten à son fils. Ensuite, il serra dans la partie la plus cachée de son corps la liste des clients et les noms des contacts pour avoir accès à la Sublime Porte. Il s'assura qu'aucun papier condamné, aucun fragment de cire, n'avait survécu aux flammes de la cheminée de sa chambre. Alors, il rédigea ses lettres de créance en utilisant seulement l'encre et son imagination. Quand il eut fini, c'était le milieu de la nuit. Il se couvrit chaudement et sortit, dans la nuit noire, dans les rues blanches, tenant par la bride son Lambertus fidèle et silencieux, que l'aubergiste lui avait préparé.

3

— Mon cheval s'appelle Lambertus.

— Ce n'est pas un nom pour un cheval. – Haïm, de loin, froidement.

— Un caprice innocent de maître Maarten. L'animal ne répond à aucun autre nom.

(Lambertus, quel beau nom pour un cheval. Si un jour j'ai un cheval, il s'appellera Lambertus, et que Haïm se fâche s'il veut. Lambertus.)

— J'ai eu bien de la chance d'avoir Lambertus, car c'est un animal fidèle et plein d'abnégation, qui m'a sauvé deux fois d'une mort certaine.

(Ah mon Dieu !)

Isaac Mattes tendit une *hallah* à son hôte, comme pour l'inviter à se reposer un peu, ou peut-être en réparation du danger auquel il s'était exposé pour lui faire parvenir ces documents précieux. Baruch rompit avec onction le pain tressé. Sarah eut l'impression qu'avec ces mains si belles Baruch n'était pas en train de rompre la *hallah* mais de caresser ses tresses, et elle sentit un frisson la parcourir.

— Deux fois. Parce que non seulement il m'a sauvé des voleurs qui me poursuivaient, une nuit, très près du Scharmützelsee, qui était complètement gelé, mais, comme je m'étais évanoui de fatigue et de froid sur la selle, lui, tout seul, faisant en sorte de ne pas me secouer pour que je ne tombe pas, il m'a conduit dans l'obscurité jusqu'à un relais de poste et là, il a henni jusqu'à ce que l'on sorte pour me porter secours.

— Quels voleurs ? Quelle poursuite ? Vous n'avez donc jamais peur ?

— Je n'ai peur que de l'obscurité de la tombe, dit-il d'une voix vaillante. Il sourit et chercha quelque chose du regard, et Temerl devina qu'il avait besoin d'un peu de vin pour accompagner la *hallah*. Elle le lui servit elle-même.

*

Il arriva sur la place de la cathédrale Saint-Paul à l'heure prévue. Comme on lui avait promis, devant le mur nord, du côté du cloître, une ombre attendait immobile, collée contre l'édifice. Il attacha Lambertus à un arbre rachitique et s'approcha de l'ombre.

— Alors ? dit-il en guise de salut.

— Son Excellence n'a voulu payer que quatre mille florins.

— Dans ce cas, vous devrez me rendre le tableau.

— Non. Il l'a gardé. Il lui plaît.

— Mais il vaut cinq mille florins !

— Non. Il vaut ce qu'on voudra vous en donner.

— Je vous dénoncerai, monseigneur.

— Allons. Par où commencerez-vous ? Où avez-vous volé ce tableau ?

— C'est une insulte. Je suis l'assistant de maître…

— Voulez-vous les trois mille florins oui ou non ?

— Vous n'aviez pas dit quatre ?

— Maintenant c'est trois.

L'ombre allongea le bras et tendit une bourse pleine. Baruch Anslo la prit, nerveux, et l'ouvrit. Dans la lumière froide et blanche de la neige, il compta sommairement que les quelques pièces d'or qu'il y avait là devaient représenter deux mille cinq cents florins. Une onde de rage lui monta le long de la colonne vertébrale. Il sourit :

— Ce fut un plaisir que de traiter avec vous, monseigneur.

D'abord, il attacha fermement la bourse à sa ceinture, puis il tira son stylet et l'enfonça, à travers les épaisseurs de vêtements, dans l'estomac du secrétaire épiscopal. Tout alla si vite que lorsque monseigneur fut à terre, assombrissant la neige autour de son corps, il arborait encore le sourire cynique avec lequel il avait remis la bourse avec deux mille florins au filou floué. Se rendant compte que l'homme était toujours vivant, Baruch Anslo déchira ses vêtements. Le secrétaire émit un gémissement qui se transforma en râle.

— Inutile de crier, je sais que tu es venu seul.

— Appelez quelqu'un. Je vais perdre tout mon sang. Vous pourrez toujours vous échapper.

— Donne-moi d'abord l'argent.

Le secrétaire épiscopal dit ne me tue pas et s'évanouit. Benedictus Anslo trouva enfin la bourse. Elle était plus volumineuse. Il éprouva une telle rage qu'il perça à nouveau la noble bedaine du secrétaire épiscopal. Il le laissa dans un coin, en proie aux convulsions, contre le mur de la cathédrale. Après quelques pas, peut-être pris de compassion pour cette souffrance inutile, il revint à l'endroit où gisait sa victime. Avec le stylet, il lui ouvrit un sourire sinistre dans la gorge et monseigneur, le filou floué par le filou floué, infiniment las, cessa enfin de trembler.

Au lieu de prendre le chemin de Francfort, qui le ferait arriver tout droit au fleuve Danube ; au lieu de s'engager sur la route qui devait le conduire à Istanbul, comme il l'avait annoncé deux ou trois fois à l'aubergiste, il mena son cheval vers le soleil levant, par le vieux chemin de Warendorf, en quête de sa vengeance. Adieu, Rachel Sorgh. Je te retrouverai à Magdebourg ou plus à l'est, j'en suis sûr.

Lorsque le soleil se leva sur le chemin enneigé, il arrêta son cheval et ouvrit la bourse de monseigneur. Ce fieffé voleur avait réussi à flatter la vanité de Son Illustrissime Révérence l'évêque de Münster : dans la bourse il y avait, en quelques lourdes pièces, l'équivalent de plus de treize mille florins d'or. Allez vous fier à votre prochain.

4

— Mais quels voleurs ?

— Ça s'est passé après Münster.

— Fais-moi le plaisir de ne pas être aussi impatiente, ma chère Temerl. Tu dois lui laisser le temps de raconter.

(En ce qui me concerne, tout le temps qu'il voudra.)

Baruch Anslo, content de l'intervention d'Isaac Mattes, but une gorgée de vin et poursuivit :

— Une fois mes démarches terminées, rien ne me retenait dans cette ville si dure envers les étrangers et, conformément aux instructions de mon maître vénéré, je repris le chemin du levant, le chemin, encore bien long, de la ville de Łódź.

(Qu'il parle bien. Il a une bouche de poète. Et des yeux poétiques.)

— C'est en Hashem que je dépose tous mes espoirs. C'est pourquoi, lorsque dans un relais de poste proche de Magdebourg je tombai sur les voleurs dont je vous parlais, le Seigneur ne voulut pas qu'ils trouvent le peu d'argent que je portais sur moi, et qu'ils me laissent pour mort. – Il montra la cicatrice sur son bras gauche, qu'il s'était faite dans un canal d'Amsterdam trois ans plus tôt, et ses yeux entre vert et bleu, insondables, furent soudain noyés par les larmes.

(Si j'avais été là pour le défendre ou pour crier et appeler à l'aide…)

— Trois bandits cruels. Baruch s'émouvait rien qu'en se rappelant : Je pus venir à bout de l'un d'eux. Mais les deux autres s'enfuirent et comme j'étais blessé… Mais le pire était à venir : comme je passais par la forêt que l'on nomme là-bas Schönenbaumgarten, une forêt touffue, sombre, aux arbres serrés, les deux misérables m'attendaient, assoiffés de vengeance. Moi qui voyageais sans armes, j'étais à la merci de la haine de ces hommes.

(Oh, Seigneur Dieu du ciel. Et moi, ici, tellement insouciante…)

— Alors, Lambertus me sauva. Sans que je le lui commande, il se mit à galoper au cœur de la forêt, quittant le chemin, comme s'il avait toujours connu les lieux, et finit par les semer. Nous ne nous perdîmes pas car, au bout de quelques heures, il retrouva lui-même le chemin royal grâce à son flair. Je n'ai plus jamais revu ces hommes sinistres.

(Il faut avoir le cœur bien sec pour dire que Lambertus n'est pas un nom pour un cheval.)

*

Lambertus leva la tête. Il avait l'air extrêmement fatigué, bien que Baruch ne lui ait pas fait forcer le pas. Il flaira du côté du relais de poste. Certainement l'odeur du bois brûlé, qui devait lui faire penser à un endroit où se reposer, loin de la neige infinie de cette plaine blanche. Le pauvre animal transpirait abondamment, malgré le froid, et Baruch, peut-être avec mauvaise conscience, lui donnait de petites tapes sur l'encolure pour le rassurer.

Il ne les vit pas avant de mettre pied à terre. Ils étaient trois et sortaient du relais de poste d'un air menaçant. Celui qui avait un plumet s'approcha de Baruch dès qu'il fut descendu de cheval.

— Monsieur, nous avons l'ordre de fouiller tous les voyageurs qui viennent par ce chemin.

— Puis-je en connaître la raison, sergent ?

— Assassinat d'un haut dignitaire ecclésiastique.

— Je viens de Brême. Où ce terrible incident s'est-il produit ?

— À Münster, il y a cinq jours. De toute façon, nous avons l'ordre de tout inspecter. D'où que l'on vienne.

Baruch, avec éducation, leur montra ses lettres de créance d'émissaire du royaume de Danemark en route pour Leipzig et demanda au sergent de ne pas fouiller dans les autres papiers de son portefeuille, ce que le sergent accepta de bonne grâce parce que ce qu'on cherche ce n'est pas des papiers.

— Et que cherchez-vous ?

— Nous ne sommes pas autorisés à en parler à quiconque.

— Eh bien s'il en est ainsi, je suis à votre disposition, messieurs.

Et pour fouiller, ils fouillèrent, les sagouins. Ce qui veut dire qu'ils le mirent dans une chambre, lui firent avouer son nom (Peter Nielsen), son lieu de naissance (Aalborg), sa profession (opticien) et le motif de son voyage (je regrette, messieurs, mais pour des raisons évidentes je ne peux vous en dire plus que ce que je vous ai déjà dit). Ensuite, aimablement mais fermement, ils le mirent entièrement nu, il leur rappela en vain qu'il était l'émissaire du royaume de Danemark et ils examinèrent toutes les coutures de ses vêtements puants, sa besace, sa couverture, les sacoches de Lambertus et ses chaussures, et ils le laissèrent tremblant d'indignation et de froid. Lorsqu'il fut rhabillé, il exigea du sergent qu'il s'excuse auprès de l'émissaire du Danemark en route pour Leipzig, mais ni celui-ci ni les soldats n'avaient de temps à perdre et ils ne lui prêtèrent aucune attention. Et puis deux nouveaux voyageurs arrivaient. Cette nuit-là, au relais de poste, on lui fit savoir que son cheval était malade et qu'il pouvait changer de monture. Baruch ne dit rien mais il ne dormit que d'un œil, écoutant de temps en temps les hennissements du pauvre Lambertus, et avant que le ciel s'éclaircisse, sans écouter les conseils du palefrenier, il monta Lambertus et partit dans la direction du soleil levant. Au fond, encore dans l'obscurité, la fameuse ville de Magdebourg. Lambertus, qui commençait à uriner des gouttes de sang, marchait par pure obéissance. Dès qu'ils arrivèrent sur la rive de l'Elbe, Baruch mit pied à terre, délivra l'animal de la selle et le fit s'étendre sur l'herbe. Il respirait avec un halètement à fendre le cœur et il était évident qu'il était en proie à une douleur insupportable.

— J'espère que tu me pardonneras, mon cher Lambertus, lui dit-il au creux de l'oreille. Et, avec son stylet, il lui trancha la jugulaire. L'animal fut agité d'un tressaillement plus fort que celui du secrétaire épiscopal et ses yeux devinrent vitreux. Sans attendre qu'il soit tout à fait mort, Baruch, après avoir vérifié qu'il était bien seul, ouvrit le ventre de Lambertus d'un geste précis. Il plongea les mains dans la puanteur que dégageaient les boyaux et se fraya un passage jusqu'à l'estomac. Toutes les pièces d'or en sortirent, ensanglantées, sales mais au complet, s'offrant aux mains de Baruch. Il n'en laissa pas une. Alors qu'il saisissait la dernière, il lui sembla sentir un dernier frémissement dans le corps de Lambertus. Adieu, Lambertus, lui dit-il en s'éloignant sans se retourner, la selle sur le dos.

Il marcha pendant deux jours. Aux environs de Köthen, Baruch Benedictus Gerrit Peter Anslo Olson Van Loo Nielsen acheta un cheval altier et nerveux, qu'il baptisa du nom de Lambertus, et il força le train pour s'éloigner de ces parages où, bien malgré lui, il avait laissé sa trace.

5

Après trente-six jours de voyage d'une redoutable dureté, je suis enfin arrivé, loué soit Hashem, au terme de mon périple. Devant mes yeux fatigués par tant de paysages hivernaux s'étendaient les maisons de la ville de Łódź et quelque part, dans un de ces édifices, il y avait la famille à laquelle je devais apporter mon présent.

(Comment se peut-il que nous ayons une telle chance ?)

— Vous êtes un homme connu et honorable, Reb Isaac : je n'ai eu qu'à demander une fois et on m'a indiqué clairement votre domicile. La première personne que j'ai vue dans votre demeure… ce fut la douce Sarah, qui était grimpée sur le tas de tourbe et regardait le chemin.

(Qu'il est sympathique. Je le mangerais.)

— Et me voici. Je vous ai tout dit de moi.

Tout le monde respecta le silence qui s'installa. C'est Baruch lui-même qui le brisa après avoir bu une petite gorgée de ce vin tellement agréable et reconstituant.

— Je ne veux pas être une charge pour vous, déclara-t-il. Sans vouloir vous offenser, dès que j'aurai repris des forces, je préparerai mon retour à Amsterdam.

(Comment peut-il dire cela, alors qu'il vient à peine d'arriver ?)

Silence. Isaac Mattes pensait au nouveau venu comme à un possible assistant, à qui il pourrait apprendre l'art de la taille, étant donné que Haïm s'éloignait de lui, attiré par l'étude et la prière. Temerl pensait pauvre garçon, il doit se reposer le temps qu'il faudra et ce voyage est plein de dangers. Il ne peut pas repartir avant l'été. Haïm scrutait les yeux de Baruch mais ne disait rien. Pas même intérieurement.

(Qu'il reste. Reste. Pour toujours, Yossef.)

Pendant la nuit, alors que tout le monde dormait, Haïm Mattes le secoua énergiquement par l'épaule. Le jeune Baruch, à moitié endormi, se dit ça y est, Maarten m'a fait rechercher et je suis perdu.

— Yossef, réveille-toi.

Baruch mit un bon moment à comprendre que c'était Haïm, le méfiant, une chandelle à la main.

Il se redressa à moitié, les yeux écarquillés d'effroi. Haïm, oui. Il retrouva son calme.

— Qu'est-ce que tu veux ? Qu'est-ce qui se passe ?

Haïm, de la paume de la main, l'empêcha de se redresser entièrement.

— Tu as passé la soirée à mentir.

— Quoi ?

— Personne ne connaît mon père à Amsterdam. C'est impossible.

— Il est sur la liste. Et lui, il trouve que c'est tout à fait possible.

— L'orgueil et la vanité troublent notre vision.

— Toi, occupe-toi de la Torah et laisse-moi tranquille.

Haïm posa la chandelle sur une petite table. Le clair-obscur de la chambre invitait à penser au Caravage et à Rembrandt. À nouveau, il empêcha Baruch de se redresser.

— Pourquoi es-tu venu ici ?

— Sur ordre de mon maître.

Haïm ouvrit son poing. Cinq florins d'or. Il les posa sur la petite table.

— Comment se fait-il que tu sois si riche ? Ton sac en est rempli.

— Ce que tu fais est une insulte à l'hospitalité de ta famille.

— Qu'est-ce que tu es venu faire ici ?

— Si ça peut te rassurer, dis à ton père de vérifier… je ne sais pas, moi : si c'est vrai que Itkhe Hers, de Varsovie, achète le deuxième choix au prix du premier choix.

— Si je découvre que ton but est de voler mon père, je te tuerai.

Il lui donna un petit coup sur la joue, qui pouvait

passer pour affectueux, et sortit de la chambre avec la chandelle. Dans l'obscurité, Baruch commença à faire des calculs.

Deux cloisons plus loin, Sarah, dans ses rêves, disait l'*Aleinou*, baignée de la joie de savoir que Yossef existait, et elle priait pour qu'il ne s'en aille pas, pour que jamais il ne s'en aille.

Il dut attendre trois jours. Le quatrième jour, Isaac Mattes, après s'être enfermé dans son atelier avec son fils pendant des heures, partit pour Varsovie s'informer des affaires du dénommé Hers. Baruch n'eut qu'à attendre que le méfiant aille au *heder* inculquer aux bambins les rudiments de la Mishnah et les réflexions de la Gémara et l'histoire du peuple de Dieu telle que l'enseigne la Torah. Loué soit Hashem parce qu'enfin les yeux de Haïm ne sont pas en train de me transpercer la cervelle.

Baruch attendit que Temerl soit bien occupée à préparer le bortsch du soir et il adressa son plus joli sourire à Sarah.

— Et si tu me montrais l'atelier ?

— Quand papa n'est pas là, nous n'avons pas le droit d'y entrer.

Baruch lui posa la main sur une épaule, la fit frémir d'émotion et lui dit mais moi je suis là, et je suis une sorte de grand frère, n'est-ce pas ce que je suis ?

(Grand frère, petit frère, frère de tout ce que tu veux, Yossef, je t'aime.)

— Si.

— Alors ?

Elle balaya son dernier scrupule et prit la clef qui était accrochée derrière le poêle (un endroit très ingénieux, il n'aurait jamais trouvé tout seul), mit la main dans celle de son Thésée sans savoir qu'elle était Ariane et le guida dans le labyrinthe obscur.

Ombre, obscurité, un escalier qui descendait au-delà de ce qui était imaginable et après quelques coudes l'odeur du diamant, sans pareille, que lui seul savait détecter.

— Je me demande si… Il secoua la tête, gravement : Non, peu importe, laissons cela.

(Mon amour, qu'est-ce que tu n'oses pas me dire ? Que tu en aimes une autre ? Que tu es marié ?)

— Non, dis-moi… Je suis prête à…

— Eh bien, je me demandais si… si… si tu aimerais que je te donne un baiser.

(Loué soit le Seigneur.)

— Tu es sûr ? Tu ne crois pas que…

— Oui, tu as raison, Sarah. Pardonne ma hardiesse.

— Non, je veux dire que…

(Oh oui, mon bien-aimé, donne-moi un baiser et je t'en donnerai cent et je me nourrirai de ton amour indestructible et toi et moi nous vivrons pour toujours dans un paradis où les rivières et les ruisseaux seront de miel et de lait.)

— Tu as des yeux aux facettes très bien taillées, mon aimée. Il en approcha la bougie : Et à la lumière, ils explosent en étincelles, comme des gemmes. Je t'aime, Sarah.

Sarah, pour toute réponse, se haussa sur la pointe des pieds et lui ferma la bouche avec un baiser indigne de son âge mais très encourageant pour Baruch. Au bout de mille jours, elle laissa aller son Yossef et celui-ci lui dit je m'étais trompé, comparer tes yeux à de simples diamants, c'est commettre une injustice.

— Tes yeux aussi me plaisent beaucoup, Yossef Kohen. Et tes mains.

— Où ton père range-t-il les diamants ?

— Dans un lieu secret. Pourquoi ?

— Pour faire une comparaison devant un miroir. Un diamant, confronté à tes yeux, perd toute sa valeur.

— Vraiment, tu trouves mes yeux si beaux que ça ?

— Ils sont la lumière la plus précieuse dont j'ai jamais rêvé. Dis-toi bien qu'un diamant, pour faire jaillir le feu qu'il porte à l'intérieur, a besoin de l'aiguillon de la lumière. Tes yeux, en revanche… Sans contenir ses larmes, Baruch avoua : Je ne savais pas qu'il pouvait y avoir autant de beauté dans le monde.

Sarah, tremblante, écarta la table de l'atelier tandis que Baruch soulevait la bougie à une distance prudente. Derrière un morceau de tissu accroché au mur, une cavité fermée par une solide porte de bois.

— La clef n'est pas là. Normalement, ils la laissent là pour…

Baruch approcha la bougie. La serrure était du type Larszoon.

— Dommage, dit-il à voix haute. Quand ton père ou ton noble frère seront de retour, nous leur demanderons de nous laisser faire l'expérience.

Au moment où le sommeil des bienheureux et des insouciants était le plus profond et où la maisonnée reposait paisiblement, Baruch prit la clef derrière le poêle, descendit dans les profondeurs de l'atelier et se planta devant la serrure modèle Larszoon avec un rossignol et son stylet. Le temps qu'il mit à l'ouvrir, la bougie n'avait pas diminué d'un doigt. La porte donnait accès à une cavité creusée dans le mur. Sur des étagères, à droite, des petites boîtes. Il approcha la bougie et les gemmes et les diamants se multiplièrent en explosions de joie, comme les yeux de Baruch. Il examina une des boîtes, en approcha la bougie et dit à voix basse putain de la mère du vénérable Isaac de mes saintes couilles et de son fils la sainte nitouche. Des cristaux qui avaient l'odeur du verre. Des morceaux de verre ! Une copie grossière de… Alors, il remarqua qu'au fond de l'armoire il y avait d'autres boîtes et fit un pas à l'intérieur avec sa bougie. Derrière lui, un léger bruit, un petit courant d'air, suffisant pour éteindre la bougie comme si on avait soufflé dessus. La porte s'était refermée et quelqu'un enclenchait la serrure modèle Larszoon avec une clef et scellait en silence le tombeau de Baruch Benedictus Gerrit Peter Yossef Anslo Olson Van Loo Nielsen Kohen.

— Tu peux manger tes mensonges, entendit-il, amorti par la porte épaisse, avant de s'évanouir de terreur.

LE RÊVE
DE GOTTFRIED HEINRICH

C'est de la musique : elle est sortie d'un cœur.

J. S. B.

À quatre heures de l'après-midi, le vieil homme se redressa sur son lit et dit, Kaspar, mon fils, où es-tu. *Si* bémol, *la*, *ré* bémol, *si*, *do*. Cette phrase lui était revenue brusquement à la mémoire. Entendre comment le pauvre Gottfried jouait du clavecin lui avait toujours fait de la peine, une grande peine. Il se rappelait les yeux gris de Gottfried, ouverts comme s'ils voulaient quitter leurs orbites, à la poursuite des notes que ses mains longues et nerveuses assemblaient. Il imaginait son cœur débridé, qui lui faisait regarder les femmes avec une passion qui, plus d'une fois, avait fait trembler le vieil homme… Et surtout, sa pensée chaotique, qui le faisait vivre dans une confusion mentale permanente.

Tout cela les avait fait pleurer, tous les deux, lui et sa fidèle Magdalena, quand le docteur Müthel leur avait dit que Gottfried Heinrich était simple d'esprit, qu'il grandirait comme les autres enfants, mais qu'ils ne pouvaient pas lui demander le moindre effort mental, parce qu'il n'avait pas de pensée. Malgré cela, un jour, l'espoir les envahit, comme l'éclat d'une lumière pure. Ils avaient pu constater que le médecin s'était grandement trompé : Gottfried pensait. Mais de toute évidence sa pensée était dans son cœur et pas dans sa tête. C'était un jour froid et chargé de neige ; un jour où il revenait particulièrement fatigué de la Tomasschule, avec une forte envie d'envoyer à la balançoire le Comité des Incapables au grand complet. Alors qu'il traversait le court espace qui le séparait de chez lui, il entendit un étrange bégaiement au clavecin et il découvrit Gottfried, à peine âgé de sept ans, assis et imitant son attitude, penché sur le clavier, les yeux perdus, jouant une version pas très claire du *Contrapunctus VIII*, que lui-même avait souvent répété au cours des derniers jours. L'enfant était entièrement plongé dans les sons, transpirant, tellement transporté qu'il ne s'était même pas aperçu de la présence de son père. Personne n'avait enseigné à Gottfried l'art du clavier, parce qu'on n'enseigne rien à un enfant qui n'a pas de pensée. Son père, debout, silencieux, la perruque à la main, bouche bée, découvrait que son cher Gottfried avait une pensée, de la mémoire et de la volonté, parce que s'il était capable de reproduire quelque chose d'aussi difficile c'est qu'il pensait, se souvenait et persévérait, loué soit le Seigneur. Et le maître se demanda dans quelle école il le conduirait, dès le lendemain. Mais après quelques tentatives, l'échec retentissant les conduisit à la conclusion que Gottfried n'avait de pensée, de mémoire et de volonté que pour la musique ; pour tout le reste, il était encore ce que le docteur Müthel leur avait dit : un idiot. Et il le resterait toute sa vie. Mais à partir du jour du *Contrapunctus*,

Gottfried eut l'autorisation expresse de son père de jouer du clavecin, comme tous ses frères et sœurs. Les plus âgés respectueusement, les plus jeunes avec une certaine peur, ils écoutaient souvent, en silence, ses improvisations échevelées, qui pouvaient durer très longtemps et arrachaient des larmes à Magdalena, qui priait intérieurement et disait mon pauvre petit, mon pauvre petit, qui n'a pas de pensée, sauf pour faire cette étrange musique.

Le 26 février, alors qu'ils fêtaient les seize ans de Gottfried, tous ses frères et sœurs présents lui demandèrent d'improviser et lui, comme chaque fois qu'il devait poser les mains sur un instrument, il leva les yeux et regarda son père d'un air de supplication, la bouche ouverte, montrant, sans s'en rendre compte, le trou laissé par la dent cassée deux ans plus tôt lors de la bagarre dans la ruelle qui vomissait la boue et les eaux noires dans la Pleisse, comme pour implorer une autorisation difficile à obtenir, dont sa pauvre raison ne pouvait concevoir qu'elle était acquise à jamais. Et son père devait acquiescer de la tête pour que le bienheureux Gottfried puisse jouer l'esprit tranquille. Le vieil homme se rappelait que ce jour-là ce fut particulièrement dur, parce que Gottfried partit d'un thème insolite, un *si* bémol, *la*, *ré* bémol, *si*, *do*, qui souleva les protestations de ses frères, et il les fit taire pour voir où cela menait. Tout le monde comprit que les improvisations sur ce thème conduisaient Gottfried tout droit en enfer. Mais comme il leur faisait de la peine à cause de sa tête vide, ils le laissèrent jouer jusque tard dans l'après-midi, quand Élisabeth, la très bonne Liza, pour le délivrer de cette musique diabolique, lui proposa d'aller lancer des boules de neige sur la place Saint-Thomas. *Si* bémol, *la*, *ré* bémol, *si*, *do*, une sorte de désagrégation fantasmagorique et inacceptable du thème familial qui prenait la forme BADESHC, qui ne voulait rien dire pour personne, à moins que dans une langue étrange et ancienne Badeshc ne soit le nom caché de Satan.

Ce thème et la musique qui en avait dérivé étaient revenus dans la mémoire du vieil homme. C'est pourquoi il s'était redressé sur son lit, avait tourné ses yeux inutiles vers le mur et avait murmuré Kaspar, mon fils, Kaspar, n'entends-tu pas ?

— Je n'entends rien, maître.

L'enfant frissonna. Il s'était endormi sur le livre ouvert. Le maître avait rendu les armes avant qu'il arrive au septième chapitre. Ce traité sur les sons de la nature était tellement ennuyeux que rien que le souvenir des pages lues l'avait fait sombrer, lui aussi.

— Gottfried, est-ce qu'il est rentré ?

Kaspar se secoua. Il mit au passage voulu le morceau de cuir jaune avec un lion estampé que le maître utilisait comme marque-page, ferma le livre et le posa sur la petite table, à côté de la tasse qui contenait un médicament brunâtre. Son esprit agile lui permit de répondre aussitôt :

— Il est chez M. Altnikol jusqu'à…

— Jusqu'à ce que je meure.

— C'est vous qui en avez décidé ainsi.

Kaspar, sur le qui-vive, attendait une réaction brutale du vieil homme. Mais celui-ci ne se fâcha pas ; il ne se laissa pas aller sur les oreillers mais, au contraire, écarta le drap et fit mine de descendre de son lit. Le pauvre Kaspar, effaré, ne savait que faire.

— Maître… Vous ne pouvez pas…

— Tu vas voir si je ne peux pas. Je ne suis pas encore mort. Où est ma canne ?

— Je ne sais pas. Je ne… Déconcerté : Votre canne ? Vous voulez votre canne ?

— Personne ne prévoyait que je marcherais à nouveau. Vous l'avez jetée ?

— Je peux vous servir de canne, maître.

Le vieil homme accepta, émerveillé de la vivacité de répartie de ce gamin qu'il appelait son fils et dont il aurait aimé qu'il le soit vraiment. En revanche, le pauvre Kaspar maudissait son sort. Madame s'était absentée jusqu'au soir et on lui avait recommandé d'être attentif aux désirs du maître, si insignifiants fussent-ils.

— Conduis-moi à l'orgue.

Kaspar dut s'improviser bâton de vieillesse pour son maître. Il voyait déjà les mines contrariées des membres de la famille quand ils apprendraient ce qui s'était passé. Mais lui, il était là pour satisfaire les désirs du maître, si insignifiants fussent-ils.

Ils traversèrent la salle à manger familiale et le salon des clavecins jusqu'à la petite porte qui donnait sur la salle de l'orgue.

— La clef doit être sur la porte, dit le maître. Et oui, elle y était. Respirant avec difficulté à cause de l'effort accompli, le maître s'appuya contre le mur et dit intérieurement, mur, mur béni, je suis sûr que tu ne t'attendais pas à ce que je m'appuie à nouveau contre toi.

— Voulez-vous retourner à votre lit ? demanda Kaspar, plein d'espoir.

— Pas question.

Ayant surmonté sa fatigue, le maître frappa quelques coups discrets contre le mur et, donnant le bras au garçon, entra dans la salle de l'orgue. C'était comme s'il le voyait : un instrument d'assez petite taille, avec des jeux peu nombreux mais à la mécanique très fiable et très solide et, chose rare, d'une très grande justesse. Kaspar ouvrit les volets et la lumière de ce début du mois de juillet se posa, reconnaissante, sur ses yeux et passa sans s'arrêter sur ceux du maître, finissant par éclairer le clavier de l'orgue et le clavecin Hausmann, le préféré du maître.

— Souffle, Kaspar.

Le garçon se mit à la place du souffleur et débloqua le levier. Il commença à envoyer l'air et aussitôt apparut le thème *si* bémol, *la*, *ré* bémol, *si*, *do*, le thème diabolique du pauvre Gottfried, que Kaspar ne pouvait pas connaître, parce qu'il n'était pas encore né la seule fois où on l'avait entendu entre ces murs. Et ensuite, le thème se développait avec une bonne trentaine de mesures en contrepoint et il y avait des cris étranges, dissonants, avec des septièmes et des neuvièmes, sans motif et sans structure qui les soutiennent, justement ce que le maître disait qu'il ne fallait pas faire ; avec un désintérêt total pour les voix, car tout était en accords pleins. Ou pas. Maintenant avec le registre agressif des trompettes, une mélodie aigre et son imitation en fugue, dissonante… Pour ainsi dire, parce que pour Kaspar ça n'avait rien d'une mélodie. Il regarda le maître et fut étonné de le voir sourire.

Le maître souriait parce qu'il était en train d'accepter le rêve de Gottfried et il se rendait compte que ce que son fils disait, avec ces cris, c'était que lui aussi existait, à sa façon ; et il pressentait confusément qu'un jour cela pourrait peut-être devenir de la musique. Cela finit de façon brusque, avec un bref accord impossible – *do*, *ré* bémol, *ré*, *mi* bémol, *mi*, *fa* –, et quand le silence se fit le maître entendit les sanglots étouffés de Kaspar, la tête appuyée sur la plaque d'adresse de l'instrument, en métal couvert de vert-de-gris, qui, devant son nez, confirmait que *Olegarius Gualterius sauensis me fecit in Markkleeberg. Anno domini 1720.* Depuis le coin du souffleur, Kaspar n'osait même pas regarder les yeux aveugles de son maître.

— Je ne suis pas devenu fou, Kaspar.

— Qu'est-ce que c'est que ça ?

— Le rêve d'un bienheureux. Et maintenant j'imagine sept variations. Je les ai presque finies.

Kaspar pensa qu'il était dans un cauchemar en enfer. Et il frissonna en entendant que son maître, au lieu de lui demander ramène-moi à mon lit, je suis fatigué, lui dit copie ce que tu as entendu, Kaspar, il nous reste encore beaucoup de travail.

— Mais ce n'est pas de la musique !

— Ne me dis pas que tu ne t'en souviens pas…

Il lâcha cela sur un ton de douce menace, celui qui faisait le plus peur. Habitué à obéir, Kaspar s'approcha du pupitre, prit la plume, l'encre et le papier à musique et commença, avec la facilité que lui donnait son extraordinaire mémoire, à écrire cette horreur comme si c'était de la musique.

— Ça sonne de façon très laide, maître, lui dit-il quand il fut obligé de répéter la mesure vingt-sept du thème.

— Ça sonne comme ça doit sonner dans le cœur des purs.

Maintenant, il était absolument certain que le maître était devenu fou. Il soupira et finit de s'acquitter de sa tâche avec le retour du thème initial et cette fin horripilante – *do*, *ré* bémol, *ré*, *mi* bémol, *mi*, *fa* –, et il posa la plume sans parvenir à réprimer une grimace de dégoût.

— J'ai fini, maître.

— Eh bien joue-le sur le clavecin.

Fou à lier. Mais comme Kaspar avait été élevé pour obéir et faire de la musique, il obéit. Mais il ne fit pas de musique ; il produisit des sons épouvantables, scandaleux, que même les enfants les plus dissipés, si on les laissait seuls devant un clavecin, n'auraient pu imaginer pouvoir en tirer.

— *Fa* dièse, *sol* dièse, *la* ! gronda le maître.

— Mais ça sonne encore pire, s'excusa l'enfant. On vient de *mi* bémol majeur…

Le regard aveugle perdu dans un futur impossible pour lui, il murmura ce qu'il n'aurait jamais osé dire, si ce n'avait été pour son cher Gottfried :

— Peu importe d'où on vient. Il n'y a pas de tonique. Le thème et son développement ne sont qu'un mirage… Il y a une musique toujours inattendue.

— Et les dissonances ?

— Dieu les a créées, elles aussi. Après quelques secondes de pause, il tendit la main vers l'endroit où devait se trouver Kaspar et, presque dans un murmure, il répéta son ordre : *Fa* dièse, *sol* dièse, *la*…

Et Kaspar joua *fa* dièse, *sol* dièse, *la*, et les sons horripilants se produisirent comme le maître avait prévu. Alors, le maître se mit à dicter, furieusement, avec la hâte du moribond qui ne veut pas s'en aller sans avoir laissé, comme une ancre pour le souvenir, sa dernière pensée, une pensée d'illuminé par sa hardiesse, un *contrapunctus* canonique, avec un équilibre parfait entre les parties fuguées, à partir de la folie du thème initial. Et là-dessus, encore six autres variations, toutes dans le même… dans la même absence de ton, comme si tous les tons avaient la même valeur et que n'existait pas la réalité de la tonique, de la dominante, de la sous-dominante et de la sensible. Kaspar pensa qu'il allait devenir fou, mais il obéissait et copiait avec une fidélité absolue ce que le maître lui dictait. Au bout de deux heures, le maître était pâle et transpirait à cause de l'effort titanesque qu'il venait d'accomplir. Alors, sans bouger de là où il était, agrippé fortement aux bords de la table, il grogna, maintenant, Kaspar, je vais le jouer à l'orgue. Emploie ta mémoire pendant que tu souffles, au cas où tu aurais laissé passer une erreur.

— Je n'ai pas commis d'erreur, maître, dit Kaspar sans vantardise (simplement, la musique, il la faisait toujours bien). Ce qui est peut-être erroné, c'est la…

— La pensée n'est pas erronée, Kaspar… le coupa-t-il avec une certaine brusquerie. Essaie d'être généreux. Sinon, tu ne comprendras jamais ça.

Le maître joua le thème et les différents contrepoints et les murs de la maison se mettaient à pleurer parce qu'ils n'étaient pas habitués à ce que, justement dans ce foyer, on entende ces gémissements irrépressibles.

Lorsqu'il eut fini, le maître resta tête baissée, visiblement fatigué mais, malgré tout, pensant gravement à cette concrétisation du rêve de son fils. Ses yeux aveugles s'illuminèrent et il les tourna du côté du souffleur.

— Tu sais garder un secret, Kaspar ?

— Oui, maître.

— Apporte la plume et le papier.

Le garçon obéit promptement. Lui, le pointant du doigt comme s'il le voyait :

— Écris le titre du morceau. Il regarda au loin, comme s'il cherchait des informations aux confins de sa mémoire et récita, presque religieusement : *Contrapunctus sur un thème de Gottfried Heinrich Bach*. Et il attendit, impatient : Ça y est ?

— Oui, maître.

— Ça me plaît davantage à l'orgue qu'au clavecin. Demain, tu m'en feras une version pour luth. Tu m'entends, Kaspar ?

— Oui, maître ; pour luth. – Et il avala sa salive.

— Tu as aimé ?

— Non, maître. Pas du tout.

Pour la deuxième fois de toute la journée, le maître sourit.

— Moi oui. Appose mon nom.

— Vous voulez signer… – Il fut à nouveau scandalisé, pauvre Kaspar : Signer ça.

— Oui, Kaspar. Ça, précisément.

D'une écriture tremblante, Kaspar apposa la signature que son maître lui demandait si rarement : *"Johannes Sebastian Bach fecit."*

— Merci, mon petit…, soupira le vieil homme, à bout de forces. Maintenant, tu devras me ramener bien vite à mon lit. Et ce que nous avons écrit… cache-le, pour le moment. Il soupira : Je peux te faire confiance ?

— Vous savez parfaitement que je donnerais ma vie pour vous.

Le vieil homme, touché par la réponse, laissa passer un instant. Peut-être savourait-il cette preuve de loyauté ; peut-être se souvenait-il du thème de Gottfried, l'imaginant dans un arrangement pour instruments à cordes.

— À ma mort, tu l'apporteras toi-même, personnellement, à mon fils aîné.

— M. Friedemann le déchirera.

— Tu diras à Wilhelm Friedemann, énonça-t-il d'une voix lasse, interrompue par sa respiration oppressée, que ce thème de son frère Gottfried est ce que j'aime le plus en ce moment et que ma volonté expresse est qu'il survive à toutes les ventes que l'on pourra faire de mes manuscrits et de mes livres.

— Mais quelle idée ! Qui pourrait vendre un des manuscrits que…

— Tu verras bien, le coupa le maître. Mais ça, on ne pourra pas le vendre.

— Pourquoi, maître ?

— Je ne sais pas. – Le vieillard regarda, comme s'il y voyait, du côté de la fenêtre, l'air songeur. – Vraiment, je ne sais pas…

— Ce n'est pas de la musique, maître.

— C'est de la musique : elle est sortie d'un cœur. Il tourna son visage aveugle vers Kaspar et signifia que la conversation était finie : Maintenant, cache-le. Ne le montre pas à ma chère Magdalena, ça la ferait souffrir.

Il se leva péniblement et le jeune garçon se précipita.

— Je suis très fatigué. C'est la fin… Et, quand le garçon fut à côté de lui : Tu crois que je suis fou, Kaspar ?

— Attention à la marche, maître.

Kaspar aida le maître, épuisé par l'effort, à se mettre au lit. C'était le début de l'après-midi et il tombait une bonne averse d'été ; l'enfant pensait comment se fait-il qu'ils ne soient pas encore arrivés, pourquoi personne ne vient, qu'ils viennent, que quelqu'un vienne, parce que le maître se mit à dire, d'une voix brisée, Magdalena où es-tu, où sont mes enfants, je me meurs, où est ma musique, qu'est-ce que toute cette obscurité… Et d'une voix rauque, fausse, il chanta, tourné contre le mur, ça suffit, Seigneur, quand tu voudras, délivre-moi de mes liens. Viens, Jésus. Adieu, ô monde. Je pars pour la demeure céleste. Je pars plein de certitude et de paix, laissant derrière moi ma grande misère. Ça suffit, seigneur. Et Kaspar ne savait pas s'il devait le laisser seul et courir chercher de l'aide. Il resta paralysé à côté du maître parce que celui-ci avait pris sa main et avait aspiré avec force tout l'air du monde. Il serra encore davantage la main de Kaspar, comme pour s'accrocher à la vie. L'air ne ressortit pas. Kaspar, effrayé, se mit à pleurer, parce que son maître venait de mourir et qu'il était seul dans la maison et qu'il ne savait que faire.

La pluie estivale continuait de battre violemment contre les vitres de la chambre. Kaspar se délivra, avec crainte, de la main qui l'emprisonnait et se leva brusquement, épouvanté par sa pensée : Mme Magdalena, M. Friedemann, M. Altnikol… tout le monde l'accuserait de la mort du maître, parce qu'il l'avait laissé aller travailler, désobéissant aux instructions, et parce qu'il l'avait laissé composer une musique qui l'avait tué. Pris de panique, il se précipita dans la salle de l'orgue. Les yeux pleins de larmes, il réunit tous les papiers qu'il avait écrits pendant cet après-midi néfaste et en fit un tas. Il se frotta le front pour effacer tout souvenir de cette musique diabolique, comme s'il était capable d'oublier la moindre note entendue, et il sortit de la pièce avec les partitions rageusement serrées dans son poing. Il alla jusqu'aux fourneaux de la cuisine et jeta toutes les feuilles dans le feu, pour effacer toute trace de sa désobéissance, toute preuve de son délit, jusqu'au moment où, le feu consumant la dernière feuille, le rêve d'un fou disparut, comme s'il s'était agi d'une vie, se muant en fumée qui, par le conduit de la cheminée, se dissipait dans le ciel gris de Leipzig.

JE ME SOUVIENS

C'est parce que le petit Isaac avait été pris d'une quinte de toux irrépressible. Il pressait le visage contre le corps de sa mère et elle, désespérée, elle l'attrapait par la nuque et le serrait contre sa poitrine, l'étouffant presque, mais l'enfant eut trois accès incoercibles. Même amortie, la toux leur fit l'effet de trois coups de canon, terribles. Qu'entendirent aussi les soldats, alors qu'ils étaient sur le point de mettre fin à la perquisition.

Aussitôt, la maison se remplit du fracas de coups de feu désordonnés et le bruit de verre brisé indiqua à Miriam qu'ils avaient cassé la vitrine avec la vaisselle de leur mariage. Le grand-père se mit à gémir intérieurement et le docteur Łódzer serrait les poings avec désespoir et impuissance. Ils ne mirent qu'une demi-minute à trouver la fente qui ouvrait le panneau mural qui cachait le réduit extrêmement étroit qui leur servait de cachette. La famille Łódzer apparut, dans un clair-obscur semblable à un tableau de Rembrandt, immobile et terrorisée, éblouie par la lumière des puissantes torches de la Wehrmacht utilisées par cette escouade ukrainienne des SS. Et les cris hystériques de l'officier allemand, que seul le docteur pouvait comprendre, mais dont tous savaient ce qu'ils signifiaient. Et les bourrades pour les faire sortir de leur cachette tandis que le grand-père Łódzer récitait les Lamentations et disait elle qui était grande parmi les nations est devenue comme une veuve qui pleure la nuit sans s'arrêter ; les chemins de Sion sont dans le deuil. Et pour le faire taire l'officier, d'un geste négligent, lui brisa avec la crosse de son Mauser les trois dents qui lui restaient. Dehors, dans la rue Novolipki, déjà obscure à cause du brouillard bien qu'il ne fût pas encore midi, les hurlements de panique, les cris de rage, la fumée des incendies et la peur voilaient la faible lumière d'hiver que Hashem, dieu des armées, daignait dans sa bonté envoyer au ghetto. Et les petits, accrochés à leur mère, disaient où on va, dis, maman ?

Ils les firent grimper dans un camion surchargé. La famille Łódzer regarda pour la dernière fois du côté de la maison où ils avaient vécu les deux dernières années, terribles, et le docteur, en un soupir, se souvint de tout le temps antérieur au désastre, ses cavalcades dans l'atelier de joaillerie de son père quand il était petit, quand tousser n'était pas un délit, et les heures et les heures d'étude et les jours et les jours de consultation dans le cabinet de la rue de Sienne, les patients qui défilaient l'un derrière l'autre, la naissance d'Isaac et d'Edith et le grand amour de Miriam, qui maintenant pensait à son bien-aimé, qui était là devant elle, impuissant, défait, et elle se cramponnait désespérément à ses deux enfants, de peur qu'un mauvais coup de vent ne les emporte vers la mort, et elle se sentit seule, sans rien, avec ce froid coupant et eux qui n'avaient que les vêtements qu'ils portaient, ils ne les avaient même pas laissés prendre un mauvais manteau, pas la moindre valise, parce que l'irritation de l'officier (on n'a pas de temps à perdre à jouer à cache-cache) les en avait empêchés. Le docteur Łódzer regarda du coin de l'œil le grand-père qui supportait stoïquement la douleur de sa blessure à la bouche ; contre son habitude, il blasphéma intérieurement parce que Hashem l'avait abandonné, bien qu'il fût un homme juste. Le petit Isaac interrogea son père du regard et n'osa pas lui dire papa, pourquoi ils nous font ça, qu'est-ce que nous leur avons fait, et il se mit à pleurer en silence parce qu'ils les avaient trouvés à cause de sa toux.

Le camion, suivant un convoi de huit ou dix véhicules, vomit des douzaines de personnes effrayées dans la rue Stawki, au coin de la rue Dzika, où les attendait le train avec ses wagons à bestiaux, qui partit diligemment, quittant le ghetto et traversant une Varsovie silencieuse qui s'efforçait de regarder ailleurs, franchit la Vistule et s'éloigna de la ville dans la direction de Wołomin et de Tłuszcz, sur la route d'une riante ville de villégiature estivale, Treblinka.

Ils ne furent pas déshabillés et rasés, comme les autres. On se contenta de les enfermer avec une autre famille de la même rue dans une pièce minuscule, extrêmement froide et sombre, avec des petites fenêtres où on n'avait même pas pris la peine de mettre des barreaux, parce que les geôliers savaient qu'ils n'étaient plus des êtres humains et qu'ils avaient perdu, outre leur dignité, leur instinct de survie. Et ils les oublièrent, comme s'ils étaient tellement occupés avec leurs autres hôtes qu'ils ne suffisaient pas à la tâche. Ou comme s'ils ne savaient pas ce qu'ils devaient faire d'eux.

Ils voyaient passer les jours sans rien dire, les yeux écarquillés, assis contre le mur et regardant la faible clarté qui se glissait à travers les vitres sales. Et ils entendaient parfois, au loin, les aboiements féroces des officiers SS et les rires grossiers des volontaires ukrainiens. La première fois qu'on ouvrit la porte pour poser sur le sol des croûtons de pain moisi et une cruche d'eau sale, le docteur Łódzer réagit. Avec M. Langfus, un vieil homme tout en nerfs, qui avait perdu son magasin de tissu de la rue Senatorska quand on l'avait relégué dans le ghetto, ils organisèrent la vie dans ce clapier, avec le désespoir de devoir reconnaître que depuis que tout avait commencé ils étaient pris dans un cercle fatidique et que chaque jour le cercle se resserrait de plus en plus, jusqu'au jour où ils ne pourraient plus rendre grâces au Seigneur parce que le cercle serait devenu aussi petit que la mort. Mais en attendant ils survivaient à force de penser, à force de décider que le recoin du fond serait réservé aux latrines, que Ruth Langfus ferait des rations de croûtons à parts égales ; que chaque jour, pendant une heure, n'importe quel adulte qui ne serait pas en train de pleurer raconterait des histoires aux enfants. Mais Miriam ne participait pas à cette tentative désespérée d'organiser le cercle étroit dans lequel on les avait confinés. Elle passait ses journées avec Edith dans les bras, essayant de faire baisser la fièvre avec son regard, ou lui passant la paume de la main sur le front, racontant des histoires rien que pour elle, des histoires qui lui rappelaient l'époque heureuse de la rue Ierussalímskaia, quand elle était une petite fille qui raffolait des histoires que lui racontait sa maman. Maintenant elle devait les lui raconter pour que sa petite fille ait une raison de ne pas mourir à six ans. Miriam pensait qu'elle voulait lui donner tout son sang pour qu'elle soit sauvée, pour qu'elle et Isaac soient sauvés.

Au bout d'une semaine vint un caporal hargneux suivi d'un soldat ukrainien, il jura quelle puanteur de merde là-dedans et réclama la famille Langfus. Comme des automates silencieux, Stanislaw Langfus et les siens s'alignèrent, les aïeux mêlés aux petits-enfants, mais tous en file indienne, et ils sortirent sans dire adieu, sans tourner la tête pour ne pas voir les Łódzer pour la dernière fois, pour ne pas rendre furieux les chiens nazis. Langfus eut le temps de passer à Miriam son alliance de mariage, qu'il avait pu dissimuler lors de la fouille à laquelle on les avait soumis dès leur arrivée à Treblinka. Et les Łódzer se retrouvèrent seuls, accompagnés seulement par la petite toux d'Isaac, celle qui avait fait que le cercle s'était rétréci. Et deux jours de plus de silence, tout le monde se demandant ce qu'était devenue la famille Langfus, ce qu'était devenu le grand-père Stanislaw aux yeux bleus et aux manches retroussées ; et sa petite-fille Ruth, et son gendre avec les trois petits. Et tous, sauf Isaac et Edith, savaient que la riante contrée de Treblinka devenait la destination finale, dont ils ne sortiraient qu'en volant par le conduit de la cheminée, par le tuyau sinistre de la cheminée, comme s'ils n'étaient qu'un rêve. Ils le savaient mais ils n'y croyaient pas, parce qu'il était impossible que la réalité soit à ce point obscène. Au bout de quatre jours sans nouvelles des Langfus, ils comprirent qu'ils ne les reverraient plus jamais et ils tombèrent dans un silence grave, solide, fait de regards en biais, interrompu seulement par les chansons que Miriam chantait avec une extrême douceur pour endormir la petite, parce qu'elle voulait qu'elle passe les journées à dormir, pour ne pas vivre cette horreur.

— Tout le monde debout ! Yossef Łódzer !

La porte avait été ouverte brutalement et elle fit un grand bruit en tapant contre le mur. Edith, qui s'était endormie une minute plus tôt, se réveilla épouvantée mais elle ne gémit pas car, malgré ses six ans, elle avait appris à se taire et à garder la panique dans ses os. Elle se contenta de serrer fort la main de sa mère.

— Je reviens tout de suite, les rassura le médecin. Lorsqu'il sortit, il regarda tendrement le grand-père, assis dans son coin, et les deux enfants et Miriam, pour emporter leur souvenir dans l'éternité.

— Pardonne-moi, dit Isaac, qui pensait encore à sa toux.

— Si vous en réchappez, murmura le médecin, allez en Palestine. Et il disparut, suivi par les chiens.

Le *Hauptführer* SS était accompagné par un homme mince, chauve, avec des lunettes, qui scrutait le visage du docteur Łódzer pour voir comment il réagissait à l'offre qu'on lui avait faite.

— Et quelle garantie ai-je que vous respecterez cet accord ? osa-t-il dire.

— Aucune. Mais tu n'y peux rien, je le crains.

Habitué à obéir, le docteur Łódzer baissa la tête. D'une voix qui exprimait une peine profonde, il demanda :

— Qui sera sauvé ?

Pour la première fois, avec des manières polies, d'homme cultivé, l'homme chauve prit la parole :

— Cela, c'est vous qui devez en décider. Il lui sourit avec affabilité et ajouta : Vous tous.

Enfreignant le règlement de Treblinka, en se retirant le médecin regarda le *Hauptführer* et l'homme chauve dans les yeux, avec haine. Dieu n'existe pas, pensa-t-il alors qu'on le ramenait dans sa cellule.

Yossef Łódzer en parla avec Miriam et le grand-père quand les deux enfants furent endormis. Ils avaient deux heures pour y penser et leur communiquer leur décision. Les deux hommes laissèrent Miriam pleurer avec toute l'amertume du monde devant une telle cruauté. Lorsqu'elle fut un peu rassérénée, le grand-père voulut réciter les Lamentations de Baruch, comme il le faisait chaque jour depuis que la mort était si proche, et il récita souviens-toi, Jérusalem, des jours de ton affliction. Et Miriam, la voix brisée par le chagrin, murmura mon âme est loin de la paix ; j'ai oublié le bonheur. Le docteur Łódzer, les lèvres serrées, ma force est perdue, je n'ai plus d'espérance en Hashem. Il le dit avec une telle dureté que sa *kina*, au lieu d'une prière, sonnait comme un blasphème. Le grand-père, pour que ce ne soit pas leurs dernières paroles de croyants, ajouta d'une voix presque inaudible, donne-leur, Seigneur, un cœur endurci ; que ta malédiction soit sur eux, ô Hashem.

*

Isaac Łódzer frissonna et se blottit dans la couverture que lui avait donnée cette fille aux yeux tellement sombres qui s'appelait Hannah et qui souriait comme une bénédiction. Il palpa le canon glacé du fusil et regarda dans l'obscurité inquiétante. Silence du danger, alimenté par son propre silence. Tout à coup, sans prévenir, un accès de toux. Il ne put l'éviter. Et le son le fit frémir et il dit, pardon, pardonnez-moi… comme une prière. Et, en un éclair, il se vit à Treblinka, éprouvant la douleur infligée par la cruauté, par sa faute, parce qu'Edith et leur mère et le grand-père et leur père étaient morts par sa faute ; et maintenant qui sait où ils étaient, dispersés dans l'air de Treblinka, peut-être déposés sur le sol dans une accalmie ou transportés par le vent vers les steppes, êtres chers morts à cause de ma toux. Et pourtant, à Ramat Gan, on lui avait appris à oublier, à effacer de son esprit la toux coupable. Les larmes gelèrent sur sa joue et il rajusta la couverture ; et il se vit bouche bée dans le port de Haïfa, donnant la main à un immigrant inconnu qui lui avait tenu lieu de père, de mère, de grand-père et de sœur pendant le voyage et qui l'avait laissé à la porte du Centre d'accueil de Ramat Gan. Isaac Łódzer, âgé de douze ans, originaire de Varsovie, fils de Yossef et de Miriam, frère d'Edith la douce, petit-fils de Moshé Łódzer, des Mattes de Łódź et, par conséquent, descendant direct, à la onzième génération, du grand rabbin Haïm Mattes, mais malgré cela fâché à jamais avec Dieu, était arrivé en Palestine par obéissance à la dernière prière de son père, avec une vague de l'Aliyah Bet qui défiait les autorités du protectorat de Palestine et faisait venir ceux qui voulaient fuir à tout prix l'Europe encore couverte par les cendres laissées par tous leurs frères. Pendant six ans, à Ramat Gan, on lui apprit à oublier, on lui fit vomir ses démons et on réussit à ce qu'il dorme presque une nuit entière d'une traite, que les tremblements des prunelles de ses yeux disparaissent presque et que ses spasmes faciaux s'atténuent. On lui fit des lunettes aux verres très épais, trop épais, parce que l'horreur qu'il avait contemplée avait fait vieillir son regard. On réussit tout cela, et qu'il apprenne l'hébreu, qu'il enseigne des mots de vie dans son yiddish maternel à des compagnons maghrébins, qu'il apprenne l'arabe et qu'il sourie de temps en temps. Mais on ne put effacer le souvenir de la pièce minuscule, sombre et glaciale de Treblinka.

Ce furent des années pleines d'une activité frénétique dans l'école annexe, à étudier le violon, les langues, la sténo, la cryptographie et l'histoire, pour ne laisser aucun vide dans sa tête qui l'aurait conduit à se souvenir. Quand il eut dix-sept ans, il dut laisser sa place dans le centre à quelqu'un qui en avait davantage besoin que lui. Il choisit, parmi les options qui lui furent proposées, d'aller faire le paysan dans le kibboutz Ein Harod. Lorsqu'il arriva, il pensa qu'on lui donnerait une pioche, mais après deux jours d'instruction, la première chose qu'on lui mit dans une main ce fut un fusil, et dans l'autre trois chargeurs pleins. Le contact avec la partie métallique du fusil lui fit le même effet que le Luger que son père, le pauvre docteur Łódzer, lui avait mis dans les mains après lui avoir donné un dernier baiser. Mais il ne dit rien parce qu'apparemment, au kibboutz, on avait confiance en lui pour les défendre. Il resta planté là avec le fusil et les chargeurs, la bouche ouverte, et une fille aux cheveux noirs s'approcha de lui en souriant, avec une couverture, et lui dit cette couverture c'est ta peau, Isaac. Elle sera ta seule compagnie pendant les heures de garde. Et ses yeux de jais étaient la beauté ; elle s'appelait Hannah, elle s'occupait du matériel et elle montait aussi la garde cette nuit-là. Il trouva qu'il était injuste d'être aussi laid et aussi timide et de porter des lunettes avec des culs de bouteille, et il fut incapable de remercier Hannah. Ce n'est que lorsqu'elle fut loin, distribuant des sourires et des couvertures, qu'Isaac put dire tout bas pardonne-moi, pardonne-moi… Et il regarda autour de lui si quelqu'un l'avait entendu. Et maintenant, à son poste de garde, il avait toussé et il avait indiqué sa position aux ennemis éventuels. Il voulut percer l'obscurité avec son faible regard rien que pour voir avant quiconque l'éclat de la flamme. Ensuite il entendit un murmure doux et caressant à côté de son oreille et ensuite le fracas monstrueux d'un coup de feu. Il tomba assis et se toucha l'oreille machinalement. Un liquide chaud et visqueux. Et lui, tremblant, ne prêtant pas attention aux cris de ses camarades qui accouraient du poste de garde. L'escarmouche dura cinq minutes, avec un échange de coups de feu infernal, et il ne bougea pas, raide, plongé en lui-même, revivant la chambre sombre et glacée de Treblinka. On dut le tirer, rigide, figé en forme de quatre, du trou qu'il occupait, et le lendemain on le renvoya, avec la recommandation de passer un temps à l'hôpital psychiatrique de Tel-Aviv. On ne lui dit jamais combien de morts il avait causées en toussant, dans cette escarmouche nocturne d'Ein Harod.

*

Lorsque, au bout de trois ans, on le laissa vivre seul à nouveau, il s'installa dans le village côtier de Dor, cinquante kilomètres au nord de Tel-Aviv, convaincu que le spectacle de la mer, de l'activité des pêcheurs et des petites embarcations qui entraient et sortaient du port laiteux pourrait le distraire des pensées qui le torturaient. Et Tsahal le considéra à nouveau utile au service d'un pays qui ne pouvait pas se permettre de laisser des mains inactives, et encore moins si elles étaient expertes dans l'art de démêler les secrets des textes les plus innocents. Ses antécédents médicaux et sa mauvaise vue l'avaient écarté de la première ligne de feu. Mais on l'enferma dans une pièce sans fenêtre à Tel-Aviv, pour déchiffrer, en tant que cryptographe, tous les messages qu'échangeaient ou interceptaient, dans le monde entier, les commandos qui finirent par permettre la capture d'Eichmann à Buenos Aires. Isaac assista à toutes les audiences du procès, assis dans les premiers rangs, contemplant le canari dans sa cage de verre, l'observant fixement de ses yeux fatigués, l'épiant, presque sans se rendre compte de ses réponses laconiques aux questions du tribunal et laissant sa toux résonner dans sa mémoire autant de fois que cela fut possible, jusqu'à ce qu'elle cesse de lui faire mal. Et, comme si Adolf Eichmann était le *Hauptführer* tortionnaire de Treblinka, il respira, apaisé, lorsque celui-ci fut exécuté. Mais il ne se sentit pas encore le courage d'aller visiter la crypte de Yad Vashem, parce qu'aucune thérapie n'était à même d'effacer le souvenir de son fragment de la Shoah, celui de cette nuit où son père le réveilla et lui murmura à l'oreille qu'il savait que tu es un garçon très courageux, Isaac, et tu es déjà un homme car tu as neuf ans, et lui, les yeux écarquillés, il regardait son père et derrière lui sa mère, qui souriait de chagrin et qui tenait Edith dans ses bras, Edith qui dormait enfin sans fièvre, sereinement, et le grand-père qui récitait une autre Lamentation silencieuse et il eut soudain très peur de devenir grand. Et son père lui dit ne t'inquiète pas, parce que nous vivrons tous en toi ; comme tu es fort, tu vivras et tu seras nos yeux et notre mémoire, mon fils. Isaac Łódzer avait reconstruit des centaines de fois le terrible raisonnement de ses parents : à qui, ô mon Dieu, à qui donnons-nous la chance d'échapper à l'enfer, qui doit être notre Orphée. Et Miriam renonça aussitôt en faveur de n'importe qui d'autre, tout comme Yossef, et tous les deux pensaient à leurs enfants. Et le vieux Moshé étendit les mains, leur offrant sans hésitation le peu de vie qui lui restait pour qu'ils en fassent usage et alors il fut clair que ce qui était le plus terrible était de décider lequel de leurs enfants devait mourir. Et Miriam ne pouvait pas comprendre comment il pouvait y avoir autant de méchanceté dans le monde ; Yossef, se réfugiant dans la froideur qu'il avait appris à cultiver comme médecin, fit des raisonnements qui allaient de peu importe, n'importe lequel des deux, au refus d'accepter qu'un coup de dés condamne un de ses enfants, et il revendiqua le droit de décider eux-mêmes et, sans savoir pourquoi, il dit qu'Isaac devait vivre. Et Miriam entendit qu'Edith devait mourir.

Un silence sacré suivit la décision. Alors Yossef réveilla Isaac et lui communiqua qu'il était un homme de neuf ans. Et toute la famille s'étreignit dans l'obscurité et depuis ce moment Isaac eut du mal à dormir la nuit.

*

Pendant la guerre des Six Jours, il fit partie du groupe de reconnaissance dépendant de l'état-major du plateau du Golan. Il était alors responsable du département de cryptographie. Il travailla avec efficacité et essaya de se revêtir de la froideur à laquelle son père avait eu recours aux moments les plus difficiles. Mais il n'y réussit guère et comprit qu'il était un homme faible, bien qu'âgé seulement de trente-sept ans, l'âge de maman quand je l'ai tuée. Parce qu'il voulait fuir loin de lui-même et il croyait que s'il s'installait en Amérique ou en Australie tout serait plus facile. Après être retourné à Dor et avoir mis de l'ordre dans ses obsessions en regardant la mer, les pêcheurs de plus en plus rares et les bateaux qui passaient au large, en route pour le port de Haïfa, laissant le village dans une sorte de torpeur sans issue, il décida qu'il devait quitter Israël. Il s'inscrivit deux fois sur les listes d'émigration, mais les deux fois la voix de son père le fit renoncer. La voix douce de son père qui, dès que les SS avaient fermé la porte et avaient ouvert la lucarne centrale pour les observer sans danger, s'était levé en faisant semblant que tout cela n'était qu'un jeu et s'était dirigé vers le pistolet qu'ils avaient laissé à côté de la porte. Et moi je lui disais, non papa, non, non, non. Je ne pourrai pas faire ça. Et lui : il faut que tu le fasses, c'est la condition pour que tu vives. Et il montra la porte ; en yiddish, pour que ceux qui étaient de l'autre côté ne le comprennent pas, il lui dit que ces chiens voulaient qu'il soit un lâche, et ainsi pouvoir les tuer tous sans aucune excuse. Et moi : non, papa, si c'est comme ça, je préfère mourir. Tue-nous. Et mon père m'embrassa avec tout l'amour du monde et me dit je t'aiderai, mon amour. Aucun des deux ne pensait qu'il était en train de refermer le cercle épouvantable qui avait été ouvert le jour où le Tout-Puissant, malgré l'Alliance, avait commandé à Abraham, pour l'éprouver, de tuer son fils Isaac sur le rocher de Morija, et qu'il s'enfermait dans la pièce humide, sombre et glacée de l'enfer de Treblinka quand le malin avait décidé qu'Isaac Łódzer devait sacrifier père, mère, sœur et grand-père, pour l'éprouver lui aussi. Le docteur Yossef Łódzer mit le pistolet dans la main de son fils, délicatement, comme si c'était un bistouri. Il était trop grand pour lui, mais le médecin couvrit sa main avec la sienne, comme si tout cela n'était qu'un jeu, et avec une sûreté et un détachement qui faisaient froid dans le dos, il conduisit Isaac jusqu'à l'endroit où étaient couchées sa mère et Edith, qui dormait encore. Et Miriam embrassa profondément son mari et son bourreau Isaac et elle serra Edith dans ses bras, qui mourut sans se rendre compte qu'elle faisait partie d'un jeu que suivaient, extrêmement intéressés, deux sous-officiers, un capitaine et un médecin chauve, de l'autre côté de la porte. Et la balle qui tua Edith blessa Miriam, et alors le docteur Łódzer n'hésita pas et fit que le pistolet que tenait Isaac soit braqué sur Miriam et il dit je t'aime mon amour, et le second coup de feu résonna dans la pièce glaciale. Et le grand-père inclina la tête, touchant presque le sol avec le front, offrant sa nuque avec la même résignation que l'agneau offert à l'holocauste rituel, et tout éclata à l'intérieur de lui au troisième coup de feu. Et papa me dit Isaac, mon fils, tu vas être sauf ; tu vivras pour nous ; tu seras nos yeux et notre mémoire. Va en Palestine, prends racine dans cette terre et nous vivrons tous en Israël à travers toi. Marie-toi et aie des enfants et nous vivrons tous en toi. Et il prit la main d'Isaac et mit le pistolet dans sa bouche et sourit, comme pour lui dire tu vois, ce n'est qu'un jeu. Et il appuya sur la détente, accompagnant la main morte d'Isaac, comme il l'avait fait les autres fois. Et Isaac, le Luger à la main, était incapable de penser que maintenant il pouvait se tuer, parce qu'à neuf ans il est impossible de penser au néant. Et les geôliers entrèrent dans la pièce avec la victoire dans leur sourire, et le médecin chauve expliquait aux autres qu'ils venaient d'assister au typique mouvement défensif des races inférieures, qui étaient capables des crimes les plus horribles, comme de tuer leurs propres enfants et leurs propres parents afin de survivre, au lieu d'envisager la noblesse du suicide. Et il prit le pistolet qu'Isaac tenait toujours à la main, ébouriffa affectueusement les cheveux du garçon et lui dit il ne t'arrivera rien ; tu iras vivre dans la baraque de l'infirmerie et de temps en temps on aura une petite conversation, toi et moi. Et il fit un signe aux soldats qui étaient derrière pour qu'ils l'emmènent. Isaac eut à peine le temps de voir pour la dernière fois Edith, sa mère, son père et son grand-père. Le froid glacial et coupant de l'extérieur le réveilla et il comprit qu'il avait commis un terrible crime et que même si c'était à cause de sa toux qu'ils étaient à Treblinka, sa méchanceté lui avait fait commettre ces assassinats. Cette pensée fut corroborée par le médecin chauve, qui était devenu mon ami et qui m'expliquait que j'étais un enfant mauvais parce que j'avais tué toute ma famille pour me sauver, et il observait avec une patience infinie mes silences perplexes, il prenait de très nombreuses notes devant moi et il me donnait des bonbons parce que c'était mon ami. Et il me demandait à quoi je pensais et de quoi je rêvais. Je ne sais pas ce que je lui ai dit ; mais je ne lui ai jamais raconté, pour la toux. Et un jour mon ami le médecin chauve disparut sans me prévenir et deux heures plus tard l'Armée rouge entrait à Treblinka.

*

La deuxième fois qu'il demanda qu'on l'efface des listes d'émigration, il comprit qu'il ne pourrait jamais partir d'Israël, à cause de la mémoire des morts qu'il avait causées. Et alors, le lendemain de son anniversaire, il regarda longuement la Méditerranée, sa mer adoptive, et il décida qu'il pouvait enfin visiter la crypte du souvenir des camps et il choisit le jour où il y avait le moins de foule pour aller à Jérusalem et pendant deux heures il regarda fixement la flamme de Yad Vashem qui était la vie des siens qu'il avait brisée. Le nom de Treblinka gravé sur le sol lui fit mal au cerveau parce que cette toux, cette toux les avait dénoncés et c'était par sa faute. Et il n'avait pu s'acquitter que d'une partie du pacte ; il était resté en Israël. Mais il n'avait pas d'enfants, il ne s'était pas marié ; il n'avait pas eu assez de force pour que les siens survivent dans ses enfants. Et il savait que maintenant il était trop tard pour penser à quelque chose de ce genre. Son âme pleurait en regardant la flamme et à aucun moment il ne voulut avoir une pensée pour le Seigneur miséricordieux, parce que cela faisait quarante ans que Dieu et lui ne se parlaient pas. Lorsqu'il fut de retour à Dor, Isaac Lódzer, citoyen exemplaire, prit le pistolet réglementaire de l'armée et, persuadé qu'à son âge on pouvait s'interroger sur le néant, s'étendit sur son lit, attendit patiemment que l'obscurité, compatissante, couvre tout de sa discrétion et introduisit le canon dans sa bouche, comme il se rappelait que son père l'avait fait. Mais il ne sourit pas, parce qu'il n'avait aucun fils à tromper. S'il était incapable de s'acquitter de la totalité du pacte, il pouvait au moins les rejoindre. Peut-être à cause du froid du métal ou de la peur de son propre geste, il fut pris d'un accès de toux dénonciatrice, une quinte de toux irrépressible. Mais maintenant il n'avait pas le corps de sa mère pour y presser le visage et empêcher l'enfer de l'entendre. Par un étrange scrupule, il attendit que l'accès de toux se calme et que revienne le silence des grands événements. Et il tira, quarante ans après la première toux, dans l'espoir que la douleur ne lui ferait plus jamais mal.

FINIS CORONAT OPUS

Horresco referens, *dit saint Jean devant le Septième Sceau et moi, mes frères, je le répète maintenant, après une période de formation profonde, étant installé dans la* Vérité, *dans l'Ici et le Maintenant, au meilleur endroit, dans le lieu adéquat et au moment adéquat, entouré de fiente et de puanteur, que le Seigneur a disposées expressément pour moi, le Rapatrié. Le Seigneur m'a placé à couvert et bien à l'avant, avec une quarantaine de mètres et une circulation bruyante et abondante entre moi et eux. Et un courant d'air qui tempère la chaleur poisseuse de ces jours-ci.*

Je remonterai seulement, frères barnois*, aux dernières semaines. Tout a commencé quand Miqui m'a dit les doigts dans le nez. C'est comme ça qu'il m'a dit : les doigts dans le nez, Quiquín. Si j'avais su le chemin de croix qui m'attendait, je serais allé chercher Miqui dans sa villa de la plage israélienne de Salou, je l'aurais attrapé par les couilles et je l'aurais ramené Ici et Maintenant pour qu'il voie ce qui m'arrivait. Il se chierait dessus, parce qu'il est du genre qui panique à la seule idée de la mort. Le fait est que tout a commencé quand j'ai passé l'après-midi et le soir à me

* Formé sur Barna, abrégé de Barcelona.

remplir de raison, avec autant de résignation que Job, l'autre maso. Et se remplir de raison, ça fait mal. Putain si ça fait mal. Et à l'intérieur tu récites la prière qui dit je vais vous apprendre à programmer les choses de façon cohérente, bande de dégénérés. Mais le mal est fait. Et c'est tellement fort qu'après il n'y a plus aucun moyen de t'en sortir.

Tu dragues les doigts dans le nez, m'avait dit ce fumier de Miqui. Et moi, cool, j'entre au Café du Regard en envoyant des coups d'œil mortels à droite et à gauche, prêt à déconner, avec des bonnes intentions, quoi, baiser et tout ça. La première que j'ai vue était rondouillarde, avec une jupe très courte, et elle savait faire des acrobaties avec son plateau couvert de saloperies, et elle était capable, miraculeusement, de ne pas trébucher sur les marches, parce que l'endroit en question est plein de dénivelés.

Je sniffe du Crimson, Seigneur, et c'est le plus grand plaisir que peut m'apporter la Vie, Ici et Maintenant. Je sniffe du Crimson par la déesse Ouïe et tout le monde, grâce au walkman, est les amants absents, et tout le monde est Kerouac et Cassady se promenant en voiture dans Paris. La vie est belle et c'est pourquoi je veux crier vive le hasard : cette nana fera l'affaire. Allez, Quiquín, ne te plante pas, le premier coup détermine la trajectoire de tous ceux qui suivront ; le menton ne doit pas trembler ; parfait, elle en plein dans la croix, je l'ai. Bingo. Bingo absolu, Quiquín. Dix secondes et personne ne s'est aperçu de rien. C'est parfait. Je suis dans l'endroit idéal. Miqui, maman, si vous pouviez me voir.

Moi oui, j'ai trébuché sur la première marche, parce que tout est à moitié dans l'obscurité, je crois que c'est pour économiser. La rondouillarde est passée devant moi tout en mémorisant deux Coca, un sévenop, deux demis, comme si c'était une litanie, trois olives farcies, *ora pro nobis*, un anchois en sauce, *ora por obis*, *turris eburnea*, quatre bières bouteille. Elle n'a pas daigné me regarder. Ça ne m'a pas plu, si tu veux savoir. Et ça a commencé à me faire marronner, et pourtant je suis du genre patient. Mais je suis resté cool, j'ai seulement chié sur les ancêtres de Miqui. Seulement ça, pour le moment. Mais ça me tue qu'on me traite comme si j'étais transparent.

Je me suis assis à la première table libre que j'ai trouvée et là je me suis pris la tête comme un malade parce que l'incapable qui s'occupait de l'ambiance de la salle a foutu cette merde d'*Heroin*, comme si on était à la Factory et que ces fumiers invitaient tout le public à la Perdition Directe Intraveineuse. C'est que moi, quand j'entends Velvet je me mets à gerber. C'était pas un bon début, mes frères, trop années 1970. C'est là que j'aurais dû me barrer. Mais je suis resté. C'est pour ça, parce que je suis resté, que tout a commencé. Et Velvet qui vrille mon Ouïe. Pourquoi, mon Dieu, pourquoi ce tourment alors que je venais pour draguer et rien d'autre ? Pour empirer les choses, la… disons la musique, elle était trop forte, putain. La question du volume aussi, ça me fout les boules, parce que du coup tu fais attention à la musique et tu ne penses plus à emballer. Moi, les discos, je les cramerais toutes, avec tous les communistes, les tinèdjeurs, les laveurs de pare-brise, les didjays et les Bosniaques à l'intérieur. Tous. Si je dois passer des heures là-dedans, ils n'ont qu'à baisser le volume, okay ? Ou arrêter la musique, putain, ça me casse la tête, parce que j'ai l'Ouïe délicate et tous ces décibels ça me perfore la masse encéphalique, comme si je passais toute la journée collé à un portable. C'est pour ça que je suis tellement sensible à la musique d'ambiance et que je descends de l'ascenseur en marche si on met du Mozart ou je refuse de monter dans l'avion si…, enfin l'avion c'est une façon de parler, parce que je ne l'ai pris que dans l'Épisode du Retour de la Terre Promise. Et quand ils en ont eu marre de Velvet Underground, qui n'en finissait jamais, juste pour le contraste ils ont mis *Finlandia* de Sibelius, plus rétro tu meurs. Comme si on était dans le métro… Comme si un bar c'était le meilleur endroit pour écouter ce truc prise de tête, et j'aurais bien aimé lui faire sa fête, tout de suite, au responsable de l'ambiance, au responsable de la musique. S'il y avait un responsable, parce que des fois les choses marchent toutes seules, sans raison, juste comme ça. Penser à ce genre de trucs, ça me crispe tellement que ça m'épuise. Ça m'irrite, ça blesse ma sensibilité, qu'ils ne sachent pas que ce qui donne son unité à un établissement, surtout s'il vient d'ouvrir, comme le Café du Regard, c'est King Crimson. Et les gens, là, ils s'en foutent, comme s'ils n'entendaient pas la musique. C'est que les gens sont chiés, tu mets une bande sonore sur leur vie et ils ne font pas attention, ils en ont rien à cirer. Il y a eu un moment, je les aurais tous flingués. Mais je me suis contrôlé. Ça ne faisait que quatre minutes et treize secondes que j'étais dans l'établissement et les choses se gâtaient avec une accélération régulière. J'ai eu beaucoup de mal à me contrôler, parce que l'établissement était plein de vieux, de Bosniaques, de hippies, de Norvégiens et de squatters et pas un seul mec normal, comme moi. Alors elle est apparue. Mince, les yeux maquillés comme il faut, ça c'est sûr, plutôt blonde, avec un sourire aux lèvres, un chewing-gum entre les dents, une bouche un vrai bonheur, je lui aurais roulé un patin là tout de suite, mais je me retiens et je me retiens, comme saint Georges devant le dragon de la Tentation. Mais peu importe, parce que moi, quand je me tiens bien, je suis un vrai modèle de sagesse. Je ne savais pas encore que j'étais en train de me charger de raison. La nana, son plateau dans une main et son chiffon dans l'autre, elle arrive et elle se penche et elle me laisse voir un décolleté rempli de promesses et alors là je me dis putain, Miqui, tu avais raison, les doigts dans le nez, et je m'accroche à son sourire et je lui dis c'est quoi le programme elle me fait un clin d'œil et elle me dit c'est vous qui voyez ; qu'est-ce que vous prendrez.

Écoute, que dans un établissement de ce genre, avec des serveuses faciles et tout, on vienne te dire c'est vous qui voyez, c'est insultant. Cette nana, elle était en train de me dire tu as trente-sept ans, pauvre tare, tu ne vois pas que tu perds tes cheveux, gros naze, tu t'es séparé trois fois et tu es plus affamé qu'une mante religieuse, tu n'as même pas été capable de finir un BEP et qu'est-ce que tu viens foutre ici ? Tu viens jouer les putains de Tarzan ? Mais moi je me suis contrôlé, me chargeant encore plus de raison et je lui ai dit ne me dis pas vous, mon trésor, comme ça, bien poliment. Et voilà qu'ils balancent *Child in Time*, une daube sans rythme, avec des paroles stupides à gerber, et moi je commençais à flipper grave, tout en me chargeant de raison, à cause de la voix de castrat de cet enfoiré de Gillan, pire que Farinelli, moi j'attraperais toutes les tapettes et tous les Bosniaques et je les mettrais à bouillir dans une cocotte-minute. *Quousque tandem abutere, Deep*

Purple, patientia nostra, dit l'Évangéliste Matthieu, XIII, 22, et je le répète maintenant pour mon propre compte. Ce n'est pas que je prétende qu'on doive toujours draguer au premier coup d'œil…

Si je n'étais pas en train de sniffer du Crimson et de voyager avec Neal et Jack dans les rues de Paris, j'aurais les nerfs, je te jure, il me semble que même depuis Ici et Maintenant je verrais que ce type donne des ordres. Il me semble qu'il a regardé du côté d'Ici et Maintenant et ça je ne peux pas le permettre parce que je suis Dieu, je tue quand je veux et je n'ai d'explications à donner à personne. Et puis ce type, comme ça, de loin, il a une gueule à s'appeler Pepus. J'aimerais voir son cou, mais il est aussi court que la manche d'un débardeur. Un moment, Pepus, les guitares reviennent à leur rythme impossible, oh, oh, la Vérité entendue depuis la Vérité. Saint Robert Fripp ora pro nobis… *Où on en était ? Ah oui, à Pepus. À ce connard de fils de pute de Pepus. C'est toi qui t'y colles, mon pote. Tu t'imagines si tu étais le fameux Pepus ? Allez, on y est. Du calme. Voyons voir… Bingo ! En plein milieu du cou inexistant. Tu es vraiment chié, Quiquín.*

… mais moi, si une nana fait son étroite, je lui dis cool, j'ai mon agenda qui déborde et je n'aurais pas eu cinq minutes à te consacrer. Et c'est là qu'elles craquent et que tu leur dis tu peux te rhabiller je vais en chercher une autre. Et la nana, là, elle me regarde, avec son chewing-gum qui change de dent, avec un sourire de pétasse, et elle me répond qu'est-ce que vous prendrez, comme si je ne lui avais pas dit ne me dis pas vous, mon trésor. J'ai décidé d'être aimable et de me charger encore plus de raison, à supposer que ce soit virtuellement possible.

— Une Estrella bien fraîche et ton heure de sortie, Jane, je lui ai dit avec un sourire.

Je suis comme ça ; si quelqu'un cherche la bagarre, je m'incline et je plie comme un roseau, parce que s'il y en a un qui ne veut pas, personne ne se bagarre, bande d'ignorants, c'est Lao-tseu qui l'a dit. Et je l'ai regardée, avec le même sourire de merde qu'elle.

Maintenant on dirait qu'ils commencent à comprendre qu'il se passe quelque chose. Les gens sont lents à comprendre, faut voir comme. Ils marchent dans la rue sans se regarder, se foutant des autres comme Lui s'est foutu de nous.

À ce moment, Notre Père le Temps en avait fini avec les cris de Gillan et avait la prétention de nous faire écouter l'*Adagio pour cordes* de Barber, le truc le plus sucré qui soit sorti d'un esprit humain, et moi, stoïque, je faisais mon sourire de merde à la serveuse. Maintenant je commençais à sentir la chaleur excessive de ces journées, aggravée par l'ineptie du didjay du Café, assassin à gages de la Mafia du Mauvais Goût.

— On n'a pas d'Estrella. Seulement de la Voll-Damm.

— C'est quoi cette connerie, qu'est-ce que ça veut dire ? – Ça m'était sorti du fond du cœur. Je sais que je n'aurais pas dû le dire, mais Dieu nous garde de ce qui est déjà fait. Et Samuel Barber qui continuait à tartiner les murs, et les gens qui n'avaient pas l'air de souffrir. C'est peut-être ça le pire, que les gens sont indifférents, que ça soit Lou Reed ou une merde de poème symphonique bosniaque, putain.

— Ça veut dire qu'on n'en a plus. Ou une Voll-Damm ou vous revenez demain.

Donc, la nana continuait à me vouvoyer et m'invitait à mettre les voiles. Tout ça, en mâchant son chewing-gum. Et moi, au lieu d'exploser, j'ai pensé à Luc, II, 27, quand il dit soyez plus putassiers que les renards et plus malins que les putains et je n'ai pas moufté. Je lui ai dit d'accord, beauté, une Voll-Damm. Et ton heure de sortie ?

— Va chier.

Vous voyez, mes frères ? Là, elle m'a tutoyé. Elle ne m'a pas laissé le temps de lui dire et quelle heure c'est exactement va chier ? Dix heures ? Onze heures ? Onze heures vingt-trois ? Hein ? La nana s'était barrée, raide comme la justice, pour aller chercher la mousse, et moi je faisais marcher mes neurones et s'il n'y avait pas eu la guimauve de Barber, on les aurait entendus grincer de l'extérieur de mon crâne. J'ai vu, trois colonnes plus loin, que la fille rondouillarde riait comme une folle devant la table où deux garçons se montraient très aimables avec elle, la salope, elle voulait sans doute se faire les deux à la fois et j'ai noté ça dans le carnet de ma mémoire. Barber n'était pas encore fini et vlan, voilà que Jane se pointait à nouveau. Deux coups secs pour mettre la bouteille et la chope devant moi.

— Quatre euros.

Elle a balancé le ticket de caisse comme si c'était un serpentin et il a atterri dans la flaque formée par la bouteille humide. Quatre euros pour une bière, putain, même dans le dernier bar à la mode, même si on venait de l'inaugurer, quatre euros pour une bière c'est malhonnête. J'ai eu l'impression d'entendre le frottement du chewing-gum contre les dents éclatantes de Jane.

— Il faut payer tout de suite ?

J'ai dit ça parce que je venais de constater que je n'avais pas assez de cartouches dans mon porte-monnaie. Et elle, qu'est-ce qu'elle a répondu ? Ni oui ni non. Elle s'est contentée de rester devant moi à attendre. Alors, je me suis intéressé à sa poitrine. Spectaculaire, je dois le reconnaître. J'ai refermé mon porte-monnaie et je lui ai demandé combien as-tu dit, mon chou ?

Jane a soufflé, regardé à droite et à gauche comme si elle cherchait un client plus agréable à fréquenter et m'a toisé avec impatience, sa voix tremblant presque d'une colère que je ne méritais pas.

— Quatre euros et trente-cinq centimes, qu'elle a dit, la fille de pute, avec un sourire de secrétaire épiscopal.

— Tu avais dit quatre euros ! j'ai crié, scandalisé.

— Pourquoi tu demandes alors ?

Une nana sans faille. J'ai avalé une gorgée de Voll-Damm pour essayer de remettre de l'ordre dans mon ego, qui était un peu entamé. Alors j'ai vu le ticket à moitié détrempé et vous savez ce qui était écrit dessus, mes frères ? Deux euros quatre-vingt-cinq. Ça m'a foutu en rogne, mais tellement en rogne que je préfère ne plus y penser parce que j'ai le pouls qui s'accélère.

— Là-dessus, ce qui est écrit c'est deux quatre-vingt-cinq !

Je l'ai dit en toute objectivité, persuadé que j'avais tellement raison que ça débordait de tous les côtés. C'est pourquoi, me prévalant de mon sens de la justice, moi qui suis le fils de Hammourabi et de Charles Lynch, j'ai à nouveau ouvert mon porte-monnaie, j'ai fouillé à l'intérieur et j'ai posé sur la table deux misérables euros, en guise de talion.

— Va te faire foutre – je lui ai dit courtoisement au moment où enfin, bordel de merde, enfin, Barber quittait la scène et un arrière-grand-papa à la ramasse voulait nous rafraîchir la mémoire avec Jethro Tull. Jane, pas à cause des Tull, parce qu'elle faisait partie de l'immense majorité des gens qui vivent sans écouter, mais à cause des deux euros, Jane est restée figée : la langue, les lèvres, les dents et le chewing-gum. Au bout de quelques secondes, elle a fabriqué une ravissante bulle, petite et sèche, et l'a fait éclater :

— Tu veux que j'appelle Pepus ?

Je ne connais personne du nom de Pepus. Enfin, maintenant oui. Mais avant de connaître Jane je ne connaissais aucun Pepus. C'est pourquoi j'ai trouvé peu convenable qu'elle dise tu veux que j'appelle Pepus comme si l'univers entier savait qui est le dénommé Pepus. Comme j'ai reçu une formation universitaire à l'ancienne, j'ai une certaine culture et je sais que si une nana qui vient de faire éclater une bulle de chewing-gum dit tu veux que j'appelle Pepus, je dois me faire à l'idée que le dénommé Pepus est une armoire à glace avec des poings comme des massues, le cou, la patience et les cheveux aussi courts que possible. C'est pourquoi j'ai battu en retraite, mais j'ai aussitôt consigné les faits dans le carnet de ma mémoire et j'ai pensé à la première épître aux Corinthiens, v, 2, quand l'apôtre des Gentils dit que les Bosniaques doivent être livrés à Satan pour la perdition de leur chair. J'ai sorti mon portefeuille de ma poche et j'ai posé le plus gros billet que j'avais sur la partie la plus trempée de la table.

— Tiens, parce que tu es une bonne petite pute, je lui ai dit, comme une bénédiction.

Jane a pris le billet et a disparu sans répondre à ma provocation, ce qui prouve qu'elle était réellement aussi pute que la poule qui a appris à nager pour se faire les canards.

Voyons voir, ce type aux cheveux blancs qui a l'air tellement soucieux et qui veut tout organiser… Ne me casse pas les couilles, mon pote, parce que moi… Oh… Pour la quatrième et dernière fois les guitares selon saint Fripp, le crime le plus maousse de tous les crimes ; le crime éternel, l'essence, l'adéenne de Crimson… J'ai dit que tu ne dois pas regarder de ce côté-ci. Je ne comprends pas qu'ils ne se rendent pas compte qu'ils sont tous en danger. Mon Dieu, quand les gens ne peuvent pas saisir les mouvements de Dieu, ils deviennent des animaux aux yeux de Dieu, ils sont comme des scarabées, comme des fourmis, les pauvres. Respire à fond. Adieu, homme aux cheveux blancs. Et voilà qui fait trois, Quiquín. Maintenant on dirait que tout le monde s'affole pour de bon. Ils ont eu un peu de mal à comprendre.

Jethro Tull. Bon, ça passe encore. Un peu naphtaline, mais ça passe encore. Il faut dire que ceux de la table à côté tu peux leur mettre du Cobos et ils continuent à bavasser sans casser le mobilier. Les gens sont inconscients, ils sont vraiment chiés. Ils passent leur temps à bavasser pour ne pas avoir à penser et ils arrivent au soir épuisés et à tout hasard un petit cacheton et comme ça ils n'ont pas besoin d'ouvrir le carnet de la mémoire et d'avoir des aigreurs.

Jane m'a apporté la monnaie exacte, dans une soucoupe. Elle l'a posée tellement comme il faut sur la table que moi, qui étais en train de boire, aidant les Tull à sauver l'humanité, j'ai levé les yeux, vraiment surpris.

— Onze heures cinq, elle m'a dit.

— Pardon ? – J'étais parti dans une autre guerre.

— Mon heure de sortie : onze heures cinq. Elle a fait un geste du côté des cuisines, je suppose : Par la porte de derrière, sur la ruelle, tu comprends ?

Moi, mes frères, j'en suis resté comme deux ronds de flan. Alors tous ces chichis c'était pour la galerie ;

elle faisait la difficile pour ne pas avoir l'air mais en fait elle était morte d'envie d'entamer une relation à base d'échange de fluides corporels et tout ça. Miqui, tu es un grand bonhomme, je me rappelle que c'est ce que j'ai pensé. J'ai regardé ma montre : onze heures cinq, ça voulait dire encore une petite demi-heure à poireauter.

— Je serai là, Jane, je lui ai dit galamment. Pendant un instant, seulement un instant, j'ai perdu mes références et quand je m'en suis aperçu ils en étaient, ô miracle, aux Pixies, sans déconner. Comme si le crétin qui mettait la musique sans aucun critère voulait se joindre à ma joie. Si l'homme fait cinq et le diable fait six, Dieu fait sept, répétaient les Pixies. Et moi, où j'ai mis mon portefeuille, pour ranger la monnaie. Pixies, Barber, Velvet, Sibelius, Tull… Si ça c'est avoir des critères en musique, que Dieu descende fulminer le coupable.

La ruelle de derrière n'était pas une ruelle mais un passage étroit, sale mais bien éclairé. J'ai essayé d'ouvrir chacune des portes que je voyais, parce que je n'avais aucune idée de celle qui correspondait au bar. Finalement, sur une porte peinte en vert, j'ai reconnu le logo du Café du Regard. C'était là. Je me suis adossé au mur, satisfait, pensant au chewing-gum de Jane, et ça serait la première chose que je lui demanderais. J'ai regardé en l'air, vers les étoiles, cherchant une constellation amie. Mais au-dessus de moi il y avait un réverbère qui barrait le passage à mon imagination. Alors, j'ai entendu le sifflement.

Non, c'est faux. Je n'ai pas entendu de sifflement à ce moment-là. La salope, elle était du genre qui se fait attendre. Onze heures. Évidemment, je m'étais pointé à moins le quart. Mais c'était onze heures et onze heures cinq et onze heures sept et toujours pas de gonzesse. Et quand les coups de onze heures huit ont sonné, toujours le silence. Alors je me suis foutu en rogne comme un Serbe ; je l'ai dit clair et net, moi je suis un mec avec un agenda bien rempli et je ne tolère pas qu'on me fasse poireauter. À onze heures et quart, et quart ! j'ai entendu une sorte de sifflement, comme si quelqu'un m'appelait.

Maintenant ça y est, ils se sont faits à l'idée de ce qui se passe. La question c'est de se décider, sans faire de détail. Tiens pour toi, la vioque. Et voilà pour toi, la Bosniaque. Et pour toi, le communiste. Merde, raté. Quiquín, garde ton sang-froid. Allez, maintenant !... Les communistes ont toujours été les plus difficiles à buter, a dit saint Paul dans la seconde épître à Timothée, treize, douze. Comme Crimson avait retenti pour la quatrième fois de suite et que moi, mes frères, je ne voulais pas devenir fou obsédé par une musique qui me transperçait la mémoire et ne me laissait pas penser à d'autres musiques, j'ai délicatement posé sur le sol le FR 50, j'ai sorti la cassette de l'apôtre Fripp, je l'ai embrassée et je l'ai jetée dans le vide, immolée pour le bien de l'Humanité. J'ai souhaité que Crimson perfore le crâne d'un mosso d'esquadra* *et s'imprime à jamais dans son cerveau répressif. Alors, mes frères, j'ai placé dans l'appareil la Bande Sacrée, la Découverte Musicale du Siècle, la Deuxième Partie du* Last Recital of Pere Bros, *la Trouvaille de la petite boutique d'Osterhausgate, l'inconnu, loyal, réel, stimulant, imaginatif, vivant, super-moderne, ultra-classique* Contrapunctus *de Fischer, une histoire musicale pour esprits lucides, éveillés, imaginatifs comme le mien, et lorsque*

* Agent de la police catalane.

j'ai entendu le thème initial les larmes dans mes yeux m'ont presque ôté l'envie de faire justice. Ce salaud de Pere Bros jouait divinement. À tel point, mes frères, que moi, Quiquín de Barna, j'ai compris et accepté le degré de désespoir qui l'a conduit au suicide après avoir aidé à fabriquer autant de beauté.

Je croyais qu'il n'y avait pas d'issue de l'autre côté, mais apparemment si, parce que j'ai vu le capot d'un quatre-quatre tourner au coin de la ruelle et s'arrêter devant moi. Jane motorisée. Et elle m'appelait depuis la voiture. Moi, sous le réverbère, où elle pouvait parfaitement me voir, j'ai tapoté d'un air offensé le cadran de ma montre, quatre fois, peut-être cinq ou six, ou sept ou huit ou neuf. Et seulement à ce moment-là, alors que j'avais clairement fait comprendre où je plaçais ma dignité, je me suis approché du quatre-quatre en pensant au chewing-gum, en pensant j'ai envie de mâcher ce chewing-gum et ensuite de faire... Mais je n'ai même pas eu le temps de dire ce que je n'avais pas fini de penser que je ferais avec Jane après lui avoir demandé son chewing-gum, parce qu'elle m'a interrompu.

— Allez monte, elle m'a dit. Et, comme dans un miracle, rien qu'en entendant sa voix j'ai vu sa poitrine et j'ai pensé que la vie est belle. Ça faisait douze ans que je ne le pensais pas. Douze ans et cinq mois. Peut-être parce que j'étais en train de penser à ça, que cela faisait cent cinquante-neuf mois que je m'étais séparé de Lídia, quatre-vingt-six que j'avais rompu avec cette traînée de Mercedes et huit cent vingt-deux jours que j'avais fui Sònia et que le monde s'ouvrait devant moi, vers le nord, comme dans un film, je n'ai pas remarqué que dans le quatre-quatre il n'y avait pas le moindre chewing-gum et pas la moindre

Jane, mais une armoire à glace aux cheveux courts, au cou inexistant et, à en juger par la façon dont ses pouces martelaient le volant, à la patience infime. *Ars longa, vita brevis*, disait saint Jacques dans son épître. Et en vérité j'étais sur le point d'avoir une vie brève, parce que Pepus m'a attrapé par la chemise et m'a envoyé valdinguer contre le mur râpeux de la ruelle, tout ça sans descendre de voiture. Imaginez, mes frères, ce qui a bien pu se passer quand il est descendu du quatre-quatre ; il m'a soulevé de terre en me tirant par les cheveux jusqu'à ce que je sois à la hauteur de son haleine fétide. Il a tout réglé à coups de coude ; il m'a cassé trois dents, m'a enfoncé la rate et m'a fêlé trois côtes. J'aurais souhaité transformer ce monologue en un dialogue plus profitable pour les deux parties, mais je dois avouer que je n'ai pas pu lui répondre comme j'aurais dû, parce que j'étais en train de penser à ma longue, fructueuse et surprenante vie, surtout depuis ma sortie du séminaire pour la grande joie de maman et je suppose de papa, et depuis que j'ai commencé à m'approcher des femmes avec des pincettes de peur de me brûler et depuis que j'ai décidé que les mots de l'apôtre Robert Fripp, *nosce te ipsum*, devaient dorénavant régir toute ma vie. Après un bon passage à tabac, l'énergumène a dû se fatiguer parce qu'il a décidé d'arrêter, ce qu'il a fait après m'avoir balancé une beigne qui aurait pu l'envoyer en correctionnelle. J'ai vu cette explosion de lumière qui fait si bel effet et le monde a disparu à l'intérieur de moi.

Selon ce que j'ai déduit après une semaine de convalescence, Pepus m'a fourré dans le quatre-quatre et m'a fait descendre de la voiture loin du Café, j'ignore par quelle méthode, mais je crois qu'il m'a fait le coup de la croquette panée, parce que mes vêtements étaient couverts de boue et d'herbes. Le fait est que je me suis réveillé à l'aube sur la route de Vallvidrera, avec un mal de tête épouvantable, des élancements aigus quand je respirais, du sang dans la bouche, la dentition dévastée et, en général, un putain d'air de famille avec saint Lazare. Je me suis senti dans la peau de Job et je n'ai pas du tout aimé ce rôle, si bien que j'ai décidé de rentrer chez moi. J'ai mis trois heures à arriver, après une Traversée du Désert enrichissante, un Chemin de Damas comme une illumination et une Révélation Mystique bénéfique. *Animam pro anima, oculum pro oculo, dentem pro dente*, dit Notre-Seigneur Jésus-Christ, et j'ai fait mienne cette maxime évangélique et quand mon âme et mon corps ont été rétablis, je suis allé voler le fusil pour la chasse au sanglier que papa gardait accroché au mur, en Cerdagne, dans une zone où on n'a jamais vu de sanglier, sauf en civet ou dans une sauce au chocolat. Je dis voler parce qu'une fois sur place je me suis rappelé que papa avait vendu la maison six ou sept ans plus tôt. Malgré mes remords, j'ai décidé que je ne pouvais pas gâcher le voyage et en plus le mec n'avait pas fait changer la serrure de la maison, et par-dessus le marché, son fusil, un FR 50 suédois authentique, avait un viseur télescopique, alors si quelqu'un devait être déclaré coupable, c'était son impardonnable négligence. Et puis le nouveau propriétaire cachait la boîte de munitions au même endroit que papa. Si bien que j'ai chargé le fusil et je me suis armé de patience, cherchant, cherchant sans précipitation, pensant Dieu y pourvoira, pensant que dans l'Évangile selon Fripp le Seigneur dit tu ne vois donc pas les oiseaux qui volent et qui forniquent avec insouciance, putain ? Ainsi donc, Dieu protège et surveille ses créatures ; comment, donc, penser qu'il ne te protège pas toi, Quiquín de Barna, toi qui es son préféré !? Enflammé par cette foi, j'ai cherché, exploré et finalement trouvé l'endroit juste, le lieu adéquat pour faire ce que je devais faire, entre le dernier étage et le toit en terrasse de l'immeuble approprié, dans la zone nommée Terre de Personne. Waouh, la troisième ou quatrième variation, une imitation à quatre voix, quelle richesse d'idées. Pourquoi Fischer était-il inconnu jusqu'à maintenant, mon Dieu ? Pourquoi le Saint Apôtre Pêcheur nous cachait-il l'essence de son art ?

Toute une journée enfermé dans ce pigeonnier rempli de fiente et de pigeons morts et d'une puanteur infecte, absurde, avec un problème supplémentaire, qui est que je suis obligé de rester accroupi et parfois je me redresse sans y penser et je me flanque un coup sur la nuque, j'ai l'impression qu'elle saigne. Mais c'est que l'ouverture magique et camouflée du Saint Pigeonnier est pile en face de mon objectif. C'est la volonté du Seigneur et c'est pourquoi j'ai baptisé ce Pigeonnier Sacré du nom de la Vérité, même si certains l'appellent l'Ici et Maintenant. Un autre défaut du Pigeonnier Sacré est qu'il y fait une chaleur à gerber. Certes, pour trouver cette cachette j'ai dû, par la Volonté du Seigneur, neutraliser au préalable le concierge de l'immeuble, qui s'obstinait, avec une mauvaise éducation insultante, à exiger de savoir où j'allais avec ce fusil, mais le fait que la trouvaille ait présenté des difficultés la rend encore plus estimable aux yeux de Dieu, aux yeux de l'Humanité, aux yeux de l'Histoire. Je ne peux presque pas bouger et par moments j'ai des crampes dans la jambe, mais je loue le Seigneur de m'avoir montré l'Endroit et de me permettre de faire abstraction de l'inconfort d'abord avec les *absent lovers, absent lovers, absent lovers*, une cassette pleine seulement de Neal, de Jack, de Me, et maintenant avec la septième et dernière variation de Fischer le Saint qui m'accompagnera jusqu'à ce que Dieu dise assez… Merde, ça y est ! Putain, elle a mis le temps ! Dieu a fini par dire assez ; j'attendais ça depuis dix-huit minutes et vingt-neuf secondes ; avec tout ce bordel, Jane, qui est curieuse comme un pet, a mis le nez dehors, affolée. Elle n'a pas pu s'en empêcher. Je n'ai pas l'intention de lui donner une deuxième chance. Là, mon cœur, on ne bouge plus. C'est fait. Je viens de lui accrocher sur la poitrine une médaille rouge bien méritée. J'espère que son chewing-gum ne va pas se fourrer au mauvais endroit, pauvre bébé. *Honesta mors turpi vita potior. Amen.*

Je vais tenter d'administrer le châtiment de façon équilibrée, ô frères barnois, surtout aux Bosniaques, aux squatters, aux Norvégiens, aux vieux et aux communistes. Je continuerai tant que je pourrai tenir bon et jusqu'à ce que la sueur me fasse fermer les yeux. Et je garderai la dernière balle en réserve, pour effacer Ici et Maintenant du carnet de ma mémoire. Je le disais il y a un moment en commençant cette seconde épître : *horresco referens*.

BALLADE

Zorka cessa de sourire quand on lui prit la seule chose qu'elle aimait, son fils, un grand bêta d'un peu plus de vingt ans qui laissait encore couler sa bave et qui n'avait pas réussi à apprendre à lire parce qu'il avait les yeux et l'esprit trop tordus. Mais il pouvait servir à la guerre et on l'emmena.

Zorka pensait souvent à son Vlada et pleurait avec amertume quand elle imaginait que mille balles pouvaient transpercer sa tête vide ou que les soldats sans âme et sans religion pouvaient se moquer de lui, parce qu'il ne cessait jamais de sourire, montrant le trou déplaisant de sa bouche. Zorka prit l'habitude de s'asseoir dans la salle à manger, la table recouverte de la toile cirée à grosses fleurs, les mains posées dessus, le regard fixe sur une tache de lumière, laissant passer les heures et se souvenant du rire idiot de son fils. Certains après-midi, sa mémoire se mettait à galoper et elle se remémorait l'enfance de Vlada, quand personne encore ne pouvait dire que l'enfant était incapable de parler et de penser et qu'elle vivait dans l'espoir d'élever un fils bien droit. Et sa pensée allait encore plus loin, dans les premiers jours où elle vivait seule parce qu'un cheval emballé avait tué Petar, ce Petar Stikovic qu'elle admirait tant, l'homme le plus fort du village, et elle qui était enceinte de Vlada était restée la bouche ouverte devant la vie. Et elle se rappelait le temps où elle était encore demoiselle : elle était la plus jolie fille de la Maison Noire et ses frères bourrus s'occupaient comme ils pouvaient du patrimoine commun et elle ne demandait rien d'autre à la vie. Zorka de la Maison Noire se rappelait ces joies pour s'ôter de la tête, ne fût-ce que quelques instants, la douleur du rire idiot de Vlada, qui devenait de plus en plus pesante avec le temps. Et de cette façon les journées de Zorka lui semblaient plus courtes.

Avec le temps et à force de ramener sa pensée en arrière, elle oublia de parler avec les gens et commença à ne plus se sustenter qu'en buvant à l'outre et en mâchant de la morue desséchée pour ne pas avoir à cuisiner, pour ne rien avoir à faire, pour avoir davantage de temps pour ressasser la pensée du fils que lui avaient pris les soldats sans religion et sans famille. Elle sortait de la maison, tous les jours, au milieu de l'après-midi, mais toujours pour traîner les pieds en soulevant de la poussière, avec lassitude, jusqu'au-delà des dernières maisons, pour contempler le chemin par où ils l'avaient emmené ; et elle restait là jusqu'à la tombée de la nuit, quand les ombres s'allongeaient et pâlissaient et les gens commençaient à murmurer qu'est-ce qui prend à Zorka, c'est l'heure de penser au souper, et les voisines n'osaient rien lui dire parce que son regard avait tourné au vinaigre.

La Maison Noire avait toujours été une bâtisse silencieuse, comme si les murs pressentaient et se rappelaient la mort qui leur était tombée dessus en si peu d'années. C'est pourquoi les voisines n'entendaient pas les larmoiements de Zorka devant la table et plus d'une se demandait ce que pouvait bien faire cette pauvre femme toujours enfermée et elles n'arrivaient pas à croire qu'elle puisse résister aux secousses de la vie en vivant comme une pierre, en nourrissant tous les jours l'amertume de ses pleurs. Et Zorka avalait les heures immobile à sa table jusqu'au jour où il y avait exactement trois mois qu'on avait emmené son fils et où elle voulut pleurer fort, très fort, pour faire éclater le mauvais sang accumulé pendant quatre-vingt-dix jours de rage. Et pour ne pas être entendue par les voisines elle mit la tête dans le four et hurla pendant la moitié de la nuit jusqu'à perdre connaissance.

Lorsque le bruit courut que les détonations se rapprochaient et qu'on commençait à voir des corps mutilés charriés par la Rzav, Zorka essaya de donner des forces à son désespoir et à heure fixe, à midi, elle allait au pont de la Glace et s'asseyait sur un rocher anguleux pour regarder passer les heures et les morts dans la rivière qui, lorsqu'elle était petite, leur donnait des carpes et du bonheur. Et d'abord elle les scrutait avec angoisse, au cas où elle reconnaîtrait son fils ; mais ce qu'elle faisait, c'était deviner la mort sombre dans les yeux des noyés et elle leur faisait adieu de la main et elle leur disait adieu, mes enfants, pourquoi êtes-vous morts alors qu'il y a si peu de temps vous jouiez encore à cache-cache, et ils ne répondaient pas, même si beaucoup d'entre eux la regardaient avec encore sur le visage le rictus de la mort. Et maintenant, sur le pas de leur porte, les gens disaient regarde Zorka qui s'en va à la rivière, pauvre femme, c'est l'heure de dîner. Et ils disaient que Dieu tout-puissant la protège et ils rentraient dans leur maison parce que depuis que la Rzav charriait des corps il y avait le couvre-feu au village à partir de midi.

Un jour, Zorka se trouva nez à nez avec un bataillon de soldats bien armés mais sales et dépenaillés, mal rasés après plusieurs jours passés dans les bois et avec l'envie de chahuter. Ils lui signifièrent brutalement qu'elle ne pouvait pas circuler à cette heure, ni jamais, que c'était eux qui commandaient, et comme elle les regardait sans les voir et sans ouvrir la bouche, le caporal lui dit que personne ne pouvait se moquer de lui, ni Dieu ni Allah, et qu'il avait l'ordre de tirer sur tout ce qui bougeait, homme, chat ou chien. Elle les laissa avec leurs menaces à la bouche et se dirigea vers la rivière parce qu'il était midi et qu'elle devait aller regarder passer ses morts. Le caporal l'appela encore une fois et ses hurlements se répercutaient sur les murs des maisons et transperçaient les oreilles des villageois terrorisés. Zorka, comme si de rien n'était, poursuivait son chemin en traînant les pieds et en soulevant de la poussière. Le caporal maudit le ciel et vomit l'ordre de faire feu ; les soldats sans âme et sans religion hésitaient en la voyant s'éloigner et certains pensaient ce n'est pas possible, ce n'est pas possible, c'est une vieille femme à moitié folle. Le caporal répéta l'ordre, la voix étranglée par la rage. Alors, un des soldats épaula son fusil, un magnifique FR 50 qu'un homme heureux avait dû utiliser avant la guerre pour la chasse au sanglier, aligna le dos de la femme sur la croix du viseur télescopique et tira. Zorka de la Maison Noire tomba comme un ballot de vêtements qu'on lâche. Le soldat s'approcha d'elle, satisfait d'avoir si bien visé, l'observa tout étonné et se mit à crier :

— Regardez, je l'ai eue en plein et elle bouge encore !

Zorka, blessée à mort, se tourna vers le ciel pour laisser partir son âme plus facilement et respira avec difficulté. Elle ne sentait pas de douleur parce qu'elle avait épuisé toutes ses larmes depuis très longtemps. Alors, elle regarda le visage du soldat, écarquilla les yeux et tendit la main. Seules les pierres entendirent les mots qu'elle dit ensuite, parce qu'ils furent accompagnés par la première gorgée d'un sang épais et noir d'avoir tant souffert. Et elle pensa pauvre petit, il a encore perdu une dent, ils ne s'occupent pas bien de lui. Le soldat, ça le fit rire, le bouillon de sang noir, et sans cesser de rire, il posa le canon de son fusil tout contre le front de Zorka qui, désespérée, était prise de convulsions, non pas à cause de la peur mais parce qu'elle voulait se faire entendre malgré le sang dans sa gorge. Le coup de feu fit éclater son crâne et le soldat hurla, triomphant, heureux :

— Ça y est, elle ne bouge plus ! Ça y est !

Et avec la manche de sa chemise il essuya la bave qui coulait de sa bouche et, sans famille et sans âme, il retourna vers le peloton en souriant d'un air idiot.

PLOP!

I (2)

Ils étaient dix dans l'ascenseur et il n'était pas le seul à avoir des fleurs à la main. Au deuxième étage, une sorte d'agent de sécurité entra, après avoir fait un clin d'œil à une infirmière ravissante. Les trois personnes qui portaient des bouquets de fleurs sortirent au quatrième étage. Comme s'il connaissait la clinique par cœur, il avança dans le couloir jusqu'à la chambre 439. Une femme avec une coiffe sortit de la chambre voisine, portant un plateau couvert d'ustensiles qu'il fut incapable d'identifier. Arrêté devant la porte qu'il cherchait, il essuya la goutte de sueur qui apparaissait sur sa lèvre supérieure chaque fois qu'il était nerveux, inspira profondément et frappa trois coups très discrets. Il perçut, amortie, la voix de la femme qui lui disait entrez, avec une pointe de curiosité. Il pensa qu'il y avait peut-être aussi un peu d'espoir dans cette voix. Il entra, un peu solennel, la poignée de porte en avant comme une carte de visite. Aussitôt, il la vit devant lui, assise sur un canapé, avec cet air ancestral de lassitude nimbée de bonheur qu'ont les accouchées. On voyait qu'elle venait d'allaiter le bébé, qui maintenant dormait dans son berceau. Il referma la porte sans faire de bruit et se dirigea vers la femme, qui n'avait pas bougé du canapé et qui le regardait dans les yeux, et qui remarqua tout de suite la goutte de sueur qui brillait sur sa lèvre supérieure. Maintenant sa voix lui parut un peu fêlée :

— Qui êtes-vous ?

Avec un sourire d'homme du monde, il se pencha vers la femme pour lui offrir le bouquet de fleurs. Et elle, elle le prit machinalement, avec un mouvement instinctif, comme pour en respirer le parfum. La balle entra par sa bouche ouverte ; on n'avait entendu qu'un "plop !" amorti, presque doux. La femme se coucha lentement sur le canapé, comme si sa lassitude était non seulement ancestrale mais infinie. Pas un gémissement. Deux posa délicatement les fleurs sur les cuisses de la femme. Alors il regarda le berceau, secoua la tête, essuya la goutte de sueur sur sa lèvre avec la main qui tenait le pistolet et observa le nouveau-né, qui faisait des expériences avec son pouce. Il approcha le canon de sa nuque, avec délicatesse, presque avec amour. "Plop !", fit le pistolet.

Ce n'est que lorsqu'il arriva à l'aéroport du Bourget, après un demi-paquet de Gitanes, qu'il réussit à ramener son cœur à un rythme normal. Et les choses ne faisaient que commencer.

II (1)

Un avait fait le voyage depuis Paris en regardant fixement devant lui, comme s'il était très intéressé par le plateau replié contre le dossier du siège de devant. Et pas une seule fois il ne contempla le paysage par le hublot. Il refusa le déjeuner et la boisson, sans regarder l'hôtesse dans les yeux, comme s'il ne voulait pas perdre sa concentration une seule seconde ; comme s'il voulait mettre toutes les chances de son côté pour être à l'endroit précis au moment précis et la cigarette et le whisky ce serait pour après le travail. Deux fois seulement il regarda la nuque rouquine de l'homme qu'on l'avait chargé d'éliminer. Bon, d'assassiner. Il s'appelait Zéro et il était très facile à suivre grâce à la couleur vive de ses cheveux. Maintenant qu'il le regardait pour la deuxième fois, de l'autre côté du couloir, quelques sièges en avant, il remarqua que Zéro ne cachait pas que la mallette était attachée à son poignet par une sorte de menotte d'aspect solide. Il lisait *France-Soir* et ne sentit pas le regard de Un chatouiller sa nuque.

Cinq sièges derrière lui, Deux voyait que Un regardait en avant mais il ne savait pas où. Il avait été étonné que l'ordre reçu de Trois soit de suivre Un et d'attendre ; il aurait pu le descendre dans les toilettes de l'aéroport, quand son cœur avait commencé à battre raisonnablement. Il haussa les épaules ; il obéissait aux ordres et il liquiderait Un à Barcelone comme on le lui avait ordonné. Il était plus facile d'obéir, de ne pas poser de questions et de passer à la caisse. Nathalie serait contente ; dès qu'il aurait fini le travail, il retournerait à Paris et lui offrirait un gueuleton mémorable. Le plus pénible : les heures de vol sans zone fumeurs. Il trouvait que c'était une insulte mais il était obligé de se résigner. En réalité, il était habitué à cette façon de travailler, toujours en tant que Deux, avec un Un à traquer. Une fois, ça avait été une Un ; ça lui avait même fait de la peine. Bon, pareil que ce truc lamentable à la clinique, oui. Mais le boulot c'est le boulot. Sans doute, ce qui lui faisait le plus… quoi ?

— Est-ce que vous désirez plus de café ou un rafraîchissement ou…

— Un whisky.

L'hôtesse lui bouchait la vue, l'empêchant de voir Un, et pendant quelques secondes il fut pris de panique. Mais il sourit, s'efforçant de se détendre : comment aurait-il pu s'échapper ? De plus, en raison des règles compliquées de Trois, Un n'avait aucune idée de l'identité de Deux. En fait, il ignorait totalement l'existence de Deux, comme les humains, en général, ignorent la présence larvée de la mort.

— Deux est la mort de Un, dit-il à voix haute, imprudemment.

— Pardon ? dit l'hôtesse en lui tendant le verre de whisky.

— Non, non… J'étais… – Et il fit un geste vague qui était une invitation à le laisser tranquille. L'hôtesse continua son périple et Deux put constater que Un regardait toujours vers l'avant, comme s'il observait un autre passager.

Zéro, qui ignorait qu'il s'appelait comme ça, fit un geste de refus distrait à l'hôtesse qui lui offrait du café, un rafraîchissement ou… La menotte qui le reliait à la mallette le gênait un peu, mais il ne s'écarta pas un instant de la ligne de conduite qu'il avait suivie au cours des quatre-vingt-deux voyages précédents. Il se faisait passer pour un parfumeur qui transportait les formules et les assemblages d'une filiale à une autre et de cette façon, à supposer qu'il ait à le faire, il pouvait justifier la présence constante et insolite de la mallette. En réalité, elle contenait, outre quelques papiers insignifiants destinés à égarer les douaniers s'ils s'intéressaient à son contenu, le carnet qu'il venait de voler à Trois, avec tous les mouvements de caisse des cinq dernières années, pendant lesquelles il avait agi comme encaisseur de la maison, et qui, chose qu'il ignorait encore, le condamnait à mort, ainsi que toute sa famille. Parce que rien que les cinq premières pages de ce carnet suffisaient à envoyer Trois derrière les barreaux pour le restant de ses jours.

Bien sûr, Zéro avait peur. Très peur. Parce que ses heures étaient comptées : encaisser, remettre le carnet à la police de Barcelone, avec le système d'ouverture retardée pour garantir sa sécurité, appeler la clinique pour la prévenir de faire ce qu'elle devait faire et se retrouver tous les deux à Rio après huit heures de vol. Tous les trois. Parce que c'était le nouveau venu qui avait décidé Zéro et sa femme à changer de vie. Bien sûr, sa femme ne savait pas non plus que Zéro s'appelait Zéro. Ni qu'elle-même s'appelait Zéro-Zéro et leur fils petit-Zéro. Nous ignorons toujours les desseins des dieux. Il avait très peur, Zéro ; mais les choses devaient se passer de la façon dont elles avaient été calculées, avec une extrême minutie. Il avait refusé l'offre de l'hôtesse, parce que l'inconfort de la situation lui avait retourné l'estomac.

III (0)

Dans la salle à manger de l'hôtel, Deux jeta son dévolu sur une table isolée près de la baie vitrée. Il était très étonné que Un, qui ne devait pas descendre dans cet hôtel, y dîne lui aussi. C'était son problème, pensa-t-il. Lui, il n'avait qu'à suivre les instructions. Même si ce n'était pas très agréable, il s'apprêta à partager la salle à manger avec sa victime et alluma une cigarette pour se cacher derrière la fumée. Peut-être pour chasser les pensées importunes, il commit l'imprudence de demander une cuvée 1864 au maître d'hôtel et un *filet saignant** pour l'accompagner. Le maître d'hôtel ouvrit les yeux comme des soucoupes, parce que cela faisait deux ans qu'on ne lui demandait pas ce millésime. Sûrement parce qu'il avait remarqué la bouteille qu'avait demandée le client près de la baie vitrée, Un en demanda aussi une au maître d'hôtel et celui-ci, aux anges, commenta à un serveur que la vie vous réserve de ces surprises. Et comment… Surtout si Trois les a calculées dans le détail.

Tandis que Un goûtait le vin, somptueux, bien conservé, bien vieilli, il vit une chose qui lui déplut profondément : Zéro entrait dans la salle à manger en compagnie d'une femme inconnue. Ça n'entrait pas dans le programme. Zéro devait dîner à l'hôtel et aller se coucher aussitôt parce que le contact pour l'argent devait avoir lieu le lendemain matin à la première heure. Et cette canaille faisait ce qui… Oh, et à la façon dont ils se comportaient et se parlaient, on avait l'impression que ce n'était pas la première fois qu'ils se voyaient. Alors comme ça, Zéro avait une maîtresse à Barcelone.

Ou peut-être que… Un avait cru comprendre que Zéro avait une femme à Paris. Il voyait sans doute

* Dans cette nouvelle, les mots en italique sont en français dans l'original.

sa maîtresse chaque fois qu'il voyageait pour des contacts. Il remarqua que même dans ces moments la mallette ne l'avait pas quitté.

— Qu'est-ce que tu dis de cette table ? dit Zéro en faisant un geste de sa main libre.

— Elle est parfaite.

La femme se dirigea vers la table, salua courtoisement un homme qui s'attaquait à un filet de belle taille à la table voisine et attendit que Zéro tire sa chaise. Un, qui avait observé ce détail, en conclut que cette poule était une femme du monde. Le couple s'assit, le maître d'hôtel resta en arrêt avec ses cartes et ce n'est que lorsqu'ils commencèrent à les lire qu'elle montra la menotte et la mallette qui devait le conduire à la mort :

— Qu'est-ce que c'est que ça ? Un bracelet de fiançailles ?

— Non. Il regarda tout autour, son regard glissa sur Un et Deux et il fit un signe au maître d'hôtel pour qu'il s'approche, tout en penchant la tête vers la femme : On demande du vin en attendant, Mary ?

— Katty.

Quand le maître d'hôtel fut près de lui, Zéro sourit :

— Apportez-nous un vin rouge. Le meilleur que vous ayez.

— Une cuvée 1864, par exemple ?

Le maître d'hôtel, à un moment où Zéro ne pouvait pas le voir, fit un clin d'œil à la femme, puis il s'éloigna en secouant la tête : il n'arrivait pas à y croire. La femme repartit à l'attaque :

— Pourquoi est-ce que tu la portes comme ça, attachée ?

— Des formules secrètes.

— Ça alors ! Tu es un espion ?

— Non, au contraire, je ne veux pas qu'on m'espionne. Et, pour la faire taire : Des parfums.

— Et on va devoir aller au lit avec ça ?

Zéro se mit à rire. La plaisanterie lui avait plu. C'était la première fois qu'il faisait les choses de façon différente. Normalement, pour la baise il attendait que le boulot soit fini ; mais comme cette fois il devait fuir à toutes jambes il avait voulu inverser l'ordre. Pour dîner, ils demandèrent un bon vin accompagné de n'importe quoi.

IV (2)

À l'heure où les chiens tristes sortent promener leurs maîtres, après s'être assuré que Zéro s'enfermait dans sa chambre pour un inconfortable ménage à trois avec la femme et la mallette, Un retourna à son hôtel et Deux résista à la tentation de le suivre et s'apprêta à regagner sa chambre. Dans le couloir du dixième étage, la femme de chambre, avec son chariot rempli de ces petits accessoires qui rendent notre séjour à l'hôtel plus agréable, lui adressa un sourire professionnel ponctué par une dent en or anachronique et poursuivit son chemin. Deux resta une demi-heure devant la fenêtre, à ne rien faire, regardant passer les lumières, et toujours des lumières, de la circulation nocturne de la Rambla de Catalunya et pensant que la vie de tueur à gages n'était pas si mal quand on était aussi bien payé et qu'on devait agir aussi peu souvent dans l'année. Et avec ses arrières toujours couverts, surtout quand il travaillait pour l'énigmatique Trois, qui avait tout résolu avant même que l'opération soit menée à son terme. Il ne reconnut pas Un dans l'homme à moustache qui traînait légèrement les pieds devant le cinéma. Pas plus que Un, qui regagnait son hôtel, ne leva la tête pour voir si Deux le voyait, parce qu'il ignorait son existence, de même qu'il devait ignorer que Trois s'appelait Trois, parce que si jamais il l'avait appris il aurait également pu soupçonner la présence de Deux, dont la silhouette se détachait maintenant à la fenêtre, le regardant sans le voir. Ce que Deux ne savait pas non plus, c'était que juste là, dans l'hôtel où il se trouvait, Zéro, qui était déjà veuf et orphelin de fils mais n'en avait pas connaissance, se décarcassait avec une femme et une mallette, et que Zéro n'était autre que la victime de sa victime et par conséquent sa victime à lui, de la même façon que les amis de mes amis sont mes amis.

V (1)

Le paiement se fit à l'endroit prévu, le belvédère de la colline du Tibidabo. Un regarda comment Zéro, la mallette encore attachée au poignet, l'ouvrait avec la combinaison secrète, y plaçait le paquet que l'inconnu lui remettait et s'éloignait vers la cabine téléphonique si bien protégée par des buissons, sans un regard pour le merveilleux paysage de Barcelone, fourmillante dès le petit matin. Un dut attendre que Zéro passe son appel, également inattendu, pour le cueillir.

— Non, je vous demande de me passer la chambre 439 ! cria Zéro, exaspéré par l'incompétence de la réceptionniste de la clinique.

— De la part de qui ?

— Qu'est-ce que vous dites ?

— De la part de qui…

Il hésita un instant et finit par donner son nom, ajoutant qu'il était le mari de la mère de son fils. Il fut étonné que la réceptionniste couvre le micro pour dire quelque chose d'incompréhensible à quelqu'un. Et ensuite, comme si elle avait reçu des instructions :

— D'où appelez-vous, monsieur ?

— Qu'est-ce que ça peut vous faire ?

L'hésitation qui suivit lui donna un mauvais pressentiment. La téléphoniste, d'une voix de joueur de poker :

— Un instant, je vais vous mettre en communication avec le directeur.

Il ne raccrocha pas, parce qu'il était impossible qu'on détecte l'origine de l'appel depuis Paris. Mais son instinct lui disait que quelque chose s'était cassé. Ce que son instinct ne lui dit pas, c'est que derrière lui Un ouvrait la porte de la cabine, mettait l'extrémité du silencieux sur son oreille et plop ! refermait le tendre cercle familial et le rayait proprement de la liste des vivants avec le professionnalisme qui était le sien. Dans le combiné qui se balançait au bout du fil, Un entendit les cris de *monsieur le directeur* qui disait *Allô, allô, monsieur ?* sans se douter que le *monsieur* était devenu un *ex-monsieur*. Un laissa le corps glisser sur le sol, plaça le mécanisme à combinaison secrète devant lui et, par une manipulation extrêmement rapide, démontra qu'elle n'avait rien de secret. Dans la mallette, l'enveloppe avec les neuf cent cinquante mille francs et un paquet timbré, prêt à être envoyé à la préfecture de Police. Il mit le tout dans sa poche et referma soigneusement la mallette. Depuis le début de l'action, il ne s'était pas écoulé plus de vingt-huit secondes et *monsieur le directeur* était encore en train de dire *allô, allô* à l'oreille d'un cadavre. À partir de ce moment, Zéro était devenu zéro et Un s'en alla, sans regarder en arrière, conformément aux instructions, vers la pension sinistre à mourir qu'on lui avait assignée, pour attendre que quelqu'un frappe à la porte, entre, le tue et emporte les deux enveloppes. De fait, au même moment, dans le casier où se trouvait la clef de Deux, quelqu'un avait mis l'adresse de l'hôtel et le numéro de la chambre de Un.

VI (2)

Ce furent deux coups légers et Un laissa échapper un *entrez!* en français. Il était curieux de connaître son contact et surtout il attendait impatiemment sa généreuse rétribution en francs. Il se redressa sur le lit et eut le temps de voir que le visiteur, quel qu'il soit, ne pouvait pas entrer, parce que la porte était fermée. Il alla ouvrir et eut le temps de voir Deux, dont il ne savait pas que c'était Deux, qui souriait et faisait un geste comme pour lui demander de le laisser entrer.

— Je suis Charles Baudelaire, dit-il.

Un ouvrit la porte en grand et Deux, une fois entré, resta debout à attendre. Un comprit, alla vers sa valise et en tira les deux enveloppes.

— Tu as des cigarettes ? demanda-t-il.

Deux répondit oui, bien sûr, sortit un paquet à moitié vide et offrit une cigarette à sa victime. Il alla jusqu'à la lui allumer. Tandis que Un aspirait avec délectation les dernières bouffées de sa vie, Deux déchira les deux enveloppes pour les ouvrir, ce que Un jugea sévèrement, et en examina le contenu. Il fit une grimace qui voulait dire que oui, que c'était OK, mit la main dans sa poche, en tira son pistolet et lui fit faire plop ! encore plus proprement que Un l'avait fait. Une cigarette gâchée.

VII (3)

Il touchait à la fin. Tandis qu'il remettait au service du courrier de l'hôtel le nouveau paquet avec l'argent et les secrets et la nouvelle adresse, également à Paris, il eut l'idée de faire une recherche discrète auprès du concierge le plus âgé parmi ceux qui étaient derrière le comptoir. Il lui chuchota sa demande à l'oreille et l'homme hocha la tête affirmativement : ce qui voulait dire que c'était une affaire réglée. Qu'il attende dans sa chambre. Deux monta dans sa chambre, satisfait, prêt à attendre avec une pointe d'impatience, et s'étendit sur le lit, comme l'avait fait Un en attendant que quelqu'un le tue. Pour tromper l'attente, il fouilla dans la poche de sa chemise. La dernière cigarette. Il hésita à courir en acheter d'autres ou… Non. Et il l'alluma en se promettant de la savourer parce qu'il ne savait pas quand il aurait l'occasion de sortir en acheter. Il entendit le toc-toc et pour jouer un peu avec le destin il dit *entrez !* car la porte n'était pas fermée à clef. Oh, quelle déception. Ah non. C'était la femme de chambre, qui lui montra sa dent en or et fit un geste vers le minibar :

— Remplacement des boissons. Je croyais qu'il n'y avait personne…

— *Entrez, entrez,* dit-il, résigné. Et il montra les petites bouteilles de whisky en faisant trois avec les doigts, même s'il était Deux.

L'employée ne protesta pas, chose rare, posa trois mignonnettes sur la table, remplit le minibar avec d'autres boissons, laissa voir des cuisses très solides et s'en alla rapidement, après avoir offert à Deux un dernier sourire doré. Il ne s'était pas écoulé deux secondes quand on frappa à nouveau à la porte.

C'était une grande femme aux cheveux noirs et… Il la connaissait, mais il ne savait pas d'où. Ah, oui.

— Entre, entre.

Il se souvenait maintenant. Il l'avait vue la veille au soir dans la salle à manger. Ce qui voulait dire qu'elle travaillait essentiellement dans cet hôtel. Très jolie, rien à dire.

Il se redressa sur le lit, éteignit sa cigarette et l'aida à enlever le minuscule boléro qu'elle portait. Sans lui demander si elle en voulait, il prépara deux whiskies avec de la glace et l'imagina nue. Il sourit d'un air satisfait.

— Comment t'appelles-tu ?

— Katty.

— Tiens, bois.

Obéissante, elle prit le verre. Elle fit semblant de boire une gorgée et sourit. Manifestement, elle était prête à entrer en action. Lui, en revanche, il voulait prendre son temps. C'est pourquoi il fit un geste vers son sac :

— Tu n'as pas de cigarettes, par hasard ?
— Je ne fume pas.
— Bon, ça ne fait rien, ça ne fait rien.

Deux était un homme très sûr de lui avec son pistolet et ses mains. Mais dans d'autres domaines il était assez maladroit. Malgré tout, il passa un bon moment, ne se soucia pas de savoir si elle aussi et après la chose ils restèrent étendus un moment, nus, en silence, se souvenant et rêvant. Alors, Deux fut incapable de résister davantage et dit attends, je reviens tout de suite.

— Et où vas-tu, à cette heure ?

— Chercher des cigarettes. C'est l'affaire d'un instant. J'ai vu un distributeur juste à côté de…

Mais il était déjà dehors, pieds nus, seulement vêtu d'un pantalon de pyjama et d'un tee-shirt, avec quelques pièces de monnaie dans la main. Katty, dans le lit, fit une grimace dégoûtée à l'intention de tous les fumeurs invétérés. Deux ne la vit pas car il se trouvait à l'autre bout du couloir, luttant avec les pièces parce qu'il n'arrivait jamais à savoir laquelle était la bonne. Allez, pour une fois ça sera des américaines blondes, parce qu'il n'y a rien d'autre qui… Aïe, tout juste. C'était incroyable, mais il avait juste le compte avec la poignée de pièces qu'il avait prise au hasard. Après avoir glissé la dernière pièce dans la machine, avant d'appuyer sur le bouton pour faire tomber le paquet, il fut poussé brutalement contre la machine. Quelques secondes plus tard, il entendit un fracas assourdissant. Il regarda derrière lui, épouvanté, mais ne vit qu'un nuage de fumée, tout en comprenant parfaitement ce qui s'était passé. Deux se mit à courir et à dévaler les escaliers et quand il se rendit compte de ce qu'il était en train de faire il était dans la rue d'une ville inconnue, en pantalon de pyjama, pieds nus et sans paquet de cigarettes dans la main. L'explosion qui avait détruit son avenir, le minibar, la chambre et Katty n'avait pas fait plop mais boum.

LA TRACE

If man is five,
then, the devil is six,
and if the devil is six,
then, God is seven.
This monkey is gone to heaven.

BLACK FRANCIS

Jamais le sentiment de désolation ne m'avait frappé aussi fort qu'à ce moment aussi important pour ma vie ; quand, une fois que le métro s'était éloigné bruyamment dans le tunnel et les passagers vers la sortie comme des fourmis pressées, je suis resté seul dans la station de Majorstuen, sur un quai totalement désert, et j'ai entendu quelqu'un qui sifflait. D'abord je n'ai pas compris mais bien vite j'ai reconnu un des thèmes de *Finlandia* de Sibelius. Sibelius dans le métro ? Et sifflé ? J'ai pris le premier couloir, celui des fourmis, et rien, personne. Seulement les carreaux blancs de salle de bains, dans un couloir inutilement éclairé. D'où venait cette musique ? J'ai fait quelques pas, oubliant complètement qu'on m'attendait dix minutes plus tard pour l'entretien qui devait mettre définitivement de l'ordre dans ma vie, si une telle chose était possible. Cela faisait trois ans que je m'étais enfui de la maison, quand je m'étais rendu compte que si je me laissais aller, une semaine plus tard je me marierais avec une femme qui se foutait de moi. J'avais pris un train, sans respirer, sans regarder en arrière, sans même penser à maman, et quand j'ai repris ma respiration j'étais à Copenhague, enviant l'organisation obstinée de ces gens et constatant dans ma chair que là-bas la vie était foutrement chère. C'est peut-être pour ça que j'ai pris le ferry pour la Norvège, je ne sais pas. L'important c'était de fuir, mes frères, et d'échapper aux plaintes et aux gueulantes de ma famille et de Sònia. La Norvège. Le premier échantillon, Oslo. J'ai débarqué, j'ai trouvé une pension très chère et délabrée dans le centre et depuis je n'en ai plus bougé. C'est dur d'arriver à Oslo sans connaître un mot de norvégien, ni de danois, ni de suédois, ni d'anglais. Ça te donne envie de te refermer comme une huître. Si bien que je me suis ouvert un chemin, sans pitié, à coups de sourires enchanteurs et grâce à un style et une allure remarquablement latins qui, manifestement, plaisent à beaucoup de femmes. Et à beaucoup d'hommes. Deux mois passés à faire la plonge dans un Pizza Hut et trois mois comme commis de cuisine dans un restaurant vaguement italien. Je ne faisais pas ça pour la thune. Je le faisais à cause de cette histoire d'huître ouverte ou fermée. Après ces boulots, je commençais à me faire comprendre dans un norvégien désastreux, ce qui me rendait encore plus sympathique aux yeux des aborigènes.

Les Norvégiens sont chiés, mes frères. Ils ont un je ne sais quoi de charmante ingénuité. Ils pensent que tout le monde est comme eux. Ils pensent que personne ne se mêlera de la vie de l'autre, que personne ne nuira à son voisin. C'était sans compter sur moi. Ce n'est pas que je sois malhonnête, mais si je vois trente sacs par terre, dans le hall du Munchmuseet, remplis de portefeuilles, de papiers d'identité et de clefs qui demandent à grands cris à changer de mains, d'abord je pense ne fais pas ça, Quiquín. Et je ne le fais pas. Mais putain, quoi, à force de voir les sacs chaque jour, et de te dire chaque jour ne fais pas ça, il arrive un moment où ça déborde et un jour je l'ai fait et j'ai vu que voler, en Norvège, ça se fait les doigts dans le nez. Je ne volais pas par nécessité : disons que je le faisais pour l'amour de l'art, pour arriver à comprendre les Norvégiens et les Norvégiennes, qui ont le cerveau à moitié congelé à force de vivre tellement au nord.

Et le jour où ce lèche-cul de Pere Bros, quelques jours avant de tout arrêter, est venu à l'Universitetets aula, mes frères? Il nous a joué la sonate du Printemps (mièvre), celle à Kreutzer (prétentieuse) et celle de Franck (parfaite), avec ce gros malin de Gidon Kremer aux cordes et je m'en suis mis plein les poches. Littéralement, mes frères. Parce que les Norvégiens sont tellement norvégiens que le vestiaire de l'Universitetets aula c'est tout simplement des portemanteaux placés dans le hall. Comme je vous le dis, mes frères. Alors qu'ils ne viennent pas se plaindre, parce qu'au moment où Kremer et Bros étaient en train de se dépêtrer de l'andante de l'opus 24, je me suis dit Quiquín, va pisser parce que là ça commence à être chiant. J'y vais et je découvre ce trésor, tous ces manteaux qui me disaient Quiquín, fais-le, merde. Je suis retourné dans la salle à la moitié de la *Kreutzer*, très content parce que pour ce qui est de faciliter le travail des pickpockets, les Norvégiens sont de véritables professionnels.

Pas une seule nuit, mes frères, je n'ai eu une pensée pour ma famille. Et pourtant maman, en cachette de tout le monde, m'envoyait une mensualité disons, encore assez confortable. L'amour d'une mère. Papa ne savait même pas que j'étais à Oslo. Un jour j'ai appelé à la maison, à un moment où je savais que maman devait être seule, et je lui ai raconté la partie racontable de ma vie et je lui ai demandé ma mensualité, comme si j'étais à Barcelone. Je lui ai dit que je devais aller à des concerts et mener une vie, je ne sais pas, comme quelqu'un qui a fait des études et tout ça. Je crois que j'y suis allé un peu fort parce que j'ai fait semblant de pleurer quand elle m'a demandé pourquoi j'avais quitté Sònia alors que les Quadras sont des gens merveilleux. Qu'est-ce que je pouvais lui dire ? Je devais lui dire maman, je ne veux pas me marier avec une nana qui se moque de moi parce que j'ai une toute petite bite ? Je devais lui dire maman, je ne veux pas me marier avec une salope qui dit qu'elle n'aime ni les Stones ni les Tull ni Monteverdi ni la musique ? J'ai préféré pleurer. C'est bon Quiquín, tu as bien fait, parce que depuis cette fameuse conversation, maman lâche le blé tous les mois. Conséquence : de temps en temps, je me permets de penser à maman. À maman, seulement à maman. Parce que s'il me vient des souvenirs de Sònia ou de papa ou du reste de la famille, s'ils me viennent sans que je le veuille et qu'ils tournent dans ma tête, je regarde vers le nord, comme pour menacer le destin de partir pour la Laponie et s'il le faut pour le pôle Nord, pour congeler à jamais les souvenirs familiaux. Mais au bout du couloir il y avait un angle qui peut-être… Non : au bout du couloir, en angle doit, les mêmes carreaux blancs et aseptisés, sans personne ; Brad Pitt me regardait d'un air moqueur depuis une affiche et il ne voulait pas me dire le secret de la musique mystérieuse ; et j'entendais Sibelius toujours pareil, ni plus loin ni plus près, dans les souterrains du métro. À côté de Brad Pitt, la photo d'une plage qui aurait pu être Salou informait les habitants d'Oslo qu'Israël était le lieu idéal pour passer des vacances, avec un niveau de sécurité personnelle totalement garanti par l'efficacité israélienne, qui n'était plus à prouver. Je l'ai regardée avec attention, parce qu'on aurait vraiment dit Salou. Il est extrêmement facile de tricher, dans ce domaine. Je voyais presque la villa de Miqui Sagarra ! Tu imagines, faire passer Salou pour Israël ? À en croire ces escrocs, Salou était un charmant village touristique israélien appelé Dor, avec des barques, des pêcheurs heureux, des étoiles de mer et un casino. Un panorama sublime et des plages et un port où demeurent intacts le paysage, la vie typique des pêcheurs et leur gastronomie. Découvrez le visage aimable d'Israël. Il vous enchantera. Je suis revenu en arrière, indigné de cette supercherie, et je me suis retrouvé sur le quai sur lequel je venais de débarquer du métro. *Finlandia* continuait de s'imposer sur les carreaux désertés, presque comme une moquerie. Jusqu'au moment où l'arrivée d'un autre train a mis en miettes toutes les mélodies du monde et où les portes ouvertes ont vomi une centaine de citoyens pressés qui, probablement, se fichaient de Sibelius comme de l'an quarante. Ce n'est pas que Sibelius m'intéresse particulièrement. C'est que j'ai un don particulier pour la musique c'est un vrai martyre, putain : j'entends n'importe quelle musique et je ne peux pas m'empêcher de l'écouter. Et je la mémorise et je m'en souviens à jamais. Ça fait trop de musiques à l'intérieur de moi et j'essaie de les garder dans mon estomac. Mais quand elles décident de sortir chanter dans ma tête, je ne peux rien y faire à part devenir fou. Si bien que j'ai attendu que la station se vide à nouveau mais, à mon grand désespoir, la musique ne s'est plus fait entendre. J'ai eu l'impression, je n'en suis pas tout à fait sûr mais j'ai eu l'impression que quelqu'un, dans un coin inexpugnable de ce labyrinthe, comme le fantôme de l'Opéra, a étouffé un ricanement. Cette apparition à moitié spectrale m'avait transporté si loin que je ne me suis pas affolé quand j'ai regardé ma montre : j'étais scandaleusement en retard pour mon entretien avec le docteur Werenskiold, mes frères, et je pensais à Sibelius, trente mètres sous terre. À moitié confus, à moitié honteux à cause du ricanement et non de mon retard, je me suis dirigé vers la sortie et vers le bâtiment administratif où je devais trouver la solution à tous mes problèmes matériels et spirituels. Je jure, mes frères, que j'ai eu envie d'étrangler le type qui ricanait.

Dehors, bien qu'on soit au mois d'août, il faisait un froid de tous les diables. Je me suis senti tout petit en contemplant l'énorme bâtiment du ministère. Il m'a causé la même impression que celle qu'éprouvaient les fidèles, en des temps plus magiques, devant les cathédrales. Ou l'effet tétanisant que j'avais ressenti en visitant la Nasjonalgalleriet (quatre sacs fouillés, trois cent quatre-vingts couronnes, un Tamagotchi très mignon avec lequel j'ai fini par sympathiser, malgré ses impertinences, et trois permis de conduire qui se sont transformés en couronnes au bout de quelques jours), où j'ai passé du temps à regarder des tableaux. Un tableau, surtout, m'a impressionné. Dans la salle trente-quatre, et je me rappellerai toute ma vie que c'était dans la salle trente-quatre parce que par la fenêtre qui donnait sur la rue est remonté, comme un reflux amer et désagréable, l'infecte sarabande de la deuxième partita de Bach, jouée par un violon dont le *ré* était désaccordé. J'ai failli engueuler la dame qui surveillait les salles trente à trente-six parce qu'elle permettait que des sons aussi outrageants pénètrent dans ce temple. Je ne l'ai pas fait : je me suis contenté de la regarder d'un air mauvais et elle m'a rendu mon sourire. C'est à cause de mon air latin, tellement sympathique. Salle trente-quatre et le non-tableau. J'ai passé une demi-heure devant le mur où on voyait la tache de non-saleté d'un tableau pas très grand de Rembrandt Van Rijn qui, apparemment, était en train de faire le beau dans différentes villes d'Europe. Contempler un non-tableau enrichit l'esprit. La différence de tonalité entre le mur *ad usum* et la surface qui, pendant des années, a été protégée par Rembrandt témoigne du temps qui passe, du *tempus fugit*, du *tempus edax rerum*, du passage continu et répété des regards norvégiens, pâteux, des fumées de la rue qui s'y sont collées, comme des pelures d'oignons, à supposer qu'il y ait en Norvège une seule voiture ou une seule chaudière qui dégage de la fumée, ce dont je doute. Le mur était d'une couleur verdâtre, sans aucune vertu artistique. En revanche, la partie cachée et maintenant découverte avait une tonalité vaillante, éclatante, un peu plus claire, optimiste, du genre écartez-vous maintenant c'est mon tour. Et la limite, la frontière entre les deux verts, découpait le contour exact du Rembrandt. Bravo. Magnifique. Je ne me rappelle pas les tableaux qui se trouvaient à côté du non-tableau. Après cette expérience sensationnelle, j'ai parcouru tous les musées d'Oslo à la recherche d'autres non-tableaux. J'en ai trouvé trois ou quatre qui m'ont rendu très heureux.

Dans l'immense hall du ministère, d'où partaient plusieurs escalators, j'ai reçu le coup de fouet de l'air conditionné, parce que les Norvégiens croient qu'un temps ensoleillé ça veut dire qu'on crève de chaleur. Après m'être informé auprès d'un fonctionnaire maussade qui dirigeait la circulation, j'ai pris place sur le plus long des escaliers roulants. À côté, il y avait celui qui descendait, si bien que les citoyens qui étaient sur le point de sortir, satisfaits ou défaits, passaient tout près de moi. C'est alors que je l'ai vue.

Moi, la Norvège, j'en ai rien à cirer. C'était un instrument, et rien d'autre. Toujours est-il que pour ne jamais être obligé de retourner à Barna, ô mes frères, ça m'arrangeait bien d'acquérir la nationalité norvégienne. Surtout si maman casquait. Et le docteur Werenskiold était l'homme qui devait décider, après différentes plaintes de citoyens et de citoyennes injustement fâchés contre moi, ce qu'on allait faire du sympathique Quiquín. Parce que même si la Norvège j'en ai rien à cirer, je veux rester. Avec un Bosniaque un vrai fils de pute je viens de monter une affaire de contrebande de cigarettes qui peut rapporter tellement de blé que j'ai le vertige rien que d'y penser. Alors, avec le calbut rempli de billets de mille couronnes, Sònia ne dirait plus que j'ai une toute petite bite.

Et là, dans le hall du ministère, je l'ai vue pour la première fois de ma vie. Elle avançait vers moi, comme moi vers elle, volant sur le ruban magique de l'escalator, et elle me regardait de ses yeux d'eau dans un torrent et, rien que pour moi, elle laissait quelques-uns de ses cheveux voleter comme si elle était sur un tapis volant. Elle portait une robe simple, courte, qui soulignait sans exagération ses formes parfaites. Et puis, mes frères, elle me regardait avec autant d'intensité que je la contemplais, bouche bée. La première Norvégienne qui me bottait vraiment. Quelle femme. Quelle déesse. Jusqu'au moment où nous nous sommes frôlés et l'un et l'autre, immobiles, nous nous sommes laissés passer ; et c'est alors que j'ai deviné les effluves de son parfum, de sa peau, de ses vêtements, et l'arôme subtil de ses souvenirs ; une perception fugace, de quelques secondes, mais qui a duré toute ma vie. Et je n'ai pas vu s'il y avait d'autres gens sur cet escalier qui descendait ou seulement ma déesse. Je me suis retourné, la bouche ouverte, pétri d'admiration, possédé par cet appel urgent, tandis que je volais vers le haut des escaliers roulants à la recherche du très prosaïque docteur Werenskiold, qui depuis un quart d'heure devait tapoter nerveusement la table et penser beaucoup de mal de moi parce que c'était la troisième et dernière convocation. Elle aussi s'était retournée et elle me regardait, je crois, avec la même intensité que moi. Elle m'a fait l'effet d'une walkyrie. Et tous les deux nous avons éprouvé cette sensation unique de nous savoir seuls au monde, sans voleurs, sans Norvégiens, sans méchants désireux de nous faire du mal, sans sorcières, sans Lídias ennuyeuses, sans Sònias cruelles, et comme nous avons tous les deux éprouvé cette sensation au même moment, nous avons eu la même idée et, à la fin du trajet, je suis reparti vers le bas et elle vers le haut. Je suis impulsif et je ne me suis pas rendu compte de la situation ridicule qui était sur le point de se présenter si nous nous croisions à nouveau à l'endroit de la rencontre impossible ; mais elle, qui est norvégienne, elle était plus intelligente et, se réfrénant, elle a quitté l'escalator. Elle m'a attendu avec une fidélité digne de Pénélope, des jours, des mois et des années, le temps que je descende ce tronçon d'escalator d'une lenteur désespérante mêlé à des gens qui ne nous intéressaient en rien, mes frères. Une fois l'un en face de l'autre, j'ai constaté que c'était une fille de grande taille, peut-être quelques centimètres de plus que moi, et qui, en effet, avait un regard couleur d'eau dans un torrent où, si je ne faisais pas attention, je pouvais me noyer. Je lui ai souri et je lui ai dit je m'appelle Abélard. Et toi ?

— Je vous ai enfin trouvé.

Nous nous sommes mis à l'écart dans un coin et elle a passé la pulpe de ses doigts sur ma main tout en disant Abélard, comme pour essayer ce nom sur une nouvelle personne, et il semble bien qu'elle trouvait que ça allait.

— Tu es très belle.

— Vous avez déjà eu votre entretien avec le docteur Werenskiold ?

— Et comment ! La Norvège est immense, mais je savais que je finirais par te trouver.

Elle a souri et montré mon visage comme pour dire qu'elle n'avait jamais vu de tels yeux. D'une voix de velours, à quelques centimètres de moi :

— Je ne peux plus rien faire pour vous, monsieur Masdexaxart. Maintenant c'est au ministère de prendre la décision.

— Moi non plus, je n'avais pas vu les tiens. Je l'ai prise tendrement dans mes bras : Tu es la chose la plus importante qui me soit jamais arrivée. Comment est-il possible que nous ne nous soyons pas rencontrés plus tôt ?

— Si vous ne me laissez pas tranquille, je vais devoir appeler la police, même si je suis votre avocate.

— Non, je ne suis pas italien, ai-je dit d'un ton bourru en relâchant mon étreinte, un peu désorienté.

— La décision finale tardera peut-être une semaine. Je serai présente.

— Ce n'est pas la peine.

— Je sais que vous parlez très bien le norvégien, mais si vous voulez…

— Merci, l'ai-je interrompue et, solennel : Toi aussi, tu le parles très bien. Et j'ai poursuivi la conversation en reprenant le thème central : Peu importe d'où je suis.

Je suppose qu'elle a trouvé stupide que je nie mes racines, parce qu'elle s'est contentée de baisser son regard sérénissime, j'ai pris peur et je l'ai aimée encore davantage. Bien sûr que cela importe si elle, ça lui importe ! Mais pourquoi n'étais-je pas italien, bon Dieu de merde ? Hein ? Pourquoi avait-il fallu que je naisse à Barna ? J'ai conchié mon père et ma mère (non, pas maman, je l'ai sauvée tout de suite) parce qu'ils ne m'avaient pas fait naître à Montescaglioso. J'étais tellement amoureux de la walkyrie, depuis tellement de siècles, que j'ai immédiatement oublié l'obstacle italien. Je lui ai pris la main et je l'ai lâchée tout de suite parce qu'elle brûlait et elle a touché à nouveau ma peau, comme pour la reconnaître, de la pointe des doigts. Et elle a souri :

— Il est probable qu'il y aura des difficultés. Et, à voix plus basse : Votre affaire n'est pas simple. Ils veulent même utiliser les rapports médicaux.

— À tes côtés je ne crains pas la nuit, Seigneur.

— Allez. Vous pouvez partager mon taxi, si vous voulez.

J'étais devant le bonheur et je l'absorbais par tous les pores. Maintenant je comprenais pourquoi le destin ne m'avait pas arrêté, dans ma fuite dans le désert, avant que j'arrive à Oslo, la ville de la paix et de la joie. Isolde m'y attendait.

— Mène-moi jusqu'à ton lit, ô ma déesse.

Comme elle ne disait rien, la bouche ouverte, vierge, timide, réticente, je l'ai un peu aidée :

— D'accord, Héloïse. Tu sais où nous pourrions aller en vacances ?

— L'arrêt est par là, derrière cette porte.

— À Dor. C'est un petit village israélien tranquille, près de Salou, à cinquante kilomètres au nord de Tel-Aviv et vingt kilomètres au sud de Haïfa. Un panorama sublime et des plages et un port où demeurent intacts le paysage, la vie typique des pêcheurs et leur gastronomie. Découvrez le visage aimable d'Israël. Il vous enchantera. Je réserve deux places sur El Al ? On pourrait y passer le prochain millénaire.

Elle m'écoutait attentivement et j'ai voulu être sincère :

— Bon, lui ai-je dit, on peut aller à Dor si en fin de compte on me permet de devenir norvégien.

Alors est passée dans mon esprit la vision fugace du docteur Werenskiold, signant les papiers et m'octroyant un passeport et des années de vie norvégienne dans la paix et la tranquillité aux côtés de ma walkyrie. Soudain, j'ai pâli : Le docteur Werenskiold, ce fils de pute ! Il n'avait encore rien signé ! Et je me suis mis à transpirer :

— Il faudra que tu m'attendes un moment, Héloïse. Une obligation urgente oubliée.

— Mais vous ne m'aviez pas dit que…

— C'est l'affaire d'un instant, l'ai-je coupée. Tu m'attends ici, ma bien-aimée ?

Et j'ai commis l'indélicatesse de regarder ma montre. Elle a fait bon tant pis de la tête et m'a regardé m'éloigner. Je ne me suis aperçu que bien plus tard que la couleur de l'eau du torrent était devenue trouble. Moi, ardent comme un chevalier médiéval, j'ai foncé vers le haut de l'escalator, écartant comme je pouvais les pauvres malheureux qui n'avaient pas rencontré Héloïse et fou d'impatience de me retrouver devant le docteur, d'accepter les conditions d'adoption de la nationalité sans la moindre ristourne, sans faire de vagues au moment de signer pour en finir le plus vite possible et revenir à mon bonheur.

Les choses ne se passent jamais comme on voudrait. Même en Norvège. Il ne savait donc pas, le docteur Werenskiold, que la walkyrie Héloïse m'attendait au pied de la montagne de son ministère avec ses yeux d'eau de torrent ? Hé, docteur Werenskiold ? Eh bien il m'a fait poireauter sept minutes, ignominieuses et troubles. Une, deux, trois, quatre, cinq, six, sept minutes indécentes qui m'éloignaient peut-être de mon amour éternel. Et ensuite, une fois que je m'étais assis en face de lui avec un sourire latin enjôleur, le docteur a passé deux heures à nettoyer ses lunettes et à me regarder en silence, avec la même expression que papa quand il veut dire qu'est-ce qu'on va faire de ce garçon, hein maman ? Je ne te laisse ni voiture, ni cheval, ni fusil, rien ; tu ne le mérites pas. Papa m'a toujours traité comme si je n'étais pas un être humain… Autant laisser tomber, ça me dégoûte et je ne veux pas me mettre à vomir.

— On ne peut pas vraiment dire que vous ayez trouvé un travail stable, monsieur Masdexaxart.

D'accord. Tatouez-moi le numéro de série sur le bras. Vive la Norvège. Je suis pressé. Il faut que je parte.

— Mais j'ai des revenus stables et réguliers.

— Je parle de travail, monsieur Masdexaxart.

S'il n'y avait pas tant de monde à proximité, je prendrais ce coupe-papier et je t'ouvrirais en deux ce double menton de chanoine. Je veux être norvégien parce que j'aime Héloïse, un point c'est tout.

— Demain j'ai un entretien d'embauche : réparateur de lave-linge à domicile.

— C'est bien… Une demi-heure de réflexion : Cela peut être une bonne solution, pour vous.

J'aime dire des mensonges, docteur. Surtout si vous y croyez.

— *Ubi bene, ibi patria.*

— Quoi ? – Il avait l'air méfiant, le chanoine, comme devant un message codé.

— Je veux dire que j'aime la Norvège de tout mon cœur, docteur Werenskiold.

— Il ne m'appartient pas de dire le contraire, mais on dirait que beaucoup de mes concitoyens ne vous aiment pas. Vous devez encore trois mois de pension et il y a un total de seize plaintes concernant vos incivilités.

Des trouducs, je vous dis, des Norvégiens sans rien d'autre à foutre que de me chercher des poux sous prétexte que je ne suis ni blond ni grand et que j'ai une petite bite.

— Je suis sûr que c'est un malentendu, docteur Werenskiold.

— Seize malentendus.

Le laconisme du docteur était insultant. Mais il jouait à domicile et je ne pouvais pas tomber dans les provocations constantes du public. Si bien que j'ai souri et comme j'étais, mes frères, un gage d'amour entre les mains du destin et que la seule chose que je voulais c'était retrouver l'eau de mon torrent, j'ai mis fin à l'entrevue.

En regagnant le hall, j'étais sur le point de crier que j'étais l'homme le plus heureux du monde. Il y avait une agglomération de gens et il était difficile de dépasser dans l'escalator. C'est pourquoi j'ai tendu le cou vers le mur béni des dieux où elle m'attendait et je me suis fendu le visage d'un sourire de parfait bonheur. Mais au bout de quelques secondes mon sourire s'est effacé. Héloïse n'était pas là. Bon, elle devait être… Peut-être plus vers… Elle cherchait peut-être une corbeille à papier où… Ou elle était sortie pour voir si… Quand je suis arrivé en bas, j'avais échafaudé deux mille hypothèses qui expliquaient de façon plausible la disparition d'Héloïse. J'ai jeté un regard circulaire : des dizaines de visages indifférents, mais aucune trace du visage de ma walkyrie. Alors j'ai été pris d'inquiétude et mon âme a dit Héloïse, mon eau de torrent, *ubi es*?

Je ne sais pas si ça a duré deux ou trois heures, mais j'ai cherché partout. J'ai demandé à des centaines de personnes, je suis sorti cinquante fois dans la rue en pensant merde, merde, merde, pourvu qu'elle ne se soit pas fait écraser, enlever, ou tout simplement assassiner. J'ai parcouru tout le quartier, j'ai tout fouillé, même les corbeilles à papier, à la recherche de la moindre trace de la fille aux yeux d'eau de torrent. Mais le monde s'était écroulé et j'ai dû me rendre à l'évidence, je ne reverrais jamais Héloïse. Au milieu de l'après-midi, fatigué, famélique, transpirant et assoiffé, je suis sorti du ministère avec une forte envie de m'enfermer dans l'univers sonore de King Crimson et que vous alliez tous vous faire voir. Pas vous, mes frères : eux. Et mon envie de Crim était si forte que j'ai pensé que le mieux c'était d'aller à ma petite boutique de disques d'Osterhausgate et de faire semblant de vouloir acheter *In the Wake of Poseidon*, par exemple. Et au bout d'une heure, je ferais mon sourire méditerranéen et dirais à la Sigrid de service ben non, ça ne m'intéresse pas. Je suis descendu du métro en me demandant si la boutique d'Osterhausgate était la plus indiquée pour écouter Crim et me remettre de toutes ces émotions. Les carreaux blancs du couloir du métro, malgré la peine que j'éprouvais, ont fait ressurgir dans mon esprit la mélodie cachée quelques heures plus tôt et j'ai aussitôt abandonné Crimson, ne désirant qu'une dose urgente de Sibelius. J'étais triste, mes frères. Très triste. *Quae solitudo esset in Metropolitano, quae vastitas!* s'écria saint Étienne, le protomartyr, dans une situation semblable à la mienne. J'ai laissé passer trois convois dans l'espoir de pouvoir entendre à nouveau la musique sifflée dans cet endroit impossible, mais je n'ai pas eu de chance. Au contraire, une femme à l'allure imposante, aux cheveux noirs et aux yeux bleus, s'est installée à côté de moi avec un baffle et un appareil diabolique, m'a menacé d'un sourire et s'est mise à chanter, accompagnée par une cassette, une sélection ignominieuse des arias les plus connues et les plus rebattues du répertoire lyrique. Tandis que la fausse soprano remplissait l'air d'arias, j'ai hésité à lui fendre le crâne ou à lui trancher les cordes vocales. Mais je me suis rappelé que je jouais encore en terrain adverse et j'ai préféré m'abstenir. Quand j'en ai eu assez, j'ai décidé de fuir dans le premier convoi. Dès que le train est arrivé, la femme s'est tue, pour rendre hommage à mon départ. Le wagon était presque vide. Au moment où les portes se fermaient derrière moi dans un soupir, j'ai entendu, clair, précis, presque moqueur, le thème de *Finlandia*. Il venait du quai. Désespéré, j'ai voulu ouvrir les portes en y interposant la main, avec témérité. Mais les portes, toutes les deux, indifférentes, ont guillotiné ma supplication tandis que le train se mettait en marche et m'éloignait, contre ma volonté, de tout espoir de rêve.

Quand je suis arrivé à la pension, moi, Quiquín de Barna, j'étais tombé de mon cheval à Osterhausgate. La Sigrid de service allait me donner *Poseidon*, mais sur le comptoir il y avait une pile du *Last Recital of Pere Bros* et ma curiosité a été piquée parce que si c'était son dernier récital c'était qu'il était clamsé et cela faisait peu de temps que lui et Kremer m'avaient rendu riche, ici, à Oslo. Je me suis fait mettre le disque, intrigué. Schubert, comme d'habitude, pleurant en *si* bémol majeur. Mais ce Fischer de mes deux… Putain, un truc vraiment trop zarbi et vraiment trop Fripp. Alors je l'ai remis cinq fois de suite et j'ai décidé de voler un des CD parce que ça aurait été injuste que je n'aie pas cette musique qui est vraiment trop. En revenant de mon chemin de Damas avec le CD dans la poche de mon blouson, devant la pension, je suis tombé sur un docteur Werenskiold souriant, flanqué de deux imposants fonctionnaires en uniforme, qui me demandait où putain de Dieu je m'étais fourré pendant tout ce temps et qui me faisait savoir qu'en cet instant il me livrait à un des gorilles qui en fait était un commissaire d'une certaine importance dont je n'ai pas pu retenir le nom. Apparemment, mon avocate avait porté plainte contre moi pour tentative d'abus sur walkyrie et mon ami bosniaque, ce fils de pute, m'avait dénoncé et avait raconté que j'étais le chef d'un réseau illégal de distribution à moitié prix de cigarettes de contrebande. Je me suis indigné contre ces deux calomnies, mais les aimables fonctionnaires m'ont fait ce fameux geste qui signifie que toute résistance est inutile.

Si j'avais pu écrire tout cela, mes frères, ç'aurait été la première épître de Quiquín aux Barnois. Mais je ne peux pas le faire parce que le fourgon cellulaire fait des bonds qui font douter qu'il soit norvégien. Assez rêvé, Quiquín, et montre que tu as le sens pratique. Je vais faire savoir immédiatement à ces Vikings gavés de lait et de fromage que je n'ai pas l'intention de faire la moindre déclaration hors de la présence de maman.

LA NÉGOCIATION

À cet instant, monseigneur Gaus sut qu'il devenait vieux, parce qu'il avait remarqué que le visage de M. Yves Saulnier commençait à être sillonné par les fines lignes du passage du temps, qui vous donnent un air d'infinie fatigue. Ils s'assirent en silence autour de la table, les avocats de l'autre côté, impeccablement vêtus de gris, dans la même attitude d'attente que monseigneur Walzer, les regardant tour à tour, lui et M. Saulnier, probablement interloqués. Seul l'avocat Lambertini, du Vatican, qui n'était pas impeccablement vêtu de gris mais d'un noir encore plus irréprochable, et qui s'était assis le premier, se dispensa de lancer des regards affolés et ferma les yeux comme pour se préparer à la prière. Ou à faire la sieste.

— Je me vois dans l'obligation, dit Yves Saulnier sur un ton sévère, d'exprimer la protestation la plus énergique contre ce qui n'est qu'une calomnie de la part de l'Église.

Monseigneur Gaus regarda Saulnier fixement et tarda un long moment à répondre, comme s'il était endormi lui aussi, comme son avocat.

— Peut-être l'ignorez-vous, dit-il quand il se réveilla, mais ce n'est pas une calomnie. C'est une accusation étayée par des preuves.

— Nous sommes prêts à aller devant les tribunaux, dit l'avocat du Vatican en émergeant du sommeil. Jusqu'aux ultimes conséquences. Et il retourna à son état proche du nirvana.

— Et où sont-elles, ces preuves ?

— Si M. Pierre Grossmann ne consent pas à un accord, elles seront présentées à la justice.

M. Saulnier se leva d'un bond, indigné :

— C'est du bluff !

Monseigneur Gaus se leva en imitant l'emportement de l'autre :

— Très bien. Nous nous expliquerons devant les tribunaux. Glacial : Messieurs…

— Je ne suis pas autorisé à… Debout, M. Saulnier demandait un sursis : Je veux une preuve que ce n'est pas un mensonge.

Monseigneur Gaus réfléchit un instant. Il prit une feuille de papier et écrivit quelques mots avec son stylo. Il souffla délicatement sur la feuille, la plia et la passa à son voisin le plus proche. La feuille passa de main en main, soigneusement pliée, jusqu'à ce qu'elle parvienne à Saulnier. Ce dernier se rassit, déplia la feuille, lut et regarda de l'autre côté de la table, perplexe. Monseigneur Gaus regarda ce visage avec amusement. Il répondit à la question que l'autre n'avait pas encore formulée.

— M. Pierre Grossmann comprendra, lui.

— Il faudrait que je…, fit Saulnier en regardant de tous les côtés.

Monseigneur Gaus éleva les mains jointes en un geste très liturgique pour lui signifier faites donc, vous êtes ici chez vous. Il appuya sur un bouton et aussitôt un huissier entra et prit en charge M. Saulnier et ses deux avocats, qui disparurent par une porte latérale, vers un bureau discret. Les deux prélats et l'avocat laconique restèrent silencieux, immobiles, prêts à attendre. Soudain, monseigneur Gaus montra le téléphone.

— Je veux entendre la conversation avec Grossmann.

— Ils ne sont pas idiots à ce point, répondit monseigneur Walzer. Ils utiliseront leurs portables.

— Peut-être pas. Autoritaire : Arrangez-moi ça.

Monseigneur Walzer se leva un peu à contrecœur et se dirigea vers le téléphone. Il appuya sur un bouton. À voix basse, prudente :

— Voyez si vous pouvez me brancher sur la salle des hémisphères. Seulement pour écouter.

Au bout de quelques secondes, il raccrocha et s'adressa à son supérieur sans parvenir à dissimuler une pointe de satisfaction :

— Ils n'utilisent pas les téléphones du Vatican.

— Grossmann ne se compromettra pas au téléphone, dit l'avocat Lambertini en ouvrant les yeux et en regardant une des chaises vides. Il dira seulement oui ou non.

— Il dira oui, répliqua monseigneur Gaus.

— Qu'est-ce que vous avez écrit sur ce papier ? ne put s'empêcher de demander Walzer.

Monseigneur sourit et fit mine de ne pas tenir compte de l'impertinence de son subordonné. Pour camoufler sa gêne, Walzer attaqua :

— Si je comprends bien, vous préférez négocier avec des délinquants plutôt que les dénoncer.

— Ce que je comprends, c'est qu'il n'est pas bon d'avoir des ennemis.

Aucun des deux ne vit que l'avocat, apparemment plongé dans ses pensées, hochait la tête presque imperceptiblement, en signe d'approbation.

— Négocier avec des voleurs, c'est voler, insista l'autre.

— Monseigneur Walzer… Cette fois, Gaus le regarda dans les yeux avec le regard le plus glacial qu'il trouva : Changez de ton, nous ne sommes pas des enfants.

L'avocat impassible eut une expression fugace qui voulait dire qu'il avait apprécié la sortie. En revanche, Walzer était resté immobile, la bouche ouverte de stupeur. Il reprit sur le même ton :

— Si vous avez trouvé leur point faible, il n'y a plus qu'à les anéantir. Comme vous l'avez fait avec Umberto de Luca.

— Umberto n'était pas un ennemi.

— Mais vous l'avez coulé.

— Pour éviter de plus grands scandales.

Maître Lambertini s'était rendormi. Monseigneur Walzer pointa un doigt vengeur :

— Très bien, d'accord. Mais ceux-là, ce sont des ennemis.

— Il ne faut pas étrangler l'adversaire si on ne veut pas qu'il vous déchire de ses griffes en s'enfuyant.

— Comment pouvez-vous laisser des délinquants s'enfuir ? Et comme il ne trouvait pas de meilleur argument : À César ce qui est à César et à Dieu ce qui…

— Monseigneur, le coupa monseigneur Gaus, sec, âpre, exaspéré, si vous voulez apprendre comment on mène une négociation où tant de millions sont en jeu, fourrez votre langue dans votre poche et votre morale dans votre cul.

Rouge comme une tomate, monseigneur Walzer ouvrit son porte-documents et fouilla à l'intérieur comme s'il y cherchait sa dignité perdue.

Après six minutes d'un silence pesant, les trois négociateurs revinrent dans la salle. M. Saulnier, faisant tout son possible pour avoir l'air naturel, dit en s'asseyant :

— D'accord. M. Grossmann consent à négocier.

*

— Alors comme ça tu te fais appeler Yves Saulnier.

— Et toi monseigneur.

— Je suis évêque, ne l'oublie pas.

— Je ne contrôle pas ce truc. Par tes saintes boules, je te jure que je ne contrôle pas ce truc.

— Je suis désolé, mais il faut que je m'acquitte de mes obligations.

— Je t'aurais tué.

— Dans quel merdier est-ce que tu t'es fourré, monsieur Saulnier ?

Ils se turent, parce que le serveur retirait leurs assiettes après les avoir regardés, l'un après l'autre.

— Qu'est-ce que ça veut dire, zéro, un, deux et trois ?

— Tu es fou si tu t'imagines que je vais te le dire.

— Comment veux-tu que… Je n'ai aucune force pour négocier si je ne sais pas pour quelle raison Grossmann…

— La seule chose que tu doives négocier, c'est la façon dont vous allez restituer à l'Église les tableaux volés.

M. Saulnier sourit au serveur qui posait devant lui un colin aux pommes de terre qui avait l'air exquis. Lorsque le serveur fut sorti, il se pencha par-dessus son assiette et dit à voix basse :

— Si, par ma faute, je sors perdant de ces discussions, ils pourraient bien me tuer.

Silence. Le colin qui refroidit. Colin à l'ail brûlé et petites pommes de terre, lisses, qui sentaient délicieusement bon. Maintenant ils ne se regardaient plus dans les yeux, il est passé tellement de temps, quelle distance entre toi et moi, dire que maintenant ton travail met ta tête en danger de mort.

Yves Saulnier fit signe à monseigneur de commencer à manger. Il donna lui-même l'exemple et attaqua son plat, comme s'il n'avait pas dit, quelques secondes plus tôt, ils pourraient bien me tuer. En revanche, monseigneur avait perdu tout appétit. Il posa ses couverts et regarda son hôte.

— Tu vas perdre. Mais tu réussiras à t'en tirer, j'en suis sûr.

— Qu'est-ce que ça veut dire, zéro, un, deux, trois ?

— Je ne peux pas te le dire.

— Mon cul. Tu peux tout me dire.

— Nous jouons dans des équipes différentes. Comment se fait-il que sur les vingt-six tableaux de l'exposition itinérante accueillie à Barcelone, les voleurs n'aient pris que les trois tableaux que l'Église avait laissés en dépôt à Oslo ?

— C'est évident. C'était ceux qui avaient le plus de valeur. Et de loin.

Monseigneur prit une bouchée de poisson et la mâcha sans faim.

— Vraiment, ils te tueraient ?

— Nous pouvons nous aider l'un l'autre. Qu'est-ce que ça veut dire, zéro, un, deux, trois ?

— Tu veux tenir Grossmann par les couilles, c'est ça ?

Saulnier sourit, la fourchette en l'air. Il s'intéressa à nouveau à son assiette. Monseigneur Gaus s'assura qu'aucun serveur ne traînait dans le coin et sortit une enveloppe d'une poche de sa veste. Il la posa devant Saulnier. Celui-ci s'essuya les lèvres avec sa serviette, la posa sur la table et prit l'enveloppe. Il l'ouvrit et en tira des photos. Quatre photos. Quand il vit ce qu'elles représentaient, il les remit précipitamment dans l'enveloppe, pour éviter que des yeux indiscrets ne voient ce qu'ils ne devaient pas voir. Monseigneur Gaus eut l'impression que Saulnier avait légèrement pâli. Celui-ci mit l'enveloppe dans sa poche. Il laissa s'écouler quelques secondes. De toute évidence, il était impressionné par ce qu'il avait vu. Mille siècles plus tard, tapotant sa poche de la main :

— Comment le sais-tu ? Comment sais-tu que c'est lui ?

*

Dans la salle Santa Chiara, dans les bureaux des Musei et Gallerie, où avaient eu lieu les négociations qui en fin de compte, de façon très surprenante, avaient été beaucoup plus courtes que ce à quoi tout le monde s'attendait, l'ambiance était festive. Les yeux du cardinal Grimaldi, de la Pia Istituzione, brillaient de joie tandis que, pour tuer le temps, il parlait de choses sans importance avec les deux notaires : celui qui avait été mandaté par la Nasjonalgalleriet d'Oslo et accepté par le Vatican, et le notaire principal de la cité du Vatican. Lorsqu'il vit entrer monseigneur Gaus, impassible, escorté par un Walzer devenu muet et un maître Lambertini toujours silencieux, le cardinal alla lui donner une accolade. Je n'avais pas été aussi heureux depuis dix-huit ans, lui dit-il. Gaus calcula que dix-huit ans renvoyaient à la date à laquelle le saint-père lui avait communiqué qu'il le faisait prince de l'Église. Le cardinal Grimaldi félicita un peu plus rapidement les autres membres de l'équipe et tout le monde se tut. La cérémonie devait être brève, parce que le pianiste qu'ils avaient engagé pour jouer un peu de Chopin et ce genre de choses avait rompu le contrat de façon unilatérale et tragique, bien qu'il ait touché une avance de cinq pour cent de son cachet. Pour ce qui était de l'acte en lui-même, très peu de chose, l'affaire d'un instant, puisque cela se résumait à ce que le notaire suédois et le notaire principal certifient la restitution des trois œuvres à leurs propriétaires légitimes : *Le Couronnement de la Vierge* du Pinturicchio, *La Déposition de Croix* du Caravage et l'œuvre la plus emblématique, compte tenu de son prix incalculable si elle était arrivée sur le marché parallèle, *Le Philosophe* de Rembrandt. Une semaine plus tôt, les experts du Vatican avaient certifié non seulement leur authenticité mais aussi leur parfait état.

— Monseigneur, avoua Son Éminence, nous ne travaillons pas pour nous enrichir et nous ne recherchons pas les biens de ce monde… Sans quoi je serais tenté de demander une importante gratification en votre faveur, pour récompenser les bienfaits que votre action a apportés au trésor du Vatican.

Monseigneur Gaus baissa la tête avec humilité. Ce n'était pas l'endroit pour parler de récompense. Mais, très discrètement, il suggéra au cardinal que son collaborateur, maître Lambertini, pourrait être honoré par un avancement, une promotion, ou une révision à la hausse de ses honoraires.

*

Jamais il n'avait eu Pierre Grossmann devant lui, en personne. Jamais auparavant il n'avait vu la moindre photo de lui. Pierre Grossmann était la discrétion faite homme. Une des plus grosses fortunes d'Europe. Il vivait dans une sorte d'isolement volontaire, occupé à faire fructifier ses richesses, à suivre les différentes affaires dont celles-ci dépendaient et à payer les dégâts causés par sa femme et sa mauvaise gestion d'une agence artistique qui était devenue sa passion.

Il ne l'imaginait pas comme ça. Grossmann portait une veste d'une étrange couleur rougeâtre, qui ne lui allait finalement pas si mal. Il avait des cheveux blancs coupés très court et la peau de son visage n'était pas hâlée par le soleil ou la neige, mais était d'une couleur pâle tirant sur le crème. Il était impossible de lui donner un âge.

Ils étaient dans une suite d'un hôtel genevois, louée à la dernière minute. Les deux hommes étaient seuls et ils s'assirent en même temps, de part et d'autre de la table. Monseigneur souhaitait rester le moins longtemps possible face à cet individu qu'il était difficile de regarder dans les yeux parce qu'ils transperçaient quiconque se trouvait devant lui, avec la dureté du diamant. C'est pourquoi il décida de ne pas perdre de temps et sortit l'enveloppe. Grossmann la prit et en tira les photos, sans prendre la peine de se cacher de quiconque. Il les regarda l'une après l'autre, impassible, sans manifester la moindre émotion.

— Les négatifs ?

— Ils sont dans l'enveloppe. Mais de nos jours ce n'est en rien une garantie.

— Alors, que me proposez-vous ?

— Je déclare que toute cette affaire de photos est une matière couverte par le secret de la confession.

— Je n'en ai rien à foutre de votre secret de la confession, curé.

— Je suis prêtre. Je suppose que vous avez entendu parler de l'importance des mots que je suis en train de vous dire.

— Les secrets de la confession, dit l'autre patiemment, en le regardant droit dans les yeux, je m'en tamponne et je m'en retamponne.

— Alors vous pouvez me tuer tout de suite.

— Combien de personnes sont au courant ?

— Le détective à qui j'ai confié le travail et moi-même.

— Qui est ce détective ?

— Il est mort.

— Comment puis-je être sûr qu'il est vraiment mort ?

— C'est facile à vérifier. Une explosion de gaz dans l'hôtel où il était descendu. Il lui passa une feuille de papier : Voici les détails.

Pierre Grossmann prit la feuille, lui jeta un coup d'œil indifférent, la plia et la mit dans sa poche.

— Personne d'autre ?

— Personne d'autre.

Sans se serrer la main et sans se dire au revoir, ils prirent des chemins qui ne devaient plus jamais se croiser. Genève était glacée et monseigneur, peu désireux de faire du tourisme, rentra aussitôt au Vatican. De plus, il avait une bonne raison pour ne pas rester trop longtemps loin de chez lui.

*

Toute la pièce était dominée par les ocres sombres et une merveilleuse lumière, à droite, celle du soleil frappant contre la fenêtre. Comme j'aurais aimé être cet homme tranquille, qui passe ses journées à lire, à étudier, à réfléchir et peut-être à penser à Dieu, ou peut-être aux grandes questions, au Grand Interrogatoire, qui suis-je, d'où vins-je, où vais-je... et après une frugale collation ouvrir à nouveau les livres et apprendre la sagesse qu'ils renferment et être un petit fanal, petit mais tout de même un fanal qui aide l'Église à naviguer. Comme cela me plairait. Mais il m'est échu de veiller sur les biens matériels de l'Église, je peux rarement faire des repas frugaux, je ne peux presque jamais passer un moment à lire, un bon livre bien épais dans les mains, et je ne suis pas heureux. J'aimerais être ce philosophe, mon Dieu.

Comme monseigneur Gaus ne pouvait pas être ce philosophe, il devait se contenter d'avoir le tableau accroché au mur de sa pinacothèque privée. Les trente premiers jours, il passa près d'une heure par jour assis devant le Rembrandt, en admirant tous les détails, essayant, en vain, de humer l'arôme d'une touche de peinture que le passage du temps avait dissipé. À côté du *Philosophe*, sur le même panneau, se trouvait le *Saint Jérôme* inachevé de Da Vinci et dans la même salle, mais sur le mur opposé, le *Cimetière* de Modest Urgell, une toile immense, parfaite, qu'il ne s'était pas lassé d'aimer depuis quinze ans, époque où elle avait disparu pendant quelques mois du musée Dalí. Dans l'autre salle, le tableau en majesté était *Le Couronnement de la Vierge* de fra Filippo Lippi, une merveille aux couleurs un peu éteintes, mais d'une chaleur extraordinaire. Il respira, comblé, satisfait, presque heureux, parce que ses murs accueillaient certains de ses grands amours à tout jamais. Il ne put entretenir longtemps cet état délicieux parce que la sonnette fit entendre trois coups, lesquels, soudain, lui parurent vaguement et lointainement familiers.

Yves Saulnier entra dans la bibliothèque pleine de livres et attendit patiemment que monseigneur revienne avec un plateau garni d'un café fumant et aromatique qui l'enchanta. Après la première gorgée, il tira l'enveloppe de sa poche et la posa sur la table basse.

— Ceci est à toi, lui dit-il.

Monseigneur Gaus prit l'enveloppe et en examina le contenu. La première photo, la plus effroyable, montrait un nouveau-né dans son berceau, le visage dévasté par un coup de feu tiré à courte distance. Une sucette bleu pâle était le seul témoin, impuissant, de ce crime horrible. Monseigneur se força à toutes les regarder malgré leur brutalité. Deux autres photos de l'enfant et ensuite une autre, probablement de la mère, assise sur un canapé, la tête rejetée en arrière, la bouche également démolie par une balle. La mère en robe de chambre. Sur ses cuisses, un bouquet de fleurs, porteur d'espoir, auquel étaient accrochées ses mains crispées et mortes. Et deux ou trois autres photos qui montraient d'autres détails de ce double et épouvantable assassinat, perpétré dans une maternité.

— Tout est là.

— Attention à Grossmann. Il ne sait pas que tu sais. Il ne sait pas que tu as vu ça.

— C'est mieux comme ça. En cas de besoin.

Saulnier but une gorgée de café, demanda d'un geste discret l'autorisation d'allumer une cigarette et s'appuya sur le dossier du canapé :

— Comment se fait-il, alors que je travaille pour Grossmann, que je n'aie aucune idée de cet aspect de ses…, de ses activités, et que toi en revanche…

— J'ai toujours été plus malin que toi.

Monseigneur remit les photos dans l'enveloppe et rendit l'enveloppe à Saulnier.

— Qu'est-ce que ça veut dire ? Surpris : Je peux les garder ?

— Elles peuvent être ton salut ou ta perte. Cela dépend de la façon dont tu t'en serviras. Il se pencha vers lui, comme s'il était sur le point de lui faire une grande confidence : Celui qui sait avant les autres où est la rivière peut devenir maître de son eau. Il sourit : C'est ce que dit la tradition hébraïque.

Yves Saulnier vida sa tasse d'une gorgée. Le café était délicieux. Il posa la tasse sur la table, délicatement, tout en pensant à des rivières d'eau et à des rivières de sang. Il regarda l'autre dans les yeux.

— Qu'est-ce que ça veut dire, zéro, un, deux, trois ?

Monseigneur Gaus, prélat de la Curie romaine, expliqua patiemment à M. Saulnier que l'assassinat sur commande était une entreprise extrêmement rentable, que Zéro, Un et Deux étaient les noms sous lesquels étaient identifiés les différents agents qui devaient exécuter un contrat sans laisser de trace et que tout cela était très sordide et qu'il avait envie de fuir les lieux où on pouvait être amené à avoir connaissance de ce genre de choses. Cette lamentation ne suscita aucun apitoiement de la part de Saulnier.

— Tu dois me montrer ta pinacothèque.

Cela faisait partie du marché. Monseigneur Gaus le fit entrer par la porte secrète et employa une bonne heure à lui montrer les tableaux que seules les personnes de toute confiance pouvaient admirer. M. Saulnier en eut le souffle coupé.

— Il n'y a pas de risque qu'on découvre ça un jour ?

— Aucun risque. Tant que je suis ici, je contrôle tout ce qui se passe. Et quand je n'y serai plus, on pourra toujours me chercher.

Saulnier se planta à côté du *Philosophe* et regarda monseigneur.

— Tu ne t'es jamais demandé lequel de nous deux est l'original et lequel est la copie ?

— Maman disait que tu es l'aîné parce que je suis né cinq minutes avant toi… – Monseigneur rit à ce souvenir. – Mais je suis persuadé, continua-t-il en le regardant dans les yeux, que tu as toujours été une pâle copie de moi.

Les deux négociateurs s'embrassèrent, entourés de toute la beauté qui couvrait les murs. Yves Saulnier partit, avec les photos en guise d'assurance sur la vie, sans se retourner un seul instant, parce qu'il savait que lui et monseigneur n'allaient pas se revoir avant vingt années, peut-être. En revanche, monseigneur Gaus eut la faiblesse de l'accompagner du regard jusqu'à ce qu'il franchisse la porte de son domicile. Il finit son café en silence.

*

— Si je comprends bien, monseigneur, les quatorze tableaux de cette magnifique salle sont quatorze originaux.

Monseigneur, pâle, à la porte de sa pinacothèque, regardait maître Lambertini, strictement vêtu de noir, assis dans un fauteuil confortable, celui-là même qu'utilisait monseigneur pour contempler *Le Philosophe*, avec à ses côtés le détective à la cigarette qui l'avait aidé deux ans plus tôt et qui, de toute évidence, n'avait pas été pulvérisé par une explosion dans un hôtel. Par quel foutu moyen avaient-ils réussi à entrer dans sa pinacothèque ? Par quel foutu moyen en connaissaient-ils l'existence ?

Lambertini, assis, le regard baissé, était endormi, comme à son habitude. Du plus profond de son sommeil il dit sans l'aide inestimable de… – il fit un geste courtois vers le détective –, je ne me serais pas aperçu que vous étiez en train de négocier les à-côtés, le surlendemain, sans témoins, et que le résultat est une œuvre originale pour vous et une copie d'excellente facture pour le lieu auquel l'original aurait dû être restitué.

Monseigneur montra sa collection d'une main tremblante :

— Tout ça, ce sont des copies.

— Foutaises, monseigneur, répliqua Lambertini sans hausser la voix, sur le ton courtois qu'il employait toujours. Il fit un geste vague en direction des tableaux : Ils existent uniquement pour que vous puissiez les contempler ? Et, comme s'il avait du mal à contenir son irritation : Il m'a fallu des mois de travail pour établir que ceux qui sont dans les Gallerie sont des copies.

— Voulez-vous nous laisser seuls ? dit monseigneur à l'intention du détective judas. Et, avec une moue ironique : J'imagine que l'endroit où je range le café n'a plus de secret pour vous.

Lambertini fit un léger signe de tête pour acquiescer et le détective quitta la pièce.

Quand ils furent seuls, monseigneur s'assit dans l'autre fauteuil.

— Je souhaite vous récompenser, dit-il, tâtant le terrain.

— Non. Je vous dénoncerai, si vous ne me tuez pas avant.

— Je ne suis pas un assassin. Que voulez-vous ? Le Caravage ? Avec une souffrance qui lui coupait presque la respiration, il poursuivit : Vous voulez le Da Vinci ?

— Les copies sont splendides. Comment se fait-il qu'aucun des experts du Vatican n'ait… Il se tut, les yeux grands ouverts d'admiration : Mais bien sûr ! Les copies, c'est eux qui les exécutent.

— Vous vous payez de mots. Vous ne pouvez rien prouver.

— Je veux le Rembrandt.

— Quoi ?

Silence. C'était dit. Maintenant c'était à lui de jouer. Il déplaça le roi :

— Non.

Lambertini avança la dame noire en position d'échec :

— Très bien. Nous irons devant la justice italienne et devant celle du Vatican pour vous accuser de tous les vols et de toutes les falsifications. Et, avec le cavalier et la tour en position : La presse va s'en donner à cœur joie, monseigneur.

Monseigneur saisit le fou de la case noire, d'une main tremblante, et le plaça devant le roi, le protégeant de l'attaque de la perfide dame noire.

— Vous ne pouvez pas me faire ça, Lambertini.

Il n'avait pas fait attention à la position de la tour et du cavalier noirs.

— Comme vous voudrez. L'avocat se leva et regarda toutes les cases avec gourmandise : Je vais au tribunal. Montrant l'intérieur de la demeure : Mon collaborateur reste ici pour éviter que vous ne fassiez des bêtises.

— Pourquoi vous me faites tout ça ?

— *Animam pro anima, oculum pro oculo, dentem pro dente*, récita Lambertini d'une voix sombre.

— Je ne comprends pas ce que vous voulez dire.

Lambertini mit un doigt dans sa bouche et tira sur sa joue pour laisser sa dentition à découvert. Il montra un trou entre ses molaires. La seule idée qui vint à monseigneur fut que Lambertini, ayant perdu tout vernis d'éducation, était en train de faire des gestes grossiers inédits et que cela devait être le signe de quelque chose de grave.

— Je ne comprends toujours pas.

— À Montescaglioso, nous disons que montrer le trou d'une dent à un adversaire veut dire qu'on lui témoigne le mépris le plus absolu.

— Pourquoi ? Que vous ai-je fait ? – Monseigneur ne savait plus quelle pièce déplacer.

— Vous avez fait expulser l'avocat Umberto de Luca.

— Oui. Pour conduite immorale. Mais vous, quel intérêt avez-vous…

— Scandale dans les journaux, poursuivit Lambertini, l'air sombre. Supputations cruelles sur ses amants… Umberto de Luca est détruit et il pense au suicide. L'avocat montra à nouveau le trou entre ses molaires : Vous n'imaginez pas à quel point je vous hais, monseigneur.

Monseigneur Gaus se leva. Il proposa un roque :

— Nous pouvons négocier.

Lambertini fit un effort pour rester dans la conversation et retrouva le ton froid qu'il avait habituellement.

— Ma négociation, c'est que je veux le Rembrandt.

— Vous seriez incapable de jouir de cette œuvre.

— N'émettez pas de jugements hâtifs. Avec un sourire exquis : J'ai beaucoup appris, à vos côtés.

— Vous…

— Écoutez, monseigneur… À supposer que je ne veuille pas jouir de la contemplation de ce tableau… le seul fait d'en connaître la valeur au marché noir le rend encore plus remarquable à nos yeux, ceux d'Umberto et les miens.

Monseigneur s'approcha davantage du tableau, prêt à résister à l'offensive de la dame noire, du cavalier, de la tour et maintenant de l'autre tour.

— Échec et mat, dit maître Lambertini sur un ton suave. Il fit signe à monseigneur de s'écarter : Je veux seulement le Rembrandt, monseigneur. Avec une courbette : Il ne faut pas étrangler l'adversaire si on ne veut pas qu'il vous déchire de ses griffes en s'enfuyant.

— Je n'ai pas l'intention de m'enfuir.

— C'est une façon de parler. J'espère que dès demain nous poursuivrons notre collaboration de façon assidue, et sans rancune.

*

Le fauteuil était là où Lambertini l'avait laissé. Monseigneur s'y assit, abattu. Au bout d'un moment il leva la tête : le vide sur le panneau fut plus brutal qu'un coup de poing dans les dents. *Le Philosophe* n'avait pas eu le temps de laisser sa trace sur la peinture du mur. Mais monseigneur comprit l'angoisse profonde que pouvait représenter la contemplation d'un non-tableau. Il n'était pas disposé à accepter ce vide dans sa vie. Il toucha le panneau orphelin, totalement anéanti. Il alla à la cuisine, se prépara un café, le sixième, plein d'arôme, et tout en le dégustant il sortit son petit carnet secret et composa un numéro. Il attendit patiemment que quelqu'un décroche. Au bout d'un long moment, une voix amortie répondit.

— Je souhaite parler à M. Grossmann, dit monseigneur.

WINTERREISE

*Vaig sobre neu, descalç, ab testa nua**.

AUSIÀS MARCH

Zoltán Wesselényi ouvrit son parapluie et s'abrita dessous. L'avenue déserte crépitait sous ses pieds. Il commença à percevoir le léger murmure, comme une larme, de la pluie sur le parapluie, et son lumbago se fit sentir, comme presque chaque fois que le temps était très humide. Il savait qu'il ne trouverait personne, mais cependant il avança sans perdre de temps, parce qu'il n'aimait pas arriver en retard. Mais s'il savait qu'il n'y aurait personne, pourquoi son cœur battait-il la chamade ?

Pendant les vingt-cinq dernières années, il avait été tenté de faire cette visite une douzaine de fois. Il n'en avait jamais eu le courage. Il savait que près de la tombe de Schubert il n'aurait trouvé que des Japonais se photographiant par groupe de dix devant le monument à Mozart, balayant toute la zone avec leurs caméscopes et repartant tout heureux, pressés

* "Je marche sur la neige, déchaux, la tête nue."

par le guide, parce que la choucroute les attendait à sept heures. Personne ne leur avait dit que Wolf était derrière Beethoven et que Schönberg reposait un peu au-dessus des Strauss.

Quand il arriva à la hauteur de la tombe d'Aloys Liechtenstein, son cœur battait la chamade, non qu'il ait couru, mais parce qu'il y avait une lointaine possibilité qu'il parvienne au terme d'un long voyage à travers le désespoir. Avant de regarder du côté de l'endroit précis, il retint sa respiration pendant quelques secondes afin de calmer les battements de son cœur. La pluie se fit plus dense, comme si elle voulait être présente en ce moment si particulier. Alors, Zoltán Wesselényi regarda la tombe de Schubert et fut surpris de voir qu'elle n'avait pas la teinte sépia des photos.

*

Pour la première fois de sa vie, il avait pleuré à cause d'une émotion esthétique : malgré sa sensibilité, il n'avait jamais pensé que c'était possible. Mais en entendant Margherita chanter *Gute Nacht* de cette voix si pure, si nette, il fut bouleversé. Il ne savait pas que dès les premiers vers elle lui annonçait ce qui allait se passer :

En étranger je suis entré chez eux,
En étranger à nouveau je m'en vais ;

Mais même en entendant ça, il ne fut pas alerté. Peut-être parce qu'il avait toujours entendu un baryton le chanter, alors que la voix de Margherita était celle d'une soprano cristalline. Ou peut-être parce qu'il était heureux, qu'ils étaient heureux, assis en plein soleil, lui sur le banc de pierre, elle par terre, la tête reposant sur les genoux de Zoltán, chantant à son intention :

Tu n'entendras pas résonner mes pas :
Sans bruit, sans bruit, refermons là la porte !
Mais en partant, je veux inscrire un mot :
Bien bonne nuit ! sur le pas de ta porte,
Car tu pourras reconnaître à ce signe
*Qu'en m'en allant j'aurai pensé à toi**.

Ils restèrent un long moment sans rien dire. Il finit de pleurer en silence, calmement. Un gardien du cimetière passa derrière eux, discret, respectueux ; il les regarda, peut-être avec envie, et poursuivit son chemin. Ce n'était pas encore l'époque des touristes en survêtement, criant, mâchant du chewing-gum et piétinant les chrysanthèmes.

— Tu as la plus belle voix du monde, la plus belle voix de la vie.

Elle ne dit rien et regarda au loin, de ses yeux gris, comme si elle voulait transpercer l'impossible. Il insista :

— Tu m'as entendu ?

— Oui.

— Tout le monde voudra t'entendre et je devrai les obliger à faire la queue dans la rue.

Elle se retourna et le regarda, peut-être avec chagrin. Alors, Zoltán vit que quelque chose n'allait pas.

— Qu'est-ce qui se passe, Margit ?

* Wilhelm Müller, "Le Voyage d'hiver", traduit et commenté par Nicolas Class, revue *Temporel*, n° 16.

Et Margherita, toujours avec l'écho de *Gute Nacht* dans les oreilles, lui expliqua qu'elle devait quitter Vienne à trois heures, que son train partait à cette heure-là et qu'elle ne voulait pas qu'il l'accompagne à la gare car elle ne le supporterait pas. Et elle lui dit aussi pardon, pardon, pardon, pardon, pardon, pardon, pardon, comme ça, comme une mitraillette. Et elle ajouta, disons-nous adieu ici, Zoltán. Il resta bouche bée de surprise. Tout était possible sauf ça. Cela faisait vingt-huit jours qu'il vivait dans la bulle d'un rêve et il avait été assez bête pour ne jamais penser que les bulles de bonheur finissent toujours par éclater en multiples déceptions. Vingt-huit jours comptés un par un, depuis qu'ils s'étaient rencontrés au concert du dimanche soir, derrière la mairie. Elle venait d'arriver à Vienne, seule, avec ses yeux gris transperçant l'impossible et un rire doux. Lui, il était là depuis un trimestre, il se languissait de Pest et était tombé amoureux de cette voix qui lui demandait si cette chaise était libre. Il ne se souvient pas de ce qui fut joué, mais il apprit que Margherita était vénitienne ; que non, l'humidité de Venise ne l'avait pas encore rouillée ; qu'elle voulait entrer dans un cours de chant à la Hochschule, mais que c'était très difficile et que si ce n'était pas possible elle rentrerait chez elle et voilà tout ; qu'elle avait vingt-deux ans ; qu'elle n'aimait pas la morue, ni cuite ni crue, ni en brandade ni en peinture ; que bien sûr elle connaissait, mais qu'elle était désolée, elle détestait *Sotto il ponte di Rialto* parce qu'elle en avait assez des touristes ; qu'elle était seule à Vienne ; que… eh bien… eh bien oui… lui aussi il lui plaisait. Zoltán en eut le souffle coupé ; timidement, il répondit aux questions de cette femme qui semblait avoir gardé tout l'entrain du voyage et lui répondit que oui ; que lui aussi, que vingt-six ans ; que piano, direction d'orchestre et allemand ; que l'équivalent de la dixième année de piano, oui ; que Budapest était éloignée de Vienne par de nombreux documents, passeports et permis de circuler, mais à seulement quatre heures en aval sur le Danube, mais quatre heures suffisaient pour se sentir très seul ; que *"Mintha szivemből folyt volna tova, / zavaros, bölcs és nagy volt a Duna** " ; que oui, que tous les étrangers disent que le hongrois est difficile, mais à Pest, à Fonyód ou à Eger même les enfants et les analphabètes le parlent. Que oui, que Duna c'est Danube en hongrois. Que le Danube est le fleuve du monde, de la vie, qui change le plus souvent de nom ; que oui, il avait l'habitude de dire la vie pour dire quelque chose d'énorme ; que oh non, mon allemand est encore très rudimentaire. Que non, je ne parle pas italien, je regrette. Quand le concert a pris fin, elle a dit eh bien voilà, enchantée, mais il lui a dit que non, qu'il en voulait davantage, et elle lui a répondu il vaut mieux pas, chacun de son côté, c'est préférable. Et Zoltán lui a tenu tête avec énergie et a dit pas question, et elle a regardé l'infini de ses yeux gris et elle a dit sans le regarder tu ne me connais de rien et il a répondu je te connais de toute la vie. Et ils ne se sont pas séparés. Pendant vingt-huit jours, ils ne se sont séparés que lorsqu'il la laissait à la porte de la Hochschule et filait en courant au Konservatorium pour constater qu'il devait étudier le piano et rien que le piano trente heures par jour pour se mettre

* "Comme si dans mon cœur il frayait son passage, / Le Danube coulait immense, trouble et sage" (Attila József). Traduction de Jacques Gaucheron, d'après Albert Gyergyai.

au niveau des meilleurs, ce qui était le seul niveau acceptable au Konservatorium. Et Zoltán ne se sentait ni nostalgique ni triste, parce qu'il se promenait sur le Schubertring ou dans le Stadtpark avec le bonheur à ses côtés et, tandis qu'ils flânaient sans but précis, il pensait comment est-il possible qu'il existe autant de joie dans la vie et Margherita, silencieuse, regardant d'un côté et de l'autre, trépanait l'impossible de ses yeux gris et, si elle se sentait observée, souriait avec douceur. Il dut négliger les cours d'allemand, parce qu'il avait besoin de toutes les énergies que le piano avait épargnées pour respirer et ne pas mourir étouffé de joie. Et ce vingt-huitième jour ils avaient parlé d'aller faire une visite au Zentralfriedhof où, à ce que l'on dit, sont enterrés Beethoven, Brahms et compagnie. Dans le tramway qui les conduisait au cimetière elle parla peu, elle était absente, regardait par la fenêtre et pressait sa main. C'était le premier jour où elle n'était pas bavarde, comme si d'un seul coup elle avait grandi. Déjà, son regard avait trouvé l'infini.

Et lui maintenant, la bouche ouverte, assis sur le banc de pierre, après avoir écouté la plus belle voix de la vie en train de chanter une chanson d'amour triste, il voyait que la bulle éclatait, pourquoi, Margit, pourquoi ? Et elle lui expliqua, calmement, presque avec résignation devant un destin inexorable, qu'elle était venue à Vienne non pour étudier mais pour méditer, parce que je n'étais pas sûre de vouloir me marier.

— Tu dois te marier ? Toi ?

— Dans quinze jours.

— Avec qui ?

— Avec celui qui sera mon mari.

— Tu es… ? – Zoltán avait toujours la bouche ouverte.

— Oui.

— Mais tu m'aimes !

— Oui, mais je l'aime lui aussi. Je vais me marier avec lui. Elle hésita et dit : Maintenant j'y vois clair. Et après un silence pénible : Pardon.

Maintenant c'était le regard noir de Zoltán qui transperçait l'infini. Il n'osa pas lui reprocher de l'avoir laissé se remplir d'espoir parce que pour rien au monde il n'aurait voulu perdre ces vingt-huit jours de rêve infini.

— Tu te trompes, Margit.

— Non. Je sais ce que je fais. – Elle se tourna vers lui et posa la main sur son genou. – Et je sais que je t'ai fait du mal. Mais c'est que…

Zoltán la fit taire en mettant la main à plat sur sa bouche. Et ils restèrent là tout le temps que l'ombre du monument à Mozart tardait à changer de coin, en silence. D'un coup, le piano et la direction d'orchestre n'avaient plus aucun intérêt et Pest n'était plus le centre de sa nostalgie. D'un coup, Vienne était devenu le lieu du regret, parce qu'à partir de trois heures de l'après-midi la ville se retrouverait sans Margit et la lumière timide de décembre deviendrait triste et les rues n'auraient plus jamais aucun sens parce qu'elles auraient perdu la trace des pas de son aimée. Quand l'ombre du monument fut arrivée à l'autre coin, Zoltán dit d'une voix rauque :

— Nous ne nous verrons plus jamais.

— Non.

— Où vas-tu vivre ?

— Je ne sais pas. À Venise. Et toi ?

— Vienne va être insupportable.

— Retourne à Budapest. Elle se reprit aussitôt : Bon… Fais ce que tu crois devoir faire…

Zoltán se cacha le visage dans les mains et pleura, anéanti. Elle laissa les minutes s'écouler, sans hâte, bien qu'elle commençât à être en retard pour son train, regardant le petit nuage de vapeur de l'haleine de Zoltán. Celui-ci leva la tête et fit une autre tentative :

— D'accord. Mais tu ne sais pas si tu ne te trompes pas en te mariant, avec qui que ce soit.

— Non, on ne sait jamais si on se trompe tant que ce n'est pas arrivé.

— Eh bien promets-moi une chose.

— Quoi ? demanda Margherita, méfiante.

— Si ça tourne mal… Je te laisse une adresse et…

— Non ! Je ne veux pas tricher avec mon homme.

— C'est moi ton homme !

— Je ne veux tricher avec personne.

— Tu as triché avec moi ! Sans la regarder : Qu'est-ce que tu as fait, toutes ces journées, à la Hochschule ?

— J'entrais par une porte et je ressortais par la porte de derrière, dit-elle sans hésiter, avec une sorte de douce humilité.

— Et ensuite ?

— Je réfléchissais. Je méditais. Jusqu'à ce que tu arrives.

Zoltán détourna le regard, incrédule, et dit tu n'aurais pas dû me mentir et elle ne répondit pas ; une façon d'admettre que Zoltán avait raison. Le soleil, affligé de ces nouvelles, disparut en silence derrière une épaisse couche de nuages blancs et l'ombre du monument se dissipa. Sans qu'ils s'en aperçoivent.

— Eh bien promets-moi autre chose.

Elle le regarda, intriguée, et attendit qu'il poursuive.

— Promets-moi que… dans vingt-cinq ans – il regarda sa montre –, le 13 décembre à midi… nous nous retrouverons devant le tombeau de Schubert.

— Pourquoi ?

— Après vingt-cinq ans, tout sera joué. Mais si nous sommes vivants nous pourrons dire si nous nous sommes trompés.

Elle réfléchit un instant et finit par soupirer.

— Nous revoir pour nous dire si nous nous sommes trompés… Elle sourit, de très loin, et se décida : D'accord.

— Tu me le promets ?

— Je te le promets.

— Jure-le-moi.

— Je te le jure.

Ni l'un ni l'autre n'eut le cœur d'ajouter quoi que ce soit. Ce furent les derniers mots de la vie. Le retour à Vienne par le 72 fut encore plus silencieux que l'aller. Le ciel qui venait de se couvrir portait la menace de la première chute de neige qui, chose étrange, ne s'était pas encore produite, et les Viennois marchaient en regardant en l'air du coin de l'œil. Margherita descendit du tram en silence, sans se retourner et, bien qu'ils soient arrivés au terminus, Zoltán, toujours assis, la regarda s'éloigner pieds nus, au milieu de la neige, tournant la vielle à roue, la soucoupe des aumônes dégarnie, seule et triste, elle aussi.

*

La pluie tombait dru sur le Zentralfriedhof de Vienne et crépitait sur le parapluie de Zoltán qui, immobile, regardait droit devant lui. Il n'y avait personne devant la tombe de Schubert. Mais tu crois qu'il peut y avoir dans le monde quelqu'un d'assez stupide pour vouloir tenir une promesse vieille de vingt-cinq ans ? Et si elle est morte ? Et si elle vit au Canada ? Zoltán ne voulait pas admettre que ce qui lui causait la plus grande panique ce n'était pas qu'elle ne vienne pas, mais qu'elle ne se soit pas souvenue. Il savait que la mort due à l'oubli est la plus douloureuse.

Zoltán s'approcha du tombeau. Un bouquet de roses rouges mis à mal par la neige et les intempéries, hommage anonyme, mettait une note de couleur sur la pierre noircie. Des plaques de neige ancienne fondaient sous cette pluie qui, au début de l'hiver, tempérait le froid tiède, avant l'arrivée des grands froids, un hiver tardif, comme on n'en avait pas vu, rappelaient les météorologues, depuis un quart de siècle.

Anna était morte cinq ans plus tôt et pas une seule fois il ne s'était rendu sur sa tombe. Pauvre Anna, qui n'avait jamais su que, bien qu'il l'aimât tendrement, le regard obsessionnel de Zoltán passait pardessus ses épaules pour rejoindre le souvenir précieux de Margit, la femme que je n'ai pas réussi à m'enlever de la tête parce qu'elle s'y est incrustée par la seule grâce de vingt-huit jours d'amour sans respirer.

Zoltán Wesselényi avait été incapable de quitter Vienne quand Margit en avait disparu. Il loua un appartement du côté de Donaustadt, au bord du Danube, pour pouvoir pleurer et voir passer l'eau du Donau qui plus loin deviendrait Duna, donna quelques concerts mémorables au Konservatorium, établit une solide amitié avec quelques camarades, surtout avec le plus jeune de la promotion, une bête, une machine à jouer, incapable de la moindre erreur, toujours en tension, les yeux brillants, le corps un peu fébrile, et il lui disait attention Peter, la musique est faite pour nous rendre heureux. Si elle te vole ton bonheur, abandonne la musique. Et Peter le dévorait des yeux et ne le comprit pas et n'accepta pas son conseil, et le traita de lâche, comme ses autres camarades, quand il décida d'abandonner ses études de piano, le jour même où *Herr* Reubke était sur le point de lui annoncer que s'il continuait à progresser à ce rythme il l'accepterait parmi ses élèves l'année suivante. Mais il avait les mains raidies par la peine et l'esprit sec et l'effort que lui demandaient les cours l'épuisait. Pour ne pas plonger dans le désespoir, il n'abandonna pas les cours de direction, tout en sachant qu'il avait perdu cette lumière dans le regard qui contribue à rendre les gestes plus beaux et plus précis et aide à comprendre l'ensemble de la partition d'un seul coup d'œil. Il allait en cours mais il n'en profitait plus, excepté de ceux de musicologie, qui lui permettaient de remuer de vieux papiers, datant de plusieurs siècles avant Margit, ce qui était une façon de fuir sans être obligé de retourner à Pest les mains dans les poches et l'espoir détruit. Pour gagner sa vie, il s'engagea comme pianiste-répétiteur dans un petit théâtre d'opéra de Stockerau, rencontra Anna qui travaillait à l'administration du théâtre, l'épousa et continua de penser à Margit à chaque instant de sa vie.

— Tu es toujours triste.

— C'est de voir passer l'eau du Duna. Ça me rend mélancolique.

— Allons à Budapest. Ta mère sera contente.

— Non. Nous y sommes déjà allés à Noël. Je ne veux pas lui donner de mauvaises habitudes.

— Alors changeons d'appartement.

— Non. Je veux voir le Duna depuis le balcon.

— À quoi penses-tu ?

Pauvre Anna. Aucune des fois où elle le lui avait demandé il n'avait eu le courage de lui dire qu'il pensait à une femme fantastique mais réelle. Il préféra se taire et garder sa tristesse pour lui autant qu'il le pouvait. Et Anna était affligée de l'abattement de son mari, qui n'avait aucune explication naturelle. Avec les années, Zoltán combinait l'accompagnement des répétitions au piano avec un travail d'assistant du professeur Bauer, du Musikwissenschaftzentrum de Vienne, pour son travail de documentation, et il gagnait quatre sous qu'il ne savait pas comment dépenser.

Mais alors qu'il défaillait, c'est Anna qui mourut, contre toute attente. Elle qui était pleine de vaillance, qui ne tombait jamais malade, qui travaillait sans relâche pour que tout baigne dans l'harmonie. Et un jour elle eut mal à la tête, très mal à la tête, Zoltán, je perds le monde de vue, et à l'hôpital on les rassura tant et tant, sans les regarder dans les yeux, et sans se troubler ils l'avaient gardée. Elle ne s'en est pas tirée, pauvre Anna, et je n'ai pleuré pour elle que quand elle est morte. Une agonie rapide, comme si ça l'ennuyait de déranger ceux qui restaient et allaient vivre dans la tristesse ; le départ discret d'une femme qui l'avait aimé et qui avait respecté sa peine silencieuse sans exiger de lui des explications difficiles et peut-être impossibles.

Et après sa mort Zoltán ne se rendit plus jamais sur sa tombe. Il continua de regarder le Danube depuis son balcon, sa pipe à la main et le souvenir de Margit terni par un profond sentiment de culpabilité parce que, en quinze ans de mariage, il n'avait jamais ri, il n'avait jamais fait l'effort de rire, et peut-être que l'absence de rires dans la maison avait contribué à obstruer le cerveau d'Anna, qui pendant tant d'années avait fait semblant que la vie est belle, que tout va bien, qu'un jour Zoltán se remettra de je ne sais quoi et tout sera différent, nous nous promènerons sur le Prater, nous irons à Heiligenstadt voir de jolies maisons et rêver qu'elles sont à nous et nous mangerons une glace au chocolat sur le Graben, comme tout le monde.

Après la mort d'Anna et, presque simultanément, le départ à la retraite du professeur Bauer, Zoltán Wesselényi se lança désespérément dans la recherche pour oublier complètement Margit et pour oublier jusqu'à ce rendez-vous inconfortable après tant d'années, qui empêchait les blessures de cicatriser. De plus, il en avait assez de jouer du piano pour accompagner des chanteurs de deuxième zone, préoccupés par leur pharyngite et qui ne le regardaient jamais ni ne le remerciaient, parce que le pianiste-répétiteur est une pièce parmi d'autres du piano de répétition, qui doit toujours être en état de marche, sans peine à lui, sans espoirs secrets et sans envie d'aller pisser. Il en avait assez de répéter dix mille fois le même morceau. Il en avait assez de la couleur vert sale des murs de la salle de répétition où son dos se voûtait six heures par jour à l'exception des samedis et des dimanches où il y avait concert. Il en avait assez que la musique soit une activité aussi triste que lui et il quitta le théâtre sans regarder en arrière, comme Margit l'avait fait avec lui. Après quelques années pleinement consacrées à la recherche, il avait réussi à envelopper le souvenir dans une très fine pellicule anesthésiante. Et il eut deux coups de chance qui lui donnèrent le prestige dont il jouissait maintenant dans le domaine de la musicologie : deux trouvailles faites sans bouger du Musikwissenschaftzentrum de Vienne. Un après-midi de pluie rageuse, en fouillant dans une pile de journaux officiels du début du siècle, il trouva la partition autographe, moisie mais parfaitement lisible, d'un lied inconnu de Schubert, qui portait le titre *Der Mauersegler* et qui était daté de 1820. La partition était accompagnée d'une note d'un dénommé Mattias Holbein, aubergiste à Grinzing, qui certifiait qu'il avait reçu le manuscrit en paiement d'une nuit de bamboche que le séraphique Schubert avait passée dans son établissement en compagnie d'une jeune femme impulsive dont il ignorait le nom. Et que le morceau avait été écrit sous ses yeux en à peine une heure, le lendemain de la java, quand le musicien se rendit compte qu'il était démuni. *Herr* Holbein le cédait à la ville de Vienne, vingt ans plus tard, contre une rémunération qui n'était pas précisée. Les fonctionnaires incompétents de la mairie perdirent le papier au milieu des dossiers, certainement dans l'intention d'asseoir la réputation d'un musicologue hongrois triste, un siècle et demi plus tard, par un après-midi de pluie rageuse. L'autre trouvaille, beaucoup plus récente, eut un plus grand retentissement à l'échelle mondiale, car elle corrigea beaucoup d'idées reçues de l'historiographie musicale. Parmi les papiers légués à la ville de Vienne par l'organiste Kaspar Fischer lorsqu'il mourut, très âgé, en 1828, il y avait une partition manuscrite de sa main, avec un diabolique *contrapunctus* de sa façon sur le thème insolite *si* bémol, *la*, *ré* bémol, *si*, *do*. L'élaboration des sept variations sur le thème était canonique, complète, intelligente, pleine d'idées, avec une grande force lyrique et la sûreté des grands maîtres, et elle transportait celui qui les écoutait dans un langage pantonal, quatre-vingts ans avant que Schönberg commence à y penser. Ce chef-d'œuvre conférait à Kaspar Fischer, né à Leipzig et humble organiste de l'église des Franciscains de Vienne pendant quarante ans, dont on ne connaissait aucune composition originale, une place parmi les illuminés, les prophètes et les génies que tout art doit compter de temps en temps, le tirant à jamais d'un oubli qui, dans son cas, aurait été terriblement injuste. Et elle donnait à Zoltán Wesselényi un surplus de prestige professionnel qu'en réalité il ne recherchait pas. Dommage qu'Anna n'ait pas pu vivre ça. Un nouveau coup du hasard bouleversa la monotonie de sa vie, un jour où il était en train de jouer avec le thème de Fischer, *si* bémol, *la*, *ré* bémol, *si*, *do*, le thème BADESHC qui ne voulait rien dire : il avait fait des combinaisons anagrammatiques avec les notes jusqu'à ce qu'il trouve l'ordre insolite *ré* bémol, *si* bémol, *la*, *do*, *si*. Il ne put pas mettre en relation les lettres correspondantes parce qu'il fut distrait de cette lubie par la sonnerie du téléphone. Un appel qui était un coup de chance : *Herr* Kreutz l'informait qu'il avait mis la main sur un exemplaire de la première édition, introuvable, du *Voyage d'hiver* de Laforgue. Naturellement, il l'acheta sans en discuter le prix et alors qu'il le feuilletait, curieux de voir s'il y trouvait une référence même marginale au lied du martinet, il trouva une sorte de marque-page en cuir très usé, d'une couleur brunâtre indéfinissable, avec en impression une figure zoomorphe, qui se trouvait là depuis Dieu sait quand. Le signet était placé exactement à la page d'une photo couleur sépia de la tombe de Schubert.

Immédiatement, la pellicule anesthésique fut dissoute et tous les souvenirs l'assaillirent sans autorisation. Sur la photo, on voyait un groupe de gens : Gaston Laforgue au centre, droit comme un I, cachant à moitié le tombeau, regardant l'objectif avec application, comme si c'était l'entreprise la plus importante de sa vie. L'éditeur Schaaf à côté de lui, lui donnant le bras, deux autres hommes, non identifiés, attentifs aux indications du photographe, et une dame qui regardait ailleurs, comme une amoureuse absente. Il examina le tombeau et le visage de Margit remplit les yeux de son imagination. Encore six années à attendre, Margit, où que tu sois. Pendant un instant, il crut que la dame rêveuse n'appartenait pas au groupe de Laforgue : c'était Margit, qui le cherchait, lui, sur le lieu du rendez-vous, soixante ans avant leur rencontre.

Les mois passaient, lents, moroses, dépourvus de sens, et le prestigieux musicologue recevait avec indifférence les éloges, les prix, les distinctions, l'admiration de ses collègues, fuyant autant qu'il le pouvait les voyages, les hommages et les conférences. Il préférait, lui qui était incapable d'oublier, s'asseoir près de la fenêtre qui lui montrait s'il pleuvait ou s'il neigeait, si les feuilles tombaient ou s'il y avait du soleil, pour rattraper les oublis des autres tout en attendant impatiemment que le temps passe. Plus d'une fois, Peter vint le voir au milieu de ses papiers et de ses partitions et ils parlaient de musique, de découvertes, et Zoltán lui demandait comment il supportait l'obligation de toujours être parfait quand il était sur scène, et Pere Bros, peu désireux d'approfondir le sujet, répondait vaguement, eh bien, pas trop mal, et aucun des deux ne demandait plus de détails sur quoi que ce fût parce que la pudeur les empêchait d'expliquer, l'un, pourquoi il vivait dans une telle inquiétude, et l'autre pourquoi il était un homme triste. Mais comme il était l'aîné, un jour Zoltán se décida et lui demanda Peter, tu es heureux, et l'autre répondit oui, bien sûr, et Zoltán entendit clairement le mensonge. C'est pourquoi il lui glissa si un jour la musique ne te rend pas heureux… on peut en parler. Si tu veux. Et tout en disant cela il pensait à la voix harmonieuse de Margit.

Zoltán enleva son gant et posa la main à plat sur le banc de pierre humide. Comme s'il espérait y retrouver la tiédeur de Margit vingt-cinq ans plus tôt. Il n'y avait pas de fleurs sur la tombe de Beethoven. Et au pied de celle de Brahms, un pot solitaire avec un cyclamen orgueilleux. Qui se préoccupait de mettre des fleurs sur les tombes des autres ? Et si quelqu'un, pendant toutes ces années, est venu mettre des fleurs sur la tombe d'Anna ? Il s'approcha de la pierre tombale de Schubert dans l'intention de lire l'inscription. Alors il comprit que c'était impossible parce que ses yeux étaient voilés de larmes. Jusqu'alors, il ne s'était pas rendu compte qu'au moment où il avait constaté qu'elle n'était pas là il avait commencé à pleurer. "Je cherche dans la neige la trace de ses pas, quand nous traversions ensemble le pré vert", pensa-t-il. S'il en avait été capable, il aurait chanté depuis le fond de son cœur

Ne pourrai-je emporter
De souvenir d'ici ?
Quand se taira ma peine,
*Qui me parlera d'elle** ?

* Voir la note p. 259.

d'une voix de baryton, certes, mais sans la vie que Margit y mettait.

Le lied s'acheva et alors il se rendit compte que la pluie avait cessé de battre contre le parapluie. Des gouttes tombaient des arbres trempés, mais pas des nuages. Il écarta le parapluie : il ne pleuvait que dans ses yeux. Il ferma le parapluie. Avec un mouchoir, il s'essuya les yeux et, en se penchant, il sentit à nouveau son lumbago. C'est alors qu'il entendit ce frottement. Mais il était en train de mettre ses lunettes pour lire l'inscription sur la pierre. Le frottement se fit plus insistant. Zoltán, les lunettes sur la pointe de son nez, se retourna, un peu contrarié que quelqu'un se permette de perturber ce moment d'intimité. Une femme aux cheveux gris, dans un horrible imperméable jaune, manœuvrait un fauteuil roulant équipé d'un moteur silencieux et se plaçait derrière lui, comme pour attendre son tour. Elle avait un bouquet de fleurs blanches sur les genoux. Zoltán revint à l'inscription, avança la tête en pointant le menton, lut *SEINEM ANDENKEN DER WIENER MÄNNERGESANGVEREIN* et ouvrit la bouche. Il se redressa et se retourna, toujours la bouche ouverte.

— Zoltán, dit la femme à l'imperméable jaune.

Les cheveux gris, le regard gris et profond, la peau lisse, Margit, amour, mon amour, je pensais que tu ne viendrais pas, que ces vingt-cinq ans ont passé vite, pour que nous puissions à nouveau être ensemble comme s'il ne s'était rien passé.

Zoltán, toujours la bouche ouverte, retira les lunettes accrochées à son nez :

— Margit. – Il s'approcha et dut se pencher vers elle. – Margit, répéta-t-il pour se convaincre du miracle.

Ils ne déposèrent aucun œillet sur aucune tombe. Elle fit avancer son fauteuil jusqu'au banc de pierre et Zoltán la suivit, la respiration altérée. Il s'assit sur la pierre mouillée et ils restèrent silencieux un long moment, comme si l'un et l'autre devaient recharger les piles de leur mémoire.

— Je me suis trompée, dit-elle après mille silences.

— C'est ce que je supposais.

Ils ne se regardaient pas, redoutant la douleur aiguë et fine des regards.

— Et toi ? Qu'as-tu fait pendant tout ce temps ?

— Je me suis couché tôt. – Zoltán rangea les lunettes dans leur étui et l'étui dans son manteau, avec des gestes mesurés.

— Tu as été heureux ?

— Non. Mais je n'ai pas eu le choix. Je me suis marié. Ma femme est morte et j'éprouve beaucoup de peine de ne pas avoir su lui donner la moindre joie.

Margherita lui tendit un œillet blanc, comme si ce geste pouvait le consoler de sa tristesse.

— Pauvre femme, soupira-t-elle.

Et ils se turent. Le monument de Mozart ne pouvait pas leur fournir d'ombre pour marquer le passage du temps.

— Et toi ?

— Nous nous sommes séparés au bout de deux ans.

Il lui jeta un coup d'œil furtif, inquiet, surpris, et réagit vivement :

— Pourquoi n'es-tu pas venue me chercher ?

— C'est ce que j'ai fait, mais je ne savais pas où te trouver. Je suis même allée à Budapest, en aval sur le fleuve, comme tu disais. – Margherita regardait devant elle avec les yeux grands ouverts, sans voir les tombes, ne contemplant que sa propre histoire. – Comment pouvais-je te trouver si je ne connais même pas ton nom de famille ? Et à l'académie Liszt de Pest, tout le monde s'appelle Zoltán.

— Ce n'est pas croyable…, se désespérait Zoltán à voix basse.

— Aucune trace de toi. Aucune trace. Et je suis restée vivre ici, pour être proche de… de ton souvenir. Où habites-tu ?

— Tu es restée vivre ici ? s'écria-t-il, blessé.

Maintenant, Zoltán la regardait en face. Ses yeux gris le blessèrent et il sentit la douleur acérée de son regard.

— Ces vingt dernières années. J'ai abandonné le chant et la musique et le monde de la musique parce que…

— Tu as vécu à Vienne ces vingt dernières années ? la coupa-t-il.

— À Heiligenstadt. En pensant à toi.

Zoltán se leva et souffla, incrédule. Il se rassit.

— À Heiligenstadt, répéta-t-il, comme pour confirmer.

— Oui.

— Dans une jolie maison. Il secoua la tête, perplexe : Anna disait… – Il secoua à nouveau la tête pour dire que non, rien, qu'il se taisait, qu'il se rendait, qu'elle continue à parler.

— Oui, c'est une jolie maison. Près de la maison de Beethoven. Mais après l'accident j'ai déménagé dans le centre, dans un appartement avec un ascenseur.

Zoltán, enfin, remarqua le fauteuil roulant. Il ouvrit la bouche pour dire quelque chose, mais sa pensée obsessionnelle revint l'assaillir :

— Vingt ans à partager les mêmes feux rouges et la grande roue du Prater…

— Je n'y suis pas montée une seule fois. Je ne savais pas que tu étais ici.

— Vingt ans. Tu t'es remariée ?

— Non. Mais j'ai trouvé… Elle se tut et changea de sujet : Je t'ai cherché jusqu'au moment où…

— Pourquoi m'as-tu quitté si tu devais tellement me regretter ? la coupa Zoltán, blessé au plus profond.

— J'ai toujours été comme ça. Mais avant je ne savais pas pourquoi.

— Et maintenant ?

— Maintenant je sais.

— Pourquoi ?

Elle prit le bouquet d'œillets, le regarda et le reposa sur ses genoux, mal à l'aise :

— Comment ça va, le piano ?

— J'ai abandonné. Je suis devenu pianiste-répétiteur.

— Tu étais un très bon pianiste.

— Sans doute. Mais il me manquait… Il s'interrompit brusquement : Tu ne m'as pas expliqué pourquoi tu m'as quitté si tu devais tellement me regretter.

Elle ne dit rien. Comme si elle avait beaucoup de mal à s'ouvrir à Zoltán. Au bout d'un long moment :

— C'est que… j'ai peur de me retrouver avec un bonheur entre les mains. Il me brûle, j'ai une peur panique qu'il explose.

Il mit son poing entre ses mains, comme un bonheur.

— Serre-le fort, il n'explosera pas.

Mais instinctivement elle ouvrit les mains et le libéra.

— Je suis souvent venue ici, dit-elle pour cacher son trouble. Mais cela faisait longtemps que je ne… C'est que j'ai trouvé…

— Moi je ne suis jamais venu. Jamais jusqu'à aujourd'hui. Il regarda aux alentours, comme pour prendre le paysage humide à témoin : Je n'aurais pas résisté.

Margit ne répondit pas et changea de sujet.

— Tu as des enfants ?

— Non. J'ai des souvenirs. Je peux t'inviter à déjeuner ?

— C'est que… C'est un peu… J'ai… des problèmes… dit-elle en montrant le fauteuil, comme s'il était responsable, de rétention d'urine. Je n'aime pas rester longtemps dehors.

— On fera ce que tu voudras.

Elle réfléchit un instant. Zoltán eut l'impression que les yeux gris de la femme retrouvaient cette force de trépan, comme lorsqu'elle affrontait les mystères.

— Je vais aller aux toilettes. Après… Elle sourit : Après ce sera après.

Zoltán se leva et elle se plaça à côté de lui. Des gouttes recommençaient à tomber. Ils se dirigèrent vers la zone des toilettes du pavillon d'entrée, en silence. Devant la porte, elle tourna le fauteuil vers lui et le regarda dans les yeux.

— Attends-moi ici.

— J'ai toujours fait ce que tu disais. Il la regarda d'un air sérieux : Pourquoi ne ferais-je pas la même chose aujourd'hui ?

Elle cligna un de ses yeux gris et disparut par la porte réservée aux handicapés. Zoltán se retourna en soupirant. Il n'était pas satisfait ; il était en proie à une grande agitation. Il sentit l'œillet blanc que

Margherita lui avait donné. Il s'en dégageait un parfum intense, optimiste. Si, avec les années, il s'était approché d'une certaine sérénité d'esprit, maintenant, cette construction titanesque s'effondrait. Les gouttes se firent plus nombreuses. Dans un réflexe de coquetterie, il mit l'œillet à sa boutonnière et, les mains libres, il ouvrit son parapluie. Il entendit les gouttes tambouriner contre la toile. Maintenant ce son lui paraissait doux, parce que l'espoir l'accompagnait.

Au bout de quelques minutes, la pluie s'en alla comme elle était venue et il referma son parapluie. Alors, la vibration du téléphone lui indiqua que le monde continuait de tourner. La voix lointaine de Peter le tira de son rêve :

— Hé, Peter, dit-il, sans enthousiasme. Qu'est-ce que tu veux ?

— Non, rien… Merci pour le livre sur Fischer. J'ai à peine eu le temps de le feuilleter mais on voit bien que c'est un livre extraordinaire.

— Bon, quoi d'autre ? demanda-t-il avec une impatience impardonnable.

— Je ne peux pas jouer. Et je ne peux pas ne pas jouer. Je pense beaucoup à toi. Je suis triste, Zoltán.

— Écoute, là, maintenant…

— Ça fait six mois que je ne dors plus tellement je suis angoissé. Je veux me reposer. Et tu m'as dit…

— Écoute, on devrait parler à un autre moment.

— Si elle te vole ton bonheur, abandonne la musique. C'est ce que tu m'as dit.

— Écoute, on parlera de ça plus tard, tu veux bien ?

— J'ai vu Schubert. – Voix désespérée de Peter.

— Schubert ? – Zoltán, instinctivement, regarda du côté de la tombe. Mais il reprit aussitôt la surveillance de la porte des toilettes pour handicapés. – Peter, écoute, je…

— D'accord, d'accord.

— Appelle-moi à un autre moment, tu veux ?

— Je t'aime, Zoltán. De tout mon cœur. Ne l'oublie pas.

Peter raccrocha, peut-être trop brusquement, et Zoltán raccrocha à son tour, pensif. Qu'avait-il voulu lui dire ? Au moment où il allait conclure que Peter Bros avait de sérieux problèmes, il fut distrait par un homme robuste qui sortait des toilettes pour hommes, mais qu'il n'avait pas vu entrer. Il se concentra sur sa porte et oublia les plaintes lointaines de son ami, parce que les battements de sa joie retrouvée en étouffaient l'écho. Avec un cœur aussi malmené, il était incapable de jouer les grands frères. Il commença à faire les cent pas devant les toilettes, patient et impatient, ruminant des choses importantes, comme le fait qu'il était impardonnable, depuis qu'ils étaient là ensemble, de ne pas lui avoir demandé ce qui s'était passé, pourquoi elle était dans un fauteuil roulant ; qu'est-ce que c'est que cette histoire d'accident, Margit, qu'est-ce qui t'est arrivé ?

Il fut distrait par un couple de son âge, accompagné d'une fille jeune et jolie, peut-être leur fille. Ils venaient de passer le contrôle et, à leur façon de gesticuler en regardant un plan, il comprit qu'ils cherchaient le coin où se trouvaient ses tombes. Il les envia. Il les suivit du regard tandis qu'ils prenaient l'allée dans la bonne direction. Il regarda la porte des toilettes, presque avec irritation. Évidemment, elle avait du mal à se débrouiller toute seule, pauvre Margit… Il recommençait à pleuvoir. Il scruta le ciel, regarda sa montre et souffla avec une certaine impatience. Au lieu de rouvrir son parapluie, il ouvrit la porte des toilettes et entra dans un couloir avec deux portes fermées.

— Margit ?

Personne ne répondit.

— Margherita ?

Il poussa une des portes avec force. Le box était vide.

— Margit ? sur un ton plus inquiet.

Il poussa l'autre porte. Ce box était également vide. Alors il cria :

— Margit !!

Il sortit dans le couloir des toilettes. Alors, il s'aperçut qu'il y avait une autre porte au fond. Il courut l'ouvrir. Elle donnait sur le hall d'entrée. Il demanda au concierge s'il avait vu une femme en fauteuil roulant avec un truc jaune sur le dos et le concierge, montrant une dent ébréchée par la vie, lui dit oui, une femme aux cheveux gris, très élégante, très belle. Et Zoltán, l'attrapant par le poignet, c'est ça ! Et le concierge ; eh bien elle vient de partir dans un taxi qui l'attendait. Dans quelle direction ? Vienne. Il y a une station de taxis ? Pas ici. Plus haut, à l'arrêt d'autobus, il y en a une. Le mieux c'est le tram, si vous voulez rentrer à Vienne.

Zoltán n'avait pas entendu le dernier conseil, parce qu'il s'était mis à courir comme un fou dans la direction de Vienne, dans l'espoir de rattraper un taxi en fuite.

Il entendit le timbre du 72 alors qu'il se trouvait à la hauteur de l'arrêt. Il monta et s'assit à l'avant de la voiture, pour calmer son impatience.

Il fit le trajet les yeux ouverts et la respiration haletante. Ils ne dépassèrent aucun taxi, les fenêtres du tram commençaient à se couvrir de buée et son esprit à se résigner à une nouvelle perte. Ils croisèrent deux taxis et Margit ne se trouvait dans aucun des deux. Quand ils arrivèrent au terminus, près du Ring, Zoltán, tous ses espoirs brisés, ne descendit pas du tram, comme il l'avait fait le jour où pour la première fois elle l'avait abandonné à jamais. La tête baissée, il se mit à pleurer et, comme une bouffée cruelle, le parfum de l'œillet blanc de sa boutonnière lui parvint d'un coup. Margit avait à nouveau disparu. Margit, dont il savait seulement qu'elle s'appelait Margherita, qu'elle fuyait toujours devant le bonheur et qu'elle habitait à présent un appartement dans le centre, dans un immeuble avec ascenseur.

Le conducteur lui jeta un coup d'œil dans le rétroviseur, mais il préféra laisser passer un instant avant d'aller chercher des problèmes. Zoltán se redressa et, avec un profond soupir, s'appuya contre le dossier du siège. Alors, il pencha la tête contre la vitre sale et embuée, comme un noctambule qui rentre après une nuit de bringue particulièrement agitée, la cravate dénouée, l'œillet pimpant à la boutonnière, le regard perdu et embrumé de l'alcoolique. Comme il avait dans la tête la musique de Tu n'entendras pas résonner mes pas : sans bruit, sans bruit, refermons là la porte ! Mais en partant, je veux inscrire un mot : "Bien bonne nuit !" sur le pas de ta porte, d'un doigt incertain il écrivit bonne nuit, Margit, sur la vitre embuée, car tu pourras reconnaître à ce signe qu'en m'en allant j'aurai pensé à toi. À travers le tracé des lettres, Zoltán aperçut le vieil homme pieds nus sur le sol gelé, la vielle à roue à la main, contemplant de lointains moments de bonheur, et il se mit à chanter, à l'indignation du conducteur qui, cette fois, se leva d'un air mauvais, décidé à expulser cet ivrogne de son tram. Zoltán chanta du plus profond de sa peine, de sa voix incertaine de baryton, ô étrange vieillard, m'en irai-je à ta suite ? Au son de mes chansons, tourneras-tu ta vielle ? Il laissa couler ses larmes tandis que ses yeux regardaient et ne voyaient pas, à travers les lettres tracées sur la vitre, un fragment de la ville qui, bien qu'il sût qu'il ne pourrait jamais la quitter, lui serait plus insupportable dorénavant. Des profondeurs du souvenir oublié, alors que le conducteur le sommait de se conduire décemment et de descendre du véhicule, lui parvint, bouche fermée, un *si* bémol, *la*, *ré* bémol, *si*, *do* qu'il portait en lui depuis des années, le thème de Kaspar Fischer qui le condamnait à regarder vers l'avant, à être courageux, à se croire capable de refaire le futur, comme s'il s'était agi du thème principal de son Hymne à la Capacité de Vivre Sans Penser à Margit mon Amour. Il repoussa l'idée tout en cédant aux instances du conducteur et en se levant de son siège : il était incapable d'être à la hauteur d'un prophète comme Kaspar Fischer ; il n'était qu'un homme.

Alors, il comprit que c'était sans espoir, qu'il serait incapable de quitter Vienne, que la vie n'est pas le chemin, pas même la destination, seulement le voyage, et quand nous disparaissons c'est toujours à la moitié du trajet, quel que soit le lieu. Pour son malheur, ce qui lui était échu, c'était un très dur voyage d'hiver, qui avait laissé son âme entièrement dévastée.

ÉPILOGUE

L'écriture des nouvelles de ce recueil s'est étendue sur une assez longue durée. La plus ancienne, dans sa première version, date de 1982 et toutes ont été achevées en 2000. Ce qui est curieux, c'est que je ne les ai jamais réussies du premier coup. À une exception près, la première version n'a jamais été celle que j'ai considérée comme définitive. Bien des fois, le thème, l'air et le conflit étaient les bons, définitifs : mais le ton était encore faux. Pendant des années, je me suis affairé avec une certaine perplexité à ce qui allait devenir ce livre, parce que j'avais des histoires ou des idées, mais ce que j'en tirais de concret ne parvenait pas à me convaincre. Une fois même, après avoir fini *L'Ombre de l'eunuque*, qui m'avait occupé pendant de longues années, je me suis mis à travailler à ces nouvelles avec ferveur, me disant que c'était le bon moment pour les débarrasser de leur voile énigmatique et les faire miennes. J'ai dû reconnaître, après de nombreuses séries d'échecs répétés, que ces nouvelles n'avaient pas lieu d'exister, ou que je n'étais pas fait pour les nouvelles. Quand j'ai enfin compris que les nouvelles ont des jambes, ce que j'ai fait, c'est attendre et, comme le recommande Lao-tseu, à en croire Quiquín, j'ai attendu assis, immobile, devant la porte de ma cabane, que les nouvelles passent un jour devant moi, pour les prendre à la gorge et leur demander des explications. Ainsi, un à un, avec beaucoup de patience, j'ai démêlé les secrets de chaque histoire, la raison pour laquelle j'avais eu l'idée de la première ligne ou du premier mot de ce récit, ou parfois de l'idée précise ou vague d'une fin littérairement édifiante, qui ne pouvait exister qu'à partir du début que je ne connaissais pas encore. Les dernières rédactions, les nouvelles versions de la plupart des quatorze nouvelles, m'ont apporté de nombreuses surprises. La plus spectaculaire est peut-être le constat que dans la vie toutes les choses sont en rapport les unes avec les autres. Je pensais que j'étais en train d'élaborer un recueil de récits totalement indépendants, car les atmosphères de chaque histoire réclamaient cette indépendance à grands cris. Mais le seul fait de les travailler, pendant ces derniers mois, dans une même durée, m'a permis de voir les fils, certains secrets et d'autres plus évidents, qui les relient tous entre eux. J'ai aussi commencé à connaître, et d'une certaine façon à aimer, des personnages qui existaient bien qu'ils ne jouissent pas des mêmes avantages que les personnages de roman : car vivre dans une nouvelle, c'est comme passer toute sa vie dans un de ces hôtels japonais dont les chambres ressemblent à des caissons de décompression pour plongeurs. Mais ce n'est qu'une apparence. Les personnages des nouvelles, comme leurs histoires, se fondent beaucoup sur ce qu'on n'a pas pu dire d'eux, mais qui est là.

Il y eut des défections, pendant cette période. Deux nouvelles avaient un je ne sais quoi qui me laissait insatisfait et je m'en suis passé, sans toutefois les jeter à la poubelle. J'imagine qu'elles sont dans les limbes, à attendre des temps meilleurs.

Je crois que le lecteur, quand il lit des nouvelles, doit être plus actif que lorsqu'il lit un roman. L'espace limité auquel je faisais allusion précédemment oblige l'auteur à omettre, à supposer connues bien des vies antérieures, à résumer d'un trait toute une description morale ou physique… L'écrivain doit aiguiser son inventivité, mais le lecteur aussi. L'écrivain suggère le milieu, les curriculums, le paysage, l'atmosphère, et le lecteur les complète par sa lecture. Et comme on ne peut pas faire tout entrer, physiquement, dans une nouvelle, l'écho que celle-ci produit, le souvenir de lecture (qui équivaut au souvenir immédiat d'écoute en musique) vient compléter à l'intérieur de chaque lecteur la dimension morale de chaque nouvelle, à supposer qu'elle en ait une.

C'est ainsi que sont les choses et je m'en suis rendu compte tandis que je travaillais à ce livre, comme je me suis aperçu que la façon de respirer quand on se met à écrire une nouvelle est différente, plus syncopée, que celle qu'il faut pour écrire un roman, parce qu'on a l'impression qu'il faut gagner le match rapidement, par KO, au premier round, au lieu d'envisager comme pour un roman un long combat, laborieusement construit, tactique, qu'on finira par gagner aux points. Je dois me référer à nouveau à Quiquín, lorsqu'il cite le baron de Coubertin qui s'inspirait de saint Paul (seconde épître à Timothée de Listra, son fidèle disciple) lorsqu'il proclamait qu'en matière d'art, ce qui importe c'est de se vaincre soi-même et que le reste n'est que chansons.

Je remercie de tout cœur Miquel Desclot pour le splendide cadeau qu'il m'a fait, les versions inédites de poèmes de *Die Winterreise*, de Wilhelm Müller, qui apparaissent de façon ostensible ou cachée dans le texte, dans le récit "*Winterreise*".

La version catalane des deux vers du grand poète hongrois Attila József qui apparaissent dans le même récit est d'Eduard J. Verger et Kálmán Faluba, et elle est tirée du livre *Poemes* (éditions Gregal, València, 1987), comme me le confirme M. Adrià, qui m'a fourni la fiche correspondante.

Winterreise (Voyage d'hiver) est un cycle posthume de lieder composé par Franz Schubert à partir d'un livre de poèmes de Wilhelm Müller qui porte le titre *Die Winterreise (Le Voyage d'hiver)*. Attilio Bertolucci nous a laissé un recueil de poèmes qui s'appelle *Viaggio d'inverno*. Antoni Marí a écrit il y a plusieurs années un livre de poèmes – une douzaine de chants – qui s'intitule *Un viatge d'hivern*. La discutable biographie de Franz Schubert écrite par Gaston Laforgue, plus pour se faire valoir lui-même que pour servir le musicien, a pour titre *Voyage d'hiver*. Dès que ces nouvelles ont commencé à avoir une certaine physionomie, même imprécise, j'ai su que le recueil devait s'appeler *Viatge d'hivern*. Parfois, les coïncidences sont voulues et parfois elles ne le sont pas, et alors elles peuvent gêner, bien qu'elles soient inévitables. J'espère qu'en l'occurrence ce ne sera pas le cas et, bien au contraire, que Müller, Schubert, Bertolucci, Laforgue et Marí les reçoivent comme un hommage.

Par ailleurs, je voudrais exprimer quelques intentions, faire quelques dédicaces, dont j'espère qu'elles seront reçues tout au moins avec résignation.

"Le rêve de Gottfried Heinrich" est dédié à Martí Cabré Barba ; une première version très ancienne avait déjà un rapport avec lui. "L'espoir entre les mains" est né pour Clara Cabré Barba. "Je me souviens" a son origine dans une conversation très animée avec Sam Abrams et lui est dédié. "Opus posthume" est dédié à Cristòfol A. Trepat, qui sait ce que c'est que monter sur scène, à Montserrat

Guixer ainsi qu'à l'infatigable Jordi Mir. "Deux minutes", qui se mord la queue, est pour Jan Schejbal, de Prague, et Ramon Pla i Arxé, de Barcelone. "Des yeux de gemme" est pour Joaquim M. Puyal, éternellement émerveillé par le miracle des langues ; et pour Til Stegmann, de Francfort, et Joan F. Mira, de Castelló, complices à Münster. "La négociation", privée de musique au dernier moment en raison de la défaillance du pianiste, à mes compagnons d'armes en musique, Josep Lluís Badal, Oriol Costa et Jaume Sala. "Ballade" est une nouvelle déjà ancienne, qui est restée presque fidèle à son premier état et a été imaginée pour Josep M. Ferrer et Magda Calpe, et pour Jaime Aulet. "Poussière", non pas à cause de la poussière mais à cause des livres, est pour Ton Albes et Lluïsa Carbonell. Je dédie "La trace" à mes frères et sœurs. *"Finis coronat opus"* est pour Xavier Fabré et Marta Nadal. "Le testament" est pour Kálmán Faluba, de Budapest, et pour Adolf Pla, de Sabadell. "Plop !", pour Oriol Izquierdo et Dolors Borau et pour Sergi Boadella. *"Winterreise"*, pour Margarida Barba.

Automne 2000

TABLE

OUVRAGE RÉALISÉ
PAR L'ATELIER GRAPHIQUE ACTES SUD
ACHEVÉ D'IMPRIMER
SUR ROTO-PAGE
EN MARS 2017
PAR L'IMPRIMERIE FLOCH
À MAYENNE
POUR LE COMPTE DES ÉDITIONS
ACTES SUD
LE MÉJAN
PLACE NINA-BERBEROVA
13200 ARLES

DÉPÔT LÉGAL
1re ÉDITION : FÉVRIER 2017

N° impr. : 90839

(Imprimé en France)